天 元

南 帆／著

北京联合出版公司
Beijing United Publishing Co.,Ltd.

图书在版编目（CIP）数据

天元 / 南帆著. -- 北京 : 北京联合出版公司，
2024. 8. --（中国散文60强）. -- ISBN 978-7-5596
-7818-8

Ⅰ . I267

中国国家版本馆CIP数据核字第2024CZ1191号

天 元

作　　者：南　帆
出 品 人：赵红仕
出版监制：张晓冬
责任编辑：高霁月
特约编辑：和庚方　张　颖
封面设计：立丰天

北京联合出版公司出版
（北京市西城区德外大街83号楼9层　100088）
三河市同力彩印有限公司印刷　　新华书店经销
字数150千字　650毫米×920毫米　1/16　14印张
2024年8月第1版　2024年8月第1次印刷
ISBN 978-7-5596-7818-8
定价：65.00元

"中国散文60强"丛书

编委会

丛书总策划

张　明　著名出版人

编委主任

邱华栋　全国政协常委

　　　　中国作家协会副主席、书记处书记

编　委

叶　梅　中国散文学会会长

陆春祥　中国散文学会副会长

冯秋子　中国作家协会原社联部副主任

吴佳骏　《红岩》编辑部主任

张　英　资深媒体人

文　欢　作家、资深编辑

中华散文的文脉与发展

——"中国散文 60 强"总序

邱华栋

中国是诗的国度，亦是散文的国度。

穿越千年时空，从明清至唐宋，再由魏晋南北朝至两汉先秦一路回溯，汉语言文学中的散文实乃根深叶茂，硕果累累。无论是"唐宋八大家"之雄文美文，还是骈俪多姿的辞赋，以及名垂史册的《史记》《左传》，均为中国文学史上的璀璨明珠。"散文"与"诗"一道，成为中国文学的"嫡系"。尽管，后来从西方引进嫁接技术所催生的"小说"，大有"喧宾夺主"之势，终究还得"认祖归宗"，血脉和基因是无法改变的。

在中国散文流变历程中，曾出现过两次鼎盛期。一次是被文学史家所公认的"先秦散文"时期。其时，伴随着春秋时期的思想解放，诸子蜂起，百家争鸣，一大批散文家以饱满的气血、驳杂的学识和破茧的精神，创造出了散文的繁荣和辉煌局面，对后世产生了极大的影响。

到了"五四"时期，中国散文迎来了第二次鼎盛期。白话文如劲风激浪，吹刮和涤荡着神州大地。沉睡的雄狮醒来了，偃卧的小草开始歌唱。许多学贯中西的进步文人，肩扛文化变革的大纛，冲锋陷阵，掀起了一波又一波的新文学浪潮。《新青年》上刊载的散文，犹如一束束亮光，不但给人以希望，还给人以力量。"五四"以来的散文作品，无论是观念和主题，还是形式和风格，都跟以往的散文迥然不同。最具代表性的，当属鲁迅先生的散文（包括杂文），其刚健、凌厉的文质，疗救了中国散文长久以来颓靡不振、钙质疏流的顽疾。此外，周作人、郁达夫、朱自清、萧红、沈从文等一大批作家的散文创作亦各具特色，呈一时之盛，影响深远。

时代的前行催生了文学的发展，然而文学与时代有时并不同步甚至充满了"张力场"。"五四"的个性解放虽然催生了一批个性鲜明的散文精品，但这样的生态并未持续多久，中国散文的波峰出现了向低谷滑行的趋势。有论者指出，"散文在50年代既是对解放区散文文体意识的放大，又是对五四散文文体精神的进一步偏离。这种放大和偏离表现在个体性情的抒发让位于时代共性或者时代精神的谱写，政治标准优先于艺术标准，批判性为歌颂性所取代等诸方面。"（董健、丁帆、王彬彬《中国当代文学史新稿》）1960年代初，散文创作一度出现了活跃，"专业"从事散文创作的作家群凸显出来，刘白羽、杨朔、秦牧相继登场，迅速成为散文界的三位名家。但他们的作品后人评价褒贬不一，认为其中颂歌式的写法较为单向，这种模式化的写作，不但对散文的建设毫无益处，反而扼杀了散文的个性和神采。

"文革"十年，中国散文更是一片凋零和荒芜，乏善可陈。1970年代末，一些历经浩劫的作家开始复血，解除思想枷锁，重新拿起笔来写作，中国散文才又凤凰涅槃，焕发生机。加之各种文学刊物纷纷复刊和创刊，以及大量西方文化读物的译介出版，更为这些饥渴、桎梏太久的散文作者提供了登台亮相的舞台和瞭望世界的窗口。

1980年代初期，伴随改革开放的热潮，思想解放大旗招展，文化随之繁荣，诸多承续"五四"精神的作家以笔为旗，抒发胸中压抑既久之块垒，出现了一批抒情性质浓郁的散文，使得现代散文这块"百花园"芳菲争艳，蔚为大观。特别是1980年代中期，随着作家主体意识的不断强化，中国文学开始呈现出一个崭新局面，作家从"集体意识"中抽身而出，重新返回"个体"，注重对生活的体察和内在情感的表达。这一时期，散文的艺术性得以强化，文本的精神内涵和表现空间得以拓展。

进入 1990 年代，社会发展日新月异，城镇化进程锐不可当，文化领域亦呈多元格局。各种文学思潮相互碰撞，人文精神的讨论更是打开了作家们的创作思路。"大散文"概念的提出，引发了散文界对散文的内涵和外延的重新讨论和界定。风靡一时的"文化散文"热，成为文坛上一道靓丽的风景。"新散文""原散文""后散文""在场散文"等散文流派"你方唱罢我登场"，争奇斗艳，各领风骚。

及至二十世纪末，一批深具先锋意识和文体自觉的新锐作家，像一头公牛闯入瓷器店，使散文天地发生了激烈的碰撞和变化，形成一股新的散文潮流，提升了散文的审美品质和精神向度。

纵观 1978 年至 2023 年四十多年来，中华大地在"改开"的黄金时代中，社会生活奔涌激荡，各种思潮风起云涌，散文创作更是云蒸霞蔚、气象万千，涌现了众多成就斐然、风格各异的散文作家和具有思想深度、艺术上乘的散文作品。岁月的流水冲走了枯枝败叶和闲花野草，中流砥柱却巍然屹立。时间留住了新时代的散文经典，经典在时间的长河中绽放光芒。以沙里淘金的经典散文向"改开"的时代致敬，是我们不可推卸的责任和义务。

别看散文的门槛貌似很低，要真正写好，却实属不易。优质散文是有难度的写作，它不但需要作者的智识、胸襟、眼界、修养和气度格局；更需要写作者的态度、立场、慈悲、良知和批判勇气。遗憾的是，散文创作繁荣和光鲜的另一面，却是大量平庸甚至低劣之作的泛滥，不但败坏了读者的胃口，而且造成了物质和精神的极大浪费。散文作家层出不穷，散文作品汗牛充栋，可真正能让人记住的散文佳构却凤毛麟角。

散文要发展，文学要前行。发展和前行就要从平庸的樊篱中突围。在突围的过程中，散文作家不可太"聪明"，不可太世故，要永存对文学的敬畏之心。一言以蔽之，散文的尊严来自散文作家的尊严。也可以说，要想散文繁荣，首先需要有一批人格健全，品德高尚，铁肩担道义的散文作家。什么样的人写什么样的文章。特别是写散文，最容易看出一个作家的内在品质和境界涵养。一个人格不健全的人，哪怕他作文的技法再高妙，也很难写出撼人心魄、抚慰灵魂的散文来。作家精神品质的高低，直接决定其作品的精神向度。

为了散文写作的突围和发展，为了建设独具特质的当代散文，也是为了更好地从经典散文中汲取营养，我认为有必要正视和重申一些常识性的思考。高头讲章的理论是灰色的，常识之树却葳蕤常青。

一、作家的个体精神决定散文的优劣。常言道，散文易学而难攻。难在什么地方，不是难在技巧，而是难在作家个体精神的淬炼上。倘若作家的个体精神不够丰富，不够深刻，不够清澈，纵使他手里握着一支生花妙笔，也写不出令人称赞的散文。那么，如何才能做到个体精神的丰富性呢，这就要求作家时时刻刻不背离生活，要知人情冷暖，体察人间百态，关心民瘼，有忧患意识，不要做生存的旁观者。一个冷漠甚至冷酷的人，是不适合从事散文创作的。

二、真诚是确保散文品质的基石。散文创作跟作家的生存经验息息相关，可以说，真正优质的散文，无不牵连着作家的血肉和心性。作家的喜怒哀乐，悲欢离合，都或隐或显地暗含在他的作品中。假如在一篇散文作品中，读者既看不到作者的体温，又看不到作者的态度，那这篇作品或许就是失败的。说明这个作者在他的作品中"说谎"或"造假"，缺乏真诚之心。作家一旦失去真诚，为文必定矫揉造作，作品也必定会失去生命力。因此，真诚是散文的"生命线"，也是"底线"。

三、个性是促进散文生长的养料。人无个性便无趣，文无个性便平质。当下，每年都会诞生数以万计的散文篇章，但能够让人记住，且读后还想读的作品并不多，何故？概在于这些数量庞大的散文，无论题材，还是语感都千篇一律，像是从"模具"中生产出来的，缺乏辨识度。散文要发展，必须要求作家具有"个性意识"。"个性意识"不是标新立异，更不是哗众取宠，而是一种"创新意识"和"审美意识"。但凡在散文创作方面被公认的那些大家，都是"文体家"，他们以自觉的写作实践，开创了散文写作的新路径。不合流俗方能独步致远，推动散文的建设和繁荣。

当然，以上几点并非创作散文的圭臬，谁也没有资格去为散文"立法"。

散文是自由的创造，散文精神即自由精神。我之所以提出来，仅仅是希望引起散文同行们的重视和参考，共同为中国当代散文的发展尽力增光。

我们策划、编选"中国散文60强"（1978—2023）的初衷，旨在对新时期以来的中国散文创作作出梳理、评价和选择，试图精选出风格各异的代表性散文作家，以每位一部单行本的形式，呈现出中国新时期优质散文的大体样貌。此项目的发起人为资深出版人张明先生。多年来，他一直追求做高品位的纯文学书籍，也曾连续多年与中国散文学会、中国小说学会合作，出版年度《中国散文排行榜》和年度《中国小说排行榜》。2023年他策划出版了《中国小说100强》，反响不俗。身处喧嚣、纷杂的环境，能以如此情怀和心力来为文学做如此浩大的工程，不能不令人钦佩！

感谢张明先生邀请我和叶梅、冯秋子、陆春祥、吴佳骏、张英、文欢组成编委会，共同遴选出60位作家。我们在召开筹备会的时候，即将作品的思想性、艺术性、代表性以及影响力作为编选的基本原则。在确定入选作家名单时，我们认真商讨，反复研究，生怕因为各自的眼力、审美和趣味之别，造成遗珠之憾。好在我们的工作得到了作家们的积极回应和鼎力支持，惠风和畅，大地丰饶。

60位入选的作家，既有令人尊敬的文学大家，如孙犁、张中行、汪曾祺、史铁生、邵燕祥、流沙河、刘烨园、宗璞、贾平凹、韩少功、张炜、梁晓声、阿来、冯骥才等。这批散文大家的作品，文风质朴、清朗、刚健，充满了"智性"和"诗性"。无论他们是写怀人之作，还是针砭时弊，歌咏风物，都有着鲜明的文化立场和审美取向。他们或出入历史，借古观今；或提炼人生，洞明世事，输送给读者的都是难能可贵的"精神营养"。

也有被散文界公认的名家，如李敬泽、王充闾、马丽华、周涛、冯秋子、叶梅、筱敏、张锐锋、周晓枫、于坚、鲍尔吉·原野等。这些作家的散文作品，特色鲜明，风格独特，诚挚内敛，从内容到形式，都作出了各自的探索和尝试，为当代散文注入了活力。从他们的作品中，我们不但能够领略汉语之美，更可以借此反观生活与存在，寻找人之为人的价值和尊严。

还有散文界的中坚力量和青年才俊，如彭程、谢宗玉、江子、雷平阳、任林举、塞壬、沈念、傅菲、吴佳骏、周华诚等。从他们的作品中，我们见到的，不只是中国散文的文脉传承，更是自由精神的张扬。他们文心雅正，笔力锋锐，不跟风，不盲从，始终保持着独立的思索和判断，在各自所开辟的散文园地中精耕细作，以崭新的姿态参与和推动当代散文的变革。

其实，细心的读者不难发现，入选本丛书的老、中、青三代作家都有个共性，即他们均在以自己的作品审视心灵，心系苍生，弘扬真善美，鞭挞假恶丑，充满了正义感和人道主义精神。这自然与时下众多书写风花雪月，一己悲欢，充塞小情趣、小可爱的散文区别开来。正是因为有他们的存在，中国当代散文才呈现出一幅绚丽多姿的长卷。

需要说明的是，有些重要的散文家，如张承志、余秋雨、王小波、苇岸、刘亮程、李娟等人，由于版权或其他不可抗原因，未能将他们的作品收录进来，我们深以为憾。

我们还要感谢北京立丰天文化传播有限公司的资金支持，感谢北京联合出版公司的精心编校，他们慷慨和无私的义举，对于繁荣中国当代散文创作、对于赓续中华优秀散文文脉、对于中国新时期的文化积累，均具重大价值和意义，可谓善莫大焉。这套丛书的出版意义将同《中国小说100强》一样，旨在给读者以经典的指引，这既是一项重要的原创文学工程，同时也是助力推动全民阅读和研究传播文化的公益工程。

郁郁乎文哉，中国散文有幸！

是为序。

2024 年 5 月 12 日星期日

（作者为全国政协常委，中国作协副主席、书记处书记）

目 录
Contents

第一辑

出　镜

一

　　不知哪个机灵的工程师发明了自拍神器。这个简单的小机械征服了所有的旅行者。海滨，园林庭院，横跨马路的天桥，博物馆大厅，什么地方都有人正在自拍。从挎包里取出自拍杆拉长，顶端夹住手机或者照相机，对准自己调节好的笑脸咔嗒一声。这是雅俗共赏的游戏，大人物一样热衷。网络上流传过一张韩国总统朴谨惠使用自拍神器的图片。当初，精明的商人肯定想到了这个小机械拥有巨大的市场，可是，多少人预测到，这个玩意可能产生另一种文化？

　　很迟我才明白，大多数手机都有自拍的功能，自拍神器无非一种辅助设备。第一次看见手机自拍是在一个嘈杂的餐厅里。邻桌的一位男士左手精心地撩拨头发，脸部持续地配制各种型号的表情，右边的胳膊竭力伸长，巴掌中的手机对准了自己。当时我心里转过的疑问是，这个哥们儿是不是犯了什么毛病？一起进餐的伙伴开导之下我才明白，自拍如同正餐之前的一碟小菜那么平凡。现在好办了，自拍神器终于让我们的胳膊如愿地加出了一截。

我刚刚在网络上看到一张相片：游人如织的海滨沙滩，一个身穿比基尼的女士弯腰将自拍神器从胯下向后伸出，拍摄自己如花似玉的屁股。沙滩上肯定还有些手持照相机的闲人逛荡，但是，这种事最好不要麻烦他们，以免产生不良误会。许多人即兴地拍下自己的各种相片上传网络，网络是一个视觉的公共空间。无数微博在这个空间注册，每一个微博摆出一堆相片或者几段视频犹如小商贩在跳蚤市场铺开一个地摊。多少人光顾无关紧要，重要的是，自拍终于使出镜成了一件轻而易举的事情。

出镜曾经是莫大的荣耀，神奇而隆重。报社的记者举起了昂贵的照相机，镁光灯咔嗒咔嗒响个不停，个人的形象次日出现于报纸版面的某一个角落，赞叹之声绕梁三日；电视台的记者更为伟大，他们肩扛的那一台摄像机如同一个威风凛凛的火箭筒。摄像机可以长距离地锁定一个人，提供各个角度的拍摄，然后电视台负责将这个人形象发射到千家万户的电视机里面。可以从这些复杂的程序之中看出，出镜是多么幸运的奇迹。一个小官员事先得到通知，他在晚间的新闻节目之中拥有五秒钟的镜头。他迫不及待地打电话通知所有想得起来的亲朋好友，号召他们尽早守候在电视机面前等待他驾临屏幕。现在，自拍神器极大地削减了人们的摄像机崇拜。那些影像符号没有多少特权了，我们自己都能生产。昔日那一批神气活现的记者突然有些失落。有了自拍神器，小巧的手机和无线网络片刻之间解决一切。

技术发明又一次不可思议地扭转了我们的生活。照相机或者摄像机让人眼界大开，看看世界吧——一个偌大的世界扑面而来；然而，自拍神器试图让一个偌大的世界侧过脸来，看看我们吧——现在轮到我们当主角了。这时，我们开始端庄地或者诙谐地出镜。

看是主体的向外扩张，眼珠骨碌碌乱转，目光贪婪地扑向整个世界。我想起第一次接触地图的激动。通常只能看见一条街道，一幢楼，一座山峰，然而，地图突然将整个世界神奇地铺开，一个巨大的空间浮出纸面。据说，全景画出现于十八世纪末的欧洲，这意味了开阔视野的形成。乘坐热气球飘浮在空中纵览远景，登上教堂的圆顶绘制四周的城市，那时的绘画开始崇拜巨大与无限，一心想把世界尽收眼底。然而，时至如今，这种野心逐渐疲惫了。世界是看不完的，天外有天，谁知道天尽头又在哪里？也许，现在是转身看看自己的时候了。不论世界的直径有多大，出镜就是把自己设为圆心。

我看到的一个最新视频是，几个小学生录制下他们与小伙伴之间的口水战。他们在视频之中表情生动地扮鬼脸，吐口水，说一些挖苦对方的刻薄话，做剪刀形手势，如此等等。这些孩子如此熟悉视觉语言的编辑，一个自拍神器就可以造就一个表演舞台。

二

大约是钱钟书用鸡蛋与母鸡的关系比拟作品与作者：即使吃了一个不错的鸡蛋，仍然没有必要认识生蛋的母鸡。作者又没有三头六臂，有什么好看的？可是，对于许多人来说，这个观点肯定过时了。他们的阅读就是想追溯到作者，甚至仅仅兴趣作者。

那些睿智的见解或者巧妙的语言修辞哪有一张具体的脸生动？当然，容貌的质量是一个不言而喻的前提。美女作者的俊俏妩媚必须足够支持朦胧的浪漫幻想，皱纹纵横的老妪不宜公布相片；男子汉气概是帅哥作者的经典标志，掀起衬衫露得出八块腹肌，抽烟冥思的深刻表情可以暂时省略。总之，这是一个视觉的时代，语言的魅力正在急剧衰减。哲学思辨或者深奥的诗令人生厌，夸夸其谈的知识分子正在丧失他们的影响。视觉的时代是身体重新出场的时候，演员和运动员占据了传媒的绝大部分空间。红地毯和绿茵场成为全世界注目的聚焦点。运动场内矫健的身姿开出了天文数字的价格，女演员的脸蛋、乳房和手指头竞相成为保险公司的投保对象，哪些语言产品可以享受这个级别的待遇？某些教授的电视演讲获得了意外的成功，突然晋升为学术明星。然而，所有的人都明白，形象是充当明星的真正资本。讲坛上的表情、音调以及种种肢体语言远比渊博的知识重要。

现在可以提到"颜值"这个新词了。"明明可以靠脸吃饭，却非要去拼才华"，据说这是网络语言对于一个人的赞美。顾名思义，"颜值"即是指容颜的价值——这种价值可以兑换为各种谋生的资本。现在，的确到了为相貌美学拟定一张价格表的时候了。当然，这种美学算术有点儿复杂。以往这张价格表仅供某些类型的女人参考。既然世界上存有那么多大腹便便的富翁，女人一副天生的好眉眼就不该任意浪费。然而，现在的男色消费终于浮出水面。宁泽涛刚刚在世界游泳锦标赛之中获得自由泳一百米冠军，人们正在尝试把亚洲第一人的实力与"小鲜肉"的颜值相加，据说得数是五年之内可以挣得到五个亿。一个著名的电视评论员总结出一个计算公式，颜值就是在事业成就的基础上不断地乘以十。由于广告商的垂青，这些颜值偶像的收入动不动就要扩张十倍。之前的李宁、刘翔、林丹无不验证了这个公式。至于那些徒有肌肉而缺少颜值的运动员，他们的厚实巴掌仅仅攥得住金牌带来的有限奖金。

视觉的时代必须拥有另一批文化操盘手。那些哲学家或者诗人及时地转入幕后，导演、摄像、主持人、制片人络绎而至。然而，真正的巨变来源于一个有点儿别致的技术构思：每个人口袋里的手机都附加了拍照的功能。这个技术构思造就了年轻一代的一种特殊习惯——无论遇到的是台风天气的漫天乌云、街头小贩的火爆争吵还是阳台上一盆仙人掌冒出了新芽，他们所做的第一件事都是掏出手机拍照。如今，生产影像符号的文化团队空前强大。瓦尔特·本雅明当年引用过的一句话终于成为现实："未来社会的文盲不是不会写字的人，而是不懂摄影的人。"

三

然而，现在似乎流行另一种舆论：大批热衷于摄影的人正在变为文盲。对于电视台和网络空间的庸俗口味，多数来自印刷文化的老派知识分子纷纷表示不屑。《爸爸去哪儿》这种节目居然可以在电视台热播一时，很难想象印刷文化如此幼稚。没有思想的视觉只能浮光掠影，这种舆论隐含了文字中心主义的观念。一些教授时常回忆一个著名的典故：当年鲁迅在《呐喊》的自序之中解释了弃医为文的原因。他在生物课的幻灯片之中见到了一群麻木的中国"看客"，这些人正在神情漠然地观看同胞遭受斩首。鲁迅的感叹是，如果丧失了灵魂，苗壮的躯体又有多少意义？与其医治肉身的疾病，不如诊疗精神的创伤。因此，鲁迅放弃了医学，立志做一个解剖国民灵魂的作家。有趣的是，那些心细如发的教授竟然从这个众所周知的典故之中挖掘出一个意外的秘密：尽管触动鲁迅的是幻灯片，然而，他从未考虑投身于摄影，或者从事已经开始时髦的电影。这个来自绍兴的知识分子性格倔强。鲁迅愤慨地指控古老的传统是"吃人"文化，同时，他又冥顽不化使用那一支落伍的毛笔。鲁迅习惯的毛笔来自故乡的一家笔庄，价格便宜，别名"金不换"。

另一个文雅的知识分子似乎也不那么喜欢影像符号——阿根廷大

名鼎鼎的博尔赫斯。据说他仅仅在 1969 年看过一次电视，因为电视转播的是美国宇航员乘坐"阿波罗"登月。博尔赫斯家里没有电视，只得临时向用人借了一台。博尔赫斯的小说充满拉丁美洲式的奇异想象，例如将一套莎士比亚的记忆当成礼品相互赠送，或者图书馆里藏有一本始终翻不到第一页和最后一页的书，如此等等。《盗梦空间》这一类电影出现之前，如此奇异的想象只能托付给语言文字。或许因为家族遗传，博尔赫斯患有眼疾，晚年失明。不知道这个事实是否有助于解释博尔赫斯对于影像符号的厌倦，长时间面对电视屏幕肯定伤眼睛。另外，也许黑暗之中浮现于内心的语言文字远比照相机定格的那些乏味的表象精彩？

相片无非是机器偶然截取的一个世界片断，脱离了时间和空间，没有气味、重量、连续性和历史气息。一张相片的主题往往是分散的，闪烁不定，必须依赖某些文字解说给予凝聚，譬如拟定一个标题。所以，尽管电视台和网络空间正在重新装修这个时代，知识分子仍然顽强地坚信语言文字远为深刻。他们心目中的"文化"是一个书籍的世界。

那么，现在那个讨厌的自拍神器又一次企图动摇知识分子的文字信念吗？

四

鲁迅弃医为文的典故曾经赢得了许多的讨论，教授们称之为"幻灯片事件"。教授们拒绝将这个典故视为一则寓言。斤斤计较的考据癖认定，这是一个曾经发生的历史事件。因此，诸如此类的细节必须逐一考订：幻灯片还是相片？实物保存在哪里？什么时间看到的？《呐喊》自序与《藤野先生》的叙述存在多大的出入？线索纷歧的讨论之中，一个有趣的问题逐渐显现：看与被看。囚犯，"看客"，观看囚犯与"看客"的鲁迅，与鲁迅共同观看的异国学生——这些人同时还在窥视鲁迅的神态，西方视野之中"被看"的东方——这已经是萨义德的"东方学"与后殖民理论的议题了。不少人倾向于认为，看意味的是主动，权力，制高点，"刀锋一般的眼神"表明了视线令人恐惧的威胁；被看意味的是被动，接受，他人视野之中的客体，动物园笼子里的老虎只能沦为游客眼睛的玩具。

　　然而，日常生活的看与被看几乎不存在固定的语义。的确，古代的演员因为"被看"而身份低下，"戏子"之称隐含了不言而喻的鄙视；女权主义者认为，广告之中的女性形象时常制作为"被看"的物体，电影的性感镜头投合的是男性意识的视觉欲望；那些民风剽悍的城市，看与被看时常会铿锵地撞出意外的火花——驾车在十字路口等红灯的时候，往相邻汽车的驾驶室里多看一眼就可能引发一场剧烈的斗殴。"你看我干吗？"拒绝"被看"的保卫战就是从这么简单的一句开始。当然，还有至高无上的神。所谓人在做，天在看，神没有必要亲临现场，但是，神会把一切都看在眼里，善有善报，恶有恶报。必要的时候，神会摇身一变，转换为俗世的行政权力。高速公路的入口，银行的柜台背后，火车站的候车大厅，住宅社区的楼道，不同等级的权力部门是众多监控摄像头的强大后盾。根据福柯的描述，边沁设计的全景敞视监狱是行使眼睛霸权的哲学模型，一个硕大的眼球高高在上地凝视监狱每一个角落，所有的囚犯都无处藏身。然而，看与被看同时存在另一套颠倒的评价语汇：鲁迅曾经发狠地说，最高的轻蔑是无言，连眼珠也不肯转过去——换言之，看同时意味了必要的尊重。"重视"一词不是褒义吗？凝聚公众目光的只能是领袖或者名流，普通人多半无法在电视机屏幕里找到自己的席位。

也许，古板地设定看与被看的等级犹如刻舟求剑。每一个现场的主题、空间装置以及特殊设计决定看与被看的相互博弈。街头的杂耍艺人或者寻衅滋事的醉汉只能收获鄙视，大剧院聚光灯核心的领衔主演享有特殊的尊荣。后者的威望借助了舞台垫出来的人生高度。许多人都秘密地藏有一个舞台梦。无法征服金碧辉煌的大剧院，那么，自拍神器至少提供了一个镜头之中的舞台。意外的是，传统性格的敦厚、内敛、含蓄与羞涩荡然无存，那么多人抢着把脸伸到镜头面前。这时，自拍神器正在表达一个强大的欲望："被看"。

五

出镜的是一副肖像，几个日常生活片断，镜头之中的舞台上演的是什么故事？不就是想让自己漂亮一点吗？那些软件工程师早就洞察到我们的虚荣心。一款称为"美图秀秀"的软件负责修饰自拍的相片。增大眼睛，拉长身高，削去过于肥大的腰肢，智能手机可以自动完成一切。某些名流的文字自传曾经遭到辛辣的嘲讽。夸大其词，文过饰非，滔滔不绝的颂扬试图将自己叙述成一代圣人：要么业绩不凡，要么道德完善，要么不加节制地夸耀不凡的武功或者渊博学识。然而，进入网络空间投放自己的形象，许多人显然遵循相近的修辞策略，放肆地纵容美学篡改容颜的真相。当然，"美图秀秀"完成的目标简单多了——美貌可以急剧地提高性魅力的指数。

网络空间的各种图片之中，性主题是一个巨大的旋涡。各种色情网站寄生于视觉欲望，发达的传播技术甚至制造出一个奇怪的景象：性仅仅是视觉，例如网络空间的裸聊游戏。许多图片环绕于这个旋涡的外围，色情意味稍许模糊——这时的性主题称为"性感"。搔首弄姿，挑逗的面容和神情，凹凸有致的身材，将脱未脱的服装，这一切无非制造性感气氛的各种元素。视觉对于性感品味丰富，许多图片不懈地开拓各种另类的性情趣。不久之前的网络出现了一组伤残军人的裸照。残缺的肢体与健壮的胸肌或者饱满的乳房形成了某种特殊的性魅力。另一些性感的图片肯定超出了一般的想象：一具插满了输液和导尿导管的女性裸体，或者，一个全裸的大胖子如同几坨肉摊在床上。那些保守主义者几乎每天都在发出愤怒的感叹：这个时代的眼睛趣味已经如此乖张了吗？

许多图片令人想到的第一件事就是，谁是拍摄者？这些图片的私密性如此强烈，以至于人们不能不猜测：要么源于自拍，要么出自最为信赖的亲密者。因此，这些图片广泛地流传多半得到了本人的授权——许多时候，本人即是发布者。从那些热衷于个人写真集的无名之辈到想方设法泄漏"艳照"的演艺明星，他们的各种借口无不指向一个相同的目的：如何堂而皇之地在公众面前脱下衣服来。

权力与财富已经严格地规定了这个世界的等级秩序，一个穷小子几乎无法挑战大亨。然而，性具有扰乱这个等级秩序的特殊能量。七尺之躯的若干器官和旺盛的激素分泌可能骤然冲决井井有条的社会屏障。例如，一副诱人的眉眼通常是一张额外的通行证。出入各种社会场合，推开一扇扇紧闭的大门，美貌远比一份平庸的文字介绍有效。由于相貌在异性组合之中占有的巨大权重，一个面目姣好的底层人士可以瞬间跨越权力与财富的众多台阶，跃入另一个社会阶层。一个大跨度的婚姻桥梁可以轻易地引渡一个家庭，甚至引渡诸多族人。历史悠久的男权中心社会，性的拯救是许多女人首选的生存策略。从古代的君王选妃、豪门纳妾到现今的跨国婚姻、扮演权势者情妇，性能量秘密制造的社会阶层流动从来就没有止歇。

相对于权力与财富编织的世界，网络空间扑杀性能量的防线远为薄弱。许多图片之中的小火苗始终在悄悄地蹿动，片刻之间就会燃成炽烈的一片。这似乎不是多么严重的事情。网络无非是信息交换的集散地，屏幕里的剧情仅仅是虚拟事件，操纵信息的躯体从未离开鼠标和键盘。信息的冒险又有什么关系？这时，空前放纵的暴露癖与观淫癖不断地制造视觉的狂欢。一张性感的图片呼啸登场，各种社会评论、哲学观念或者艺术消息纷纷黯然失色，这显然是自拍神器在网络空间掠阵的秘密武器。

六

那些激进的思想家开始将这个时代形容为"景观社会"。街道，霓虹灯，橱窗，还有无数的图片和影像符号。我们曾经抱怨无所不在的城市噪声，现在，视觉垃圾已经堆积成山。我们每天的触目所见无非人工景观，大自然的山山水水已经游离出我们的目光范围。当然，我们即是视觉垃圾的生产者。拍照，上传网络空间，这是许多人每日例行的功课。即使是进入医院检查身体，躺上病床之前还要将手机交给同伴——拍下，上传！另一个极端的例子是，一位女性不幸遭遇车祸，浑身是血地躺在马路上。她在第一时间所做的事情是，拿出手机自拍，上传网络。

景观社会的特征是眼界大开。摄像机探入一个双胞胎学校，一下子见到百来对双胞胎；上升到数百米的高空俯拍，镜头之中塞满了寸草不生的断崖绝壁——各种奇观正在制造剧烈的视觉震撼。日常生活之中，无所不在的手机拍摄赋予各种相片前所未有的世俗气息。地铁车厢里争抢座位的斗嘴，当街围殴"小三"，摩托车骑手摇摇晃晃地头顶一张席梦思床垫驰过十字路口，七旬老太太跳钢管舞英姿勃发，如此等等。这些琐细的社会片断没有资格调遣火箭筒一般的摄像机。伟大的摄像机不习惯这些杂碎，犹如伟丈夫不习惯厨房灶台上的活计。有趣的是，这种世俗气息突然敞开了家庭的私密生活。传统的习惯之中，家庭影集通常放在客厅角落的一个小桌子上，只有熟悉的客人有资格翻阅。可是，现在的网络仿佛随时直播家庭的日常景象：菜市场买到了新上市的韭菜，下午在卧室的地毯上练了半小时的瑜珈，晚餐的餐桌上有一盘猪脚，家里的肥猫正舒适地躺在书桌上打呼噜，等等。

多数相片无法出现作者的形象。笨重的照相机、摄像机不能倒转过来拍摄自己。因此，自拍神器的主题是视觉文化的"自我"隆重出场。可是，网络空间并没有一场狂飙突进的浪漫主义运动，那些争先恐后的"自我"有些乏味，婆婆妈妈。自拍神器无非造就一些小情调，小趣味，嘟起嘴巴卖萌，伸出剪刀形手势，一件款式新颖的时装，脚踝上一个别致的刺青图案，如此等等。对了，这仿佛是一个奇特的例外——网络空间竟然掀开了讳莫如深的性。作者勇敢地挺身而出充当素材，赤裸的躯体无所忌惮地暴露在众目睽睽之下。这些大胆的图片背后，人们可以听到甩开禁忌时的快乐尖叫。可是，甩开了禁忌的性似乎不再有更多的内容。故事总是迅速地跌回习以为常的结局，一张双人床就可以轻易地接纳全部情节。

自拍神器的确把镜头对准了自己。可是，出镜的那一张脸平庸无奇，看不出什么。当我们开始对自己的表现感到失望的时候，这个简单的小机械终于制造出一个复杂的问题：除了短暂的自恋，还有什么值得搬上镜头的舞台？

学车记

一

二十多年前，我写过一篇谈论汽车的散文《安装了轮子的世界》，对于发明轮子的人推崇备至。哪吒脚下的风火轮是谁首先想出来的？仿生学无法提供轮子的启示，没有哪一种动物的躯体底下安装了轮子。汽车比飞机伟大多了。飞机的发明依赖原型形象，例如飞鸟或者蜻蜓，而汽车来自纯粹的想象。我还表示这么一种观点：驾驶汽车的人不必规规矩矩地停留于祖父和父亲栖居的地方。世界很大，车轮重新诠释了空间的定义。崇拜汽车的人是无根的，汽车拥有的机械力量迅速挣断了血缘的联系。与其企求祖先的庇荫，不如考取一张证明独立成人的驾照。

我郑重其事地提到了驾驶的乐趣："驾驶即是让躯体陶醉于炫目的速度之中。油门已经踩到底，车身的内部发出饱满的吼叫，车窗簌簌地震动着，撕裂的空气发出嘘嘘的尖啸，再也没有什么可能阻拦一往无前的飞驰。循环加快，心跳如鼓，目光灼灼，全身的肌肉绷得像一张弓——还有什么能够比速度更让人们的躯体彻底地亢奋呢？"时至如今，我得承认这几句话带有很大的虚构成分，那时开车离我非常遥远，我甚至不曾动过这个念头。这篇散文发表七八年之后，我才考取了驾照。

许多人引用过一句话：速度是人性中第二种古老的兽欲。驾驶的乐趣很大一部分来自速度。汽车发动机的强悍轰鸣会迅速惊醒蛰伏于躯体内部的古老欲望。一个朋友为人懒散，处理任何事情都像电影里的慢动作，上班或者开会但凡不迟到就算一个奇迹。根据他太太描述，即使到楼下超市买一瓶酱油，他也必须这儿站一阵那儿坐一会预热半个小时才动身。可是，一旦开始驾车，他的血液立即被莫名的激情点燃。十字路口的黄灯即将转为红灯，他的反应总是一踩油门冲过去。在他帝王般的视野里，限速路段几乎不存在。因此，每个月的一堆罚款单始终是家庭开支的重要组成部分。他太太气愤同时又十分不解地向旁人发问：为什么一个做任何事情都是慢吞吞的角色，一开车就突然换了一个人呢？她不知道，争分夺秒是速度的胜利。

可是，考取驾照之后，我的驾驶从未真正体验速度的快乐。"速度与激情"仅仅是一部电影的名称。城市的交通体系几乎时刻要被压垮。路面拥堵，尾灯闪烁，多数时候，汽车只能如同一只有轮子的蜗牛缓缓移动身躯。驾车必须把性格磨出老茧。急有什么用呢？汽车又长不出翅膀。高速公路也不会好到哪里。互联网上流传一则逸闻：一个家伙利用假日驾车返回另一个城市探亲，可是，高速公路几乎塞成了停车场。他每隔几秒就得踩一次刹车，以至于到家的时候袜子都踩破了。

二

我学车的缘起有些偶然。那天和太太一起拜访朋友，他居住在城乡接合部的别墅区。站在楼上可以看到，别墅区围墙外的一块荒废的空地被辟为简陋的驾校练车场。水泥铺设一些高低起伏的S形小路，两三辆小车正在小路上战战兢兢地缓缓行驶。空地角落插着几根竹竿充当标杆，一辆正在倒退的车子试图从标杆之间穿过，却一次又一次地失败。空地的边缘搭了一个棚子，大约那是教练和学员小憩的处所。

太太当时已经驾车两三年，她突然扭过头问我要不要学车，而且就在这儿学。这时我才意识到，并不是坐上驾驶座一踩油门就能把车子开走。开车必须有执照，考取执照之前必须如同一个听话的中学生进入驾校培训，而且，驾校如此寒碜。我犹豫了一下表示，算了吧，太忙了。还有一句话我明智地忍住没有说出来：家里一个人开车不就够了吗？

太太反驳说，你什么时候能够不忙？要是推说忙，这辈子就别想开车了。一个现代人不能不会开车。

我被"现代人"这个词吓了一跳。锃亮的汽车驮着现代社会飞速地从眼前掠过，我会不会如同一个未老先衰的老太爷被抛在荒凉的路边？这种保守主义者的形象有点可笑，我连忙表态愿意试一试。我对于正在支配这个世界的机器丝毫不存在抵触情绪。

那好吧，就这样说定了。

那天我们是从别墅区围墙的一个缺口爬出去，跳到练车场上询问具体事务。天气寒冷，阳光发白，空地上灰尘很大。在练车场S形小路旁边一阵友好地讨价还价，学费似乎敲定在三千元，练习的是手动挡小车驾驶。太太远比我积极，她次日立即去交钱，我再也没有理由推托。

日后再去拜访那个朋友时，我会指着那一块已经人去车空的荒芜之地说，那儿是我的母校。

三

考取驾照的第一个科目是考交规，即厘清公路上设置的各种符号表示哪些交通规定。教练给了一本教材，里面收集了一千道练习题。考试的时候电脑随机抽取一百题，每一个学员的考题各不相同。考题多半是选择判断，一题一分，九十分及格。教练明确指示，涉及机械的练习题可以放弃不读，因为现今的汽车构造已经远为不同。"绿灯行、红灯停"之外居然还能设计出一千个考题，我深感意外。不能蔑视任何貌似简单的东西。

离开学校几十年，早已习惯给别人出题目考试，突如其来又被重新押上考生的座位。读、理解、强记。大约半个月左右的时间，我上厕所时总是挟着这本教材坐到马桶上。

然而不及格，才八十六分！交规成绩让我半天回不过神来。兄弟我在中学的时候也算一个"学霸"——尽管当时还没有造出这个名词。二十世纪七十年代，中学学制仅有四年，其中一年左右是在山沟的分校见习农活。尽管如此，学校还是时常组织各种考试，检查学生功课。当时的功课简单，我基本不做家庭作业，每一次考试仍然名列前茅。如果我的名次跌到三名之外，老师就会觉得哪儿不正常。中学毕业之后下乡插队，然后"七七级"大学生、第一批研究生——我什么时候享受过不及格待遇，奇耻大辱！那一天领了不及格的成绩单出来，旁边立即有人凑上来询问要不要找人替考，三千元解决一切。我鼻孔里重重喷出一口气，扭头而去。

问题出在机械部分。电脑分配给我的考题之中居然有十五六题涉及机械方面，例如油路故障如何排除，刹车松了如何调整，更换电瓶的操作程序，如此等等。我质问教练，不是说机械部分的练习题可以不读吗？教练也一脸茫然，他说别人从未遇到这种状况。我的运气不好，估计那一部电脑想刁难我。

两个星期之后可以考第二次。这两个星期我发愤苦读，无论什么题目一律背下，用功的场所远远超出了厕所。这一次考了九十八分，终于出一口恶气。一次饭局上说起这件事，坐在身边的一个历史学女教授轻声说，她的交规成绩是一百分。山外青山啊，我倒吸一口气，再也不敢嚣张。

停了一会，女教授又轻声细语地补充说，白考了，她反正不想驾车了。路面上如此拥堵，开车的时候，她的内心常常涌出撞上去的冲动。她觉得还是撤退为妙，交规成绩再优秀也没有意义。历史学女教授外表柔弱，可是，桀骜不驯的内心拒绝交通规则的限制。

四

我当然记得那个教练。

教练是一个小个子的中年瘦男人，脸膛黝黑，脾气火爆，如果不是在抽烟，他的神情永远处于想和谁打上一架的状态。似乎所有的汽车教练都认为自己有天赋骂人的权利，来学车的都是自己孙子，张嘴就骂天经地义。一个年龄相仿的同事去年刚刚到驾校学车，有天我在走廊上与他相遇。他面色潮红、情绪激昂地控诉驾校的教练，恨恨地发誓要投诉这个家伙。他在一个星期内接收到的咒骂远远超过了上半辈子的总和。"笨"是咒骂之中最轻量级词汇，一般总是和"猪"这种动物联系在一起。得知我当年学车的时候也不断挨骂，他满脸惊愕，心情显然缓和了许多。

根据当时的行规，我不时会送两包烟给教练。他收下的时候不是"笑纳"，脸上仍然一副谁欠了他八吊子钱的凶相。那天来了一个趾高气扬的学员。教练突然换出一副陌生的神情，亲自毕恭毕敬地开车接送。两个小时的时间里，那个学员独自霸占了一台好车练习。我从未见到教练的黝黑脸庞上还能展示如此亲切的笑容。空闲的时候，我询问这是何方神圣。教练说那是交通厅的一个副处长，分管驾校。我一脸不屑地咕噜说，副处长算什么，我的官比他大多了。教练迅速扭头看我一眼，脸上没有什么特别的表情，但是，从此他不再骂我。

脾气火爆没有太大关系，这个教练的真正问题是没有教学经验。他从来没有以上课的方式系统地讲述一下汽车的概况和驾驶的若干要领，而是始终重复一个观点：多练习练习就会了。第一堂课的时候，他交给我一辆快要散架的桑塔纳轿车，告诉我如何点火、前进、后退，然后消失得无影无踪。尽管不到二十分钟我已经全部掌握，可是不得不耗费整整一个下午在二十米长的路段前进，后退。那一辆桑塔纳浑身抖动，四处乱响，我觉得这个下午是带领一堆企图散伙的零件做一个无聊而漫长的游戏。

现在回想起来，某些必要的课程肯定被教练遗忘了。例如，他从未说过汽车旁边两个如同小耳朵的后视镜有什么作用。考驾照的时候，我发现一个女孩居然是看着后视镜将车子倒入车库，心中无限佩服。我练习这个项目的时候，总是把头伸出车窗，向后张望那几根神圣不可侵犯的竹竿，教练从未表示异议。据说美国驾校推荐这种做法，可是，我的教练肯定不是美国驾校毕业的。

当年考取驾照必须通过一个著名的项目"单边桥"——现在似乎已经取消。这个项目的设计是，两根一寸宽、一寸高的轨道先后安放在路面中央；汽车必须左轮在轨道上、右轮在路面行驶十来米，然后迅速让右轮跨上第二根轨道，左轮行驶在路面上。这个项目构思的初衷是，某一天我们正在山区驱车行驶，帝国主义飞机悍然侵犯我国领空，并且炸垮了公路。这时，一队英勇的工兵战士肩扛一根铁轨矗立于垮塌的公路缺口，行驶的汽车必须一个轮子着地、一个轮子辗在铁轨上杂要似的通过。所有的人都觉得这种情节设想过于离奇，但铁打的考题不可动摇。对于刚刚驾驶的新手说来，汽车的平衡木体操太难了。要么轮子从轨道上丢下来，要么左轮与右轮的切换来不及，练车场上这个项目的成功率不会超过百分之五十。临近考驾照的前一天，我偶尔从一个学员那儿听说居然有一个秘诀：当轿车引擎盖上一个凸起的喷水孔与轨道持平时，一打方向盘就能准确地驶上轨道。我连忙试了试，成功率至少提高至百分之八十。

我愤然质问教练，为什么对我进行技术保密？他想了半天说，忘了告诉我。

五

考试来临，据说大约将有一半学员被淘汰，无限期盼又万分不安。考题和考场构成了一个狭窄的栅栏门。辽阔大地是在栅栏门的另一边。

按照抽签的名次，轮到我的时候考场上已经没有多少学员。考试的车里安放了一台小仪器，仪器会忠实地记录车子的每一次熄火——考场上的车子特别容易熄火；副驾驶的位置坐了一个监考的警察，他的眼睛盯着手里的报纸，头也不抬地说：开始吧。五个项目之中，"单边桥""定点停车"和"半坡起步"都是令人生畏的魔鬼项目。"定点停车"常常压线，"半坡起步"可能溜车或者熄火。每个项目二十分，八十分及格。换一句话说，失手两个项目就算铩羽而归了。

许多学员考试的前一天会开车进入考场转一圈，熟悉地形。我认为没有必要，事实证明这是一个严重的疏忽。考试的前一天晚上下了一场大雨，路面四处积水。车轮沙沙响地辗过，水花飞溅起来。第一个项目是最为简单的"直角转弯"。由于一洼积水的反光，我竟然没有看清路边的白线，前轮稍稍刷到，这个项目立即报废。监考的警察仍然低头看报，他嘴里嘀咕了一声：这个项目也会丢，现在看你怎么办？

接下来的考试我高度紧张。S形弯道，停车入库，单边桥，定点停车和半坡起步，谢天谢地，这些项目竟然逐一通过，如有神助。定点停车的时候，我隐约地觉得副驾驶位置上的监考警察似乎轻踩了下刹车。或许他觉得我的车速略为快了一些？

我无法证明这个警察是否好心帮了我一下。是不是他认为我第一个项目的失分有些冤枉？考试结束之后，他抓起报纸摇摇晃晃地走了，没有多看我一眼。我也没有道谢，担心道谢反而像是作弊。如今已经想不起他的模样了。

定了定神走出考场，额手称庆，忽然觉得人生不一样了——现在，那些纵横交错的柏油马路属于我和我的汽车了。

六

我不必自己驾车上班。考取驾照之后，开车机会其实并不多，两三个月开上一两趟，往往是休息日去哪儿打一场乒乓球。我驾车的时候基本没有乘客。有一回与几个学生相聚之后驾车离开，他们都不想搭车。分手的时候一个个微笑着往后缩，大约是珍惜生命的意思。

最为经常的乘客只能是太太。一起出门的时候，偶尔我会申请担任驾驶员，太太略为沉吟，就把驾驶座让了出来。

我认识一对教授，夫妻相互动员对方学车。两个人的共同理想是当一个眼神涣散的乘客，而不是精神抖擞的驾驶员——他们迄今仍然处于协商阶段。另一位教授的太太英勇承担了开车的重任。她进入驾校的时间比我早，毕业的时间比我晚。教授经常深沉地叹一口气说，还没有考过啊，下午又带了一条烟去巴结教练。他太太出师之后，他们二位形成了一种奇异的合作方式：女方负责开车，男方负责指路。临近十字路口，他太太总是一迭声焦急地催问：要不要转弯？左转还是右转？快点说！教授不明白十字路口有左转道、右转道之分，行驶错误会罚款扣分。他刚刚从迷糊状态惊醒：这是哪儿？慢点，让我想一想。于是汽车只好笔直地穿过十字路口向前开去。有一回几个朋友相约聚餐，他们的车子错过了一个又一个十字路口，到了十多公里之外的山脚下才转了回来，全桌的人只能为此长时间饥肠辘辘地等待。

我与太太的合作模式与此完全不同，我们总是不由分说地进入师生模式。太太早开几年车，理所当然地以导师自居，不断用庄严的口吻发出指令：眼睛要观察前方两百米的路况！变道不要焦急，打转向灯，缓缓地转过来！不管什么情况，有异常首先是刹车！有些时候，太太愿意传授一些独到的心得，例如打喷嚏的时候要把脚板下意识地搁在刹车板上，踩在油门上容易酿成事故，如此等等。太太的观点无比正确，可是，那天走出考场直至现今，我也是一个有十多年驾照的人了，难道还需要这些初浅的启蒙知识吗？路况宽松的时候，太太就会挑剔我的开车姿态，方向盘抓得太紧，眼睛瞪得太圆，鼻子痒了揉一揉也会遭受嘲笑：有必要这么紧张吗？随后她拿出手机为我拍照，上传微信朋友圈。微信的相片之中，我的神情似乎比第一次约会还要庄重。

我真正愿意谦恭地向太太讨教的是倒车入库。太太夸口说，只要称得上一个车位，她都能把车子倒进去。当年居住的社区车位供不应求，为能租到一个车位伤透了脑筋。有天太太得意地说，她居然抢到了一个，而且每个月的租金比别人便宜两百元。我到地下车库看了看，车位夹在两根大水泥柱之间，入库的路径狭窄而曲折，停车的空间逼仄得像个过道，别人根本没有兴趣。我来回尝试了好几趟才胆战心惊地把车子塞进去。我满脸愠色地说，这种车位怎么能要？难道我们每个月缺两百元钱吗？太太一脸无辜，倒车进去难道是问题？她坐进驾驶室当场演练几个回合，总是一把就将车子迅速倒进去，甚至可以单手操作。我猜测她的独门秘技与购物存在某种神秘关系。大百货商场处于闹市，车位紧张，发现一个空缺就要千方百计地把车子挤进去。钢铁是这么炼成的吧？

　　那天与居住在别墅区的朋友通电话，听见那边震耳的打桩机声音。驾校早已搬走。朋友说："一墙之隔的那块空地目前正在盖房子，也许还是盖别墅吧。你的母校没有了，将来会变成每平方米要卖好几万元的高档社区。"放下电话突然有点恍惚。十几年的许多时光坐在轮子上度过，世界也像轮子一般越转越快。这个世界要去哪儿？谁也不知道生活的下一个路口遭遇的是红灯还是绿灯。

草书的表情

一

时常听到抱怨，草书难懂如同天书。一个笑话说，某大师酒后乘兴狂草一幅。数日之后，一个弟子小心翼翼地询问条幅之中的一个字。大师熟视良久，突然发起了脾气：为什么当时不问？现在我也认不出了！

我的想法是，何必执意认出每一个字？墨迹浓淡枯腴，运笔顿挫缓急，或者凝重如山，或者细若游丝，抚摸得到搏动于撇捺点画之间起伏的内心波澜，这就是懂得草书了。那些戏迷不在乎舞台上的故事情节，他们是为演员的柔软身段和激越唱腔而摇头晃脑。草书也是如此。跌宕错落，奔走踊跃，蓬勃之势潮水般地涌过纸面，至于写下的是李白的"黄河之水天上来"还是周敦颐的《爱莲说》，不是多么重要的事情。

恋人或者对手面谈的时候，脸上的表情常常充当了另一种语言。听到种种夸张的表白或者威胁性言辞，肯定还要看一眼对方的表情。忽略表情可能产生严重的误读。无声的书法也是有表情的。"厚德载物"

也罢，"天道酬勤"也罢，"宁静致远"也罢，"清风遣怀"也罢，相同的词句可以写出迥不相同的书法表情。草书甩开了一笔不苟的横竖撇捺，颐使气指，是篆、隶、楷诸体之中表情最为丰富的一种。颜真卿的《祭侄文稿》一把推开了正襟危坐的楷书，纵笔驰骋，不拘浓淡，率意涂抹窜改，一腔的悲愤跃然纸上。

龙飞凤舞是得意。银钩铁画是倔强。循规蹈矩有些方巾气。花团锦簇流露的是轻佻的脂粉气。王羲之当年与众多贤人聚会兰亭，流觞曲水，惠风和畅之间生死无常的哲学感叹没有切肤之痛。据说他的《兰亭集序》是微醺之际的书写，字形俊朗，风神飘逸。然而，日后的《哀祸帖》终于丧失了那一份优游自得："频有哀祸，悲摧切割，不能自胜，奈何奈何，省慰增感。"《哀祸帖》刚硬硌人，不暇修饰，第一行的几个字形同仰天哀号。

很长的时间里，我仅看过怀素的《自叙帖》。呼风唤雨，飞沙走石，阖上的字帖仿佛仍然有长长的呼啸回旋。因此，日后读到了怀素的小草"千字文"，不禁大为吃惊。这是他六十三岁的作品。相对于《自叙帖》，小草"千字文"安详恬淡，漫不经心。书法史对于这一件作品赞不绝口。所谓苍劲静穆，所谓法度精严，甚至称之为"千金帖"——一字千金之谓也。然而，我在字里行间看到的是一个随和淡然的老者。岁月终于抚平了心中的激昂，年迈体衰，心意骤冷，神志与躯体似乎都有些萎缩，当然，书法史更乐意将这种格调形容为"人书俱老"。

坊间一度流传过一则趣事。据说当年的不良路人时常在某书法家——一说是于右任，一说是启功，有人甚至说是郑板桥——寓所之外的墙角撒尿，秽臭熏人。书法家盛怒，挥笔疾书"不可随处小便"六个大字，张贴于墙上。可是，这张告示很快被人揭下拿走。不久之后，店里出现一张裱好的条幅："小处不可随便"。我对这一则趣事一直有所怀疑。阻止路人胡乱小便的盛怒与教诲为人之道的一本正经肯定不是同一种表情。即使文字表述可以巧妙地偷天换日，作为书法必定气韵尽失。

古人手中的一管毛笔写奏折，写家书，写科举考试的试卷，一手好字如同一副好相貌赏心悦目。尽管如此，草书多半还是书法家的事。据说怀素的醉后草书往往提笔直接写在了长廊的粉壁上，"忽然绝叫三五声，满壁纵横千万字"。如此狂僧，只能充当行为艺术的主角。那些儒冠儒服的书生写的是娟秀的楷书，草书的嚣张风格很可能冒犯上司或者考官；公文之中出现讹误更是吃罪不起。想在朝廷或者衙门拿一份俸禄，书法必须和做人一般规矩刻板。

然而，现今的公文一律是标准的印刷体，年轻一代的书写已经变成了敲打键盘。书法走到尽头了吗？也许恰好相反。毛笔不再负担日常的各种书写，纯粹的书法意外地成为可能。狂放的草书卸下了识字的义务，开始重新抖擞精神。"久在樊笼里，复得返自然"。这时，草书可以是虎啸龙吟，可以是摧枯拉朽，一副灿烂的表情终于无拘无束地浮出纸面。

二

偶然听说，人无癖好不可交。我正在盘算还有多少余裕接纳新的癖好，书法如同一个多年不见的老友不由分说地闯了进来。

上一回与书法相遇，大约是四十多年前。那时我还是一个混沌未开的青涩少年。我至今仍未明白，当年为什么仅仅流行柳公权的楷书。所有的人都在临写《玄秘塔碑》。仿佛有"颜筋柳骨"之说，但是，颜体并未赢得同等待遇。我的书法兴趣其实来自一本偶尔得到的隶书字帖。记得是唐人的隶书选字本，字形厚重，不似汉人隶书那么潇洒率意。临摹了一段时间，又借到一本残缺不全的草字汇，双钩的油印本。我设法弄到了一叠透明纸，细心地将整本字帖描了下来。这就是草书的启蒙了。一管毛笔开始在旧报纸上快速移动的时候，那个少年显然认为，草书比隶书有趣。当时并未将书法与遥远的"艺术"联系起来。我的私心是，一手好字日后可以到乡下写春联，换取几文报酬。家境不佳，必须早早筹划未来生计。当然，当时并未料到，数年之后的乡村生活与纸张、笔墨毫无联系。

我的生活再度拥有一张书桌时候，春联与书法已经成为过时的传统手艺。窗外的日子充满了工业的节奏，书桌的统治者无疑是电脑。我在键盘上飞快地敲打五笔字型，毛笔如同一个古老的传说湮没在斑驳的往事。很长的时间里，我与书法的唯一往来就是读一读字帖。书店里遇到一些名帖，总是忍不住要买下来。无非是二王，苏黄米蔡。陆机的《平复帖》以及杨凝式、张瑞图的墨迹就算较为偏僻的了。读帖是无言的对话。缓重的一点一画是隐忍，汹涌的笔势是慷慨陈词，古拙的横平竖直是心如古井，长长的枯墨是一缕不绝的歌谣盘山而过……当然，悠然心会，神交而已。发现了意外的精妙情不自禁，也不过伸出手指在空气中将某个字临写一遍。

再度握住毛笔，仿佛是突如其来的一念之间。那一天私下里讥笑一位热衷于题词的名流：披金戴银，搔首弄姿，如此俗气的书法怎么能不断地抛头露面？这时，太太随口应了一句：你怎么不想写一写字？我突然心里一动。哪里的一扇门呀的一声打开了。

腾出一张桌子，展纸研墨，熟悉的感觉穿过了四十多年的尘埃骤然弥漫开来。草书，墨迹淋漓，运笔如风，意想不到的快乐。年龄渐长，腰酸背痛再也不能率性地走南闯北的时候，草书是另一种驰骋。吸一口气，提一管狼毫毛笔满纸飞奔，这里有天马行空的任意。

"纸上江湖，笔墨风月"，这张条幅是为自己写的。从车水马龙之中脱身而出，一间空旷的屋子，一张大桌，一刀宣纸，一副笔墨，这就是自得其乐的时刻。

一幅得意，邀请太太分享。在我的威严目光逼视之下，太太只能虚伪地恭维几句，固定的辞令如同来自一台智能录音机。数日之后，自觉不佳，揉成一团往纸篓里一丢，心中快乐不减。

几幅字镶入镜框悬挂在墙上，不加裱褙。纸张微皱犹如乱头粗服，自有自然天真之态。有朝一日觉得了寡趣生厌，可以另行再写一幅换上。享受草书如同享受时装，心中快乐不减。

不时挑选两张发布在微信上，若干文友捧场点赞。偶尔有方家路过，指指点点或者侧目而视。褒贬由人，心中快乐不减。

忽然想为自己的客厅书写一幅，然而屡屡不能得手。除了满地的纸团，整个下午一事无成。受挫之感潮水般地涌过，心中仍然快乐不减。

我没有写诗的才能，无法将一腔的心事托付于铿锵的句子。诗是少年的狂放，中年的故事多半是欲说还休。现在好了，草书不期而至。孙过庭的《书谱》曰："偶然欲书。"心血来潮的那一刻握住一管笔，点若飞石，横若枯木，盘旋若龙蛇，奔放若快马入阵，草书就是一个存放心情的空间。胸中有不尽之意，那么，铺一张大纸，挥毫泼墨，一片纵横起伏犹如无声的呐喊与长啸。

三

书法史上兴起过碑帖之争。碑和帖可以形容为书法的两种表情。帖书写于纸张之上，婉转勾连，左右盘旋，仪态万方如同盛装美人；碑刻勒于石板或者山崖，梗直厚重，棱角分明，神情坚毅如同冷面大汉。清代之后，一些书法家厌恶帖的柔媚妍丽，婉约浮靡，矛头甚至直指二王。他们倡导临摹碑文，宁可朴拙木讷，有古意，有金石味，拒绝那种八面玲珑地讨好人的白面郎君。

现在似乎没有太多的人谈论碑帖之争了。坊间时髦的是现代书法。这个概念不是太明白，仿佛有日本书法的影响存在。许多人的字正在变成各种线条的写意，大小粗细极其错落，或者类同水墨的装饰画。如今还想和这些书法家谈论二王书法的神韵，大约就会像那些仅仅懂得异性恋而没有听说过同性恋的乡巴佬。我当然明白，这些书法家绝不是因为功力浅薄而胡涂乱抹，许多人临的《兰亭集序》几可乱真。纠缠他们心思的是一个大的问题：二王或者苏黄米蔡之外，笔墨是否还能写出别一种可能？

我肯定属于那种没有见识的乡巴佬，还是老派的口味，惭愧。王羲之的字怎么看还是好的，行书和草书无不从容大度，既潇洒又严谨。友人从网络上传给我一份王羲之的"手札集萃"，包括《长风帖》《初月帖》《得示帖》《二谢帖》等等，用二胡配乐。闲暇的时候随意读若干页，心旷神怡。

怀素的《自叙帖》反而不可多看。这个大唐年间的和尚不怎么守戒律，食肉嗜酒。酒酣兴起，下笔势不可遏。《自叙帖》写得盛气凌人，没有充沛的精力应付不过来。所谓笔笔中锋，均匀瘦劲，同时又入木三分。几乎找不到哪些单薄乏力的笔画。传说他的字是在芭蕉叶上练出来的。皂角水洗过的芭蕉叶可以吸墨，怀素每天要写数百张。他的寓所附近种满了一丛一丛的芭蕉树。《自叙帖》之中驰骤盘旋的线条充满了弹性与韧性，如同山林间的老藤。

苏东坡不大写草书，常常看到的是行书。苏东坡的字偏于肥厚丰腴，略为右倾，一笔一画之间常有天真烂漫之趣。如同他那些浑然天成的诗文，苏东坡的字仿佛无所用心，同时又意趣横生。就这么写下来，居然如此之好。王铎我也喜欢，王铎的字雄浑、遒劲乃至明目张胆的霸悍。王铎的行书筋骨毕露，草书梗概多气，他的字帖读得出内心按捺不住的起伏。或许因为明末清初贰臣的身份，他的无限感慨只能收缩到笔墨纸砚之间？

不过，许多文人推崇的书法风格是澹淡安详，摒弃俗世的烟火气，甚至孤峭冷僻，例如八大山人，例如弘一法师。志在兼济，行在独善，儒家的入世精神背后，文人总是有归隐江湖、散淡一生的情结。闲云野鹤之所以成为某种美学象征，文人与权力体系无法弥合的距离是一个特殊的原因。一些文人在怀才不遇之中蹉跎一生，一些文人被剔出朝廷沦落风尘，这时，他们多半在道家、释家主张的人生姿态之中得到安慰。远离尘嚣，淡泊明志，纸面上每一个字的神情似乎都在复述这两句话。

闲暇时写几笔草书，似乎很难接受白话文。遇到"汽车""电脑""主义"这些词，草书写不下去，甚至不断出现的"的"也是一个障碍。写的是唐诗宋词的句子，笔墨立即就流畅起来。"风""月""雨""雪""云""水""江""海"都是常常写到的字，古人的日子充满了水意，不枯燥。还常常写到"花"字。风高竹有声，夜深花不寐，这时我明白过来了，草书就是在纸面上回忆古老的诗意生活。"闭门煮茶，秉烛读花"，写下这一幅对子，写的是一种久违的期盼。

四

一个作家愤愤不平，他的书法被称为"文人字"。他觉得了屈辱，

"文人字"如同降格以求。一帮玩票的家伙，不入流。这时的"文人字"似乎是一个委婉的说法——这些人的书法有点意思，但是不登大雅之堂。

可是，"文人字"是不是还有另一种涵义？文人擅长构思，有想象力，"文人字"情趣盎然，不如通常的书法家那么刻板地循规蹈矩。一些大文人胸襟开阔，他们的格调、气象不可避免地流露于书法之中。鲁迅的字浑朴自然，不骄不矜，隐含了一点小小的慵懒或者颓放，与他杂文之中戏谑反讽的口吻相映成趣。不过，鲁迅的文名如此显赫，以至于遮盖了书法的声望。鲁迅肯定不想做一个专门的书法大师，估计他不介意"文人字"之称。

构思和想象的独出心裁往往打破常规另行设计。现在的不少"文人字"显出很强的设计感，甚至带有装饰意味。可以设计三五个字写一块牌匾，一幅中堂，然而，数十个字写成完整的一段往往不那么自然，机心毕露。一首诗之中一联精彩，全诗有了重心，张弛错落，主从有序；真的字字珠玑，要费很大的气力才能按在一起。过多的佳句堆砌，犹如一群拥挤的鱼儿搅翻了一塘池水。一幅书法更是如此。设计的字多半有个性，倔头倔脑的，聚集在一起就会相互冲撞。郑板桥的字是有设计感的，号称楷、隶、行、草熔于一炉，同时兑入画竹、画兰的笔意。把这种字收拢为一个整体，奇崛峭拔如"乱石铺街"，没有他的才情办不到。另一个大书法家黄道周的字也构思得很特别。他的书法之中，许多字右肩高耸，有桀骜不驯的神气。如果没有另一些温和平淡的书写居间调停，那么多右肩高耸的家伙说不定会打起来。黄道周与王铎是同时代的人，闽南的乡亲。他性情刚烈，屡屡犯颜直谏，一次又一次地被皇帝贬官；明亡之际，抗清死节——这一点与王铎南辕北辙。

文人计较"文人字"，看来是常见的事。可以说文章不好，也可以非议人格，就是不能看轻他的书法。哪怕无关润格，也不肯落了下风。

老婆或许是别人的好，字一定是自己的好。不就是写几个字的事情吗？的确，那些文人就是不惜为这件事打口水仗，说风凉话互相刻薄，必要时甚至挥动老拳。当然，也有例外的人物，例如苏东坡与黄庭坚。宋人的《独醒杂志》记载一则逸事：某日苏黄二人晤谈。苏东坡对黄庭坚说：你近时的字虽然清劲，但笔势有时太瘦，如同树梢挂蛇呀；黄庭坚答曰：我不敢妄议您的字，但偶尔觉得偏于肥扁，如同石压蛤蟆。二人相对大笑，都愿意认可对方的讥评。苏黄亦师亦友，他们的宽怀大度，才高八斗是一个重要的原因。都是名重一时的文豪，几句无足轻重的贬词改变不了他们的地位。而且，我还藏有一个猜想：两位大师如此谦逊，或许另有一个原因——书道深奥，自以为是只能证明没有多少见识。

书法不是武功较量，找不到某一个具体的对手，赢了某某人就可以号称武林至尊。书法史将"天下第一行书"的美誉授予王羲之的《兰亭集序》。如今所见到的多种《兰亭集序》墨迹，是虞世南、褚遂良等众多后代书法家的摹本。流行最广的传说是，《兰亭集序》传到王羲之第七代孙智永和尚手中，被唐太宗李世民设计夺走，继而殉葬于他的陵墓之中。我宁可相信，真迹的渺不可见保证了《兰亭集序》永恒的"第一"。神是不能现身的。如果《兰亭集序》不是存活于人们心目中，而是陈列于某一个博物馆的橱窗后，怎么可能没有人挑肥拣瘦？王羲之无愧书圣，然而，他未必永远是攀上巅峰的最后一级台阶。

许多书法大师都有一种感觉：落在纸上的笔墨与真正的书法理想仅有一步之遥，但是，真正书法的理想模糊难辨，如同一个揪不住的幽灵。或许，真的"功夫在诗外"？这些大师不时逛到书法之外，祈求江山之助。王羲之爱鹅，颜真卿揣摩屋漏痕，怀素观察夏天的云朵，米芾拜奇石……他们肯定觉得，书道不限于笔墨，而是寓于天地之间。

然而，古人还有另一种观念：书法仅仅是微不足道的"余事"，不可玩物丧志，投入过多的精神以至于耽误了人生的正事。所谓人生的正事，只能是修齐治平，文韬武略——充当一个"书痴"，志向太小了。不就是如何写字吗？茫茫无边，立地成佛，见得到真性情的就是好字。

我翻阅过一本西泠印社印的陆游《自书诗卷》。手书诗八首，一看就知道是陆游暮年的墨迹——书写时他已经是八十高龄的老翁。纵横随心，浓淡随笔，云在青天水在瓶，一副超然无羁的神气。这大约也算得上"文人字"。然而，人、诗、书三者合一，这就是天籁了。

遥远的橙子

一

毫无预兆，2022年最后几天如同一片薄薄的玻璃瞬间破裂，满地都是碎片。变故突然而简单：父亲去世。父亲很老了，风烛残年，可是，发生的一切仍然猝不及防。回想仓促而混乱的几天，既是长长的煎熬，又仿佛仅仅一眨眼。事情是怎么开始？我一直有些恍惚。

好多年了吧——父亲日复一日面对一部55英寸的大屏幕电视。父亲已经九十四岁。由于长期眼疾，他几乎失明，只能看到电视屏幕之中一些隐隐约约的影像，后来干脆闭起眼睛听一听声音，听着听着就睡着了。父亲逐渐与那些西装领带播音员的标准腔调或者种种让人爆笑的综艺节目失去了联系。电视屏幕犹如一天一天远去的历史河流，父亲只是留守在岸边浅浅水洼之中的一条小鱼。父亲有时抱怨，他现在什么也不懂。我安慰父亲说，没有关系，躲进小楼成一统，岁月静好，管得好自己就行。父亲心有不甘，挂一把拐杖在寓所里颤巍巍地走来走去，拐杖的底下撑开的四个爪子保持稳定。没有人想到，2022年的最后几天突然变得无比陡峭，挂着拐杖的父亲，无论如何再也走不过去了。

这一段时间我不怎么敢去看望父亲。新冠病毒正在大规模集结，无声无息地呼啸而来。我仍然穿梭于年末的各种例会，一个又一个近距离接触的人陆续传来中弹的消息。我担心贸然将病毒引入父亲的寓所。父亲雇了一个六十岁左右的阿姨照料饮食起居。阿姨来自一个山区，说话口音重，口齿不甚清楚，菜烧得有些辣，也不怎么擅长操作电饭煲或者手机这些电器。但是，她对父亲很不错。阿姨没有什么社交，只是每日晚上到江滨公园跳广场舞——不知道是不是真的能跳。她时常在电话里与老乡交流各种信息。那一天她突然向我求证，问我是不是要和台湾打起来了？她说如果真的打仗，要把"爷爷"带回老家的山区避难——她称父亲为"爷爷"。我笑着让她别操心这种事，心里还是浮出一阵小小的感动。我只能反复叮嘱出门戴口罩，回家立即洗手。阿姨诺诺连声。

12月22日半夜近12点的时候，阿姨突然给我打电话。她说父亲上卫生间之后滑倒了。人并没有受伤，可是两腿发软站不起来。她试了几次，一个人无法扶起父亲。我和太太立即过去。我和太太刚刚服下安眠药准备睡觉，仍然冒险驾车。太太对于药物更为敏感。她坐在副驾的座位，觉得马路像一条河那样浮动，路面的车道线都是重影，斑马线仿佛一条一条飞起来，扑到车窗上。

到了父亲的寓所，阿姨满脸是汗地坐在一边，父亲居然躺在地面呼呼大睡——他穿着棉衣，阿姨遵循我们的嘱咐在父亲身下垫入毛毯避免受凉。我们两个人勉力将父亲架起，第三个人迅速将一张椅子塞入父亲的屁股底下，父亲勉强坐了起来。架起父亲的时候，他的身体重量远远超出了我的预料。是不是由于双腿无力配合而产生了下坠之感？我心中疑惑。安顿父亲上床睡觉之后，我与阿姨交谈一会。她说父亲这一段未见异常。嗜睡是很久的事情了，每日的午睡差不多整整一个下午。父亲常常从床上起来不久，坐到躺椅上又开始瞌睡。让我较为放心的是，父亲体温正常。

次日参加毅霖君主持的书法、篆刻、刻字展览开幕式。展览是2022年存留记忆的最后一束艺术光芒。许多作品气韵不俗，格调清雅，可是我心中有事，匆匆浏览之后就离去。回家之后电话得知，上午姐姐、姐夫在父亲寓所照料。父亲下床的时候又瘫坐到地上。姐姐、姐夫扶父亲上床的时候同样深为疑惑：为什么父亲的身体这么重？

这种状态难以为继。恰好阿姨的丈夫这一段时间可以腾出手。他曾经在医院当过护工，有些护理经验。我们当机立断雇下他，与阿姨一起照料父亲。阿姨夫妻住在一起节省开支，同时又挣得到两份工资，他们也十分乐意。阿姨的丈夫当天下午立即到位。那一天晚上我们终于睡一个安稳觉。

24日早晨，阿姨电话报告太平无事。父亲吃了一碗饭，现在又上床休息。夜里父亲上卫生间，由她丈夫扶过去。她丈夫力气够大，足以胜任。我转身与父亲的主治医生通电话。这位医生诊治父亲多年，熟悉父亲的身体状况。他说不久前刚刚看过父亲的血象报告，没有什么问题。我想请教的是，如果父亲遭遇新冠病毒，可否住院治疗。医生苦笑说没有意义。医院的医生和护士、护工已经感染过半，住院徒然增加风险。我说出现危急状况怎么办？医生说如果叫得到120，送到什么医院就看自己的造化。我心情黯然。

放下电话不久，阿姨突然来电话，音量超常地喊，父亲发烧了！我问多少度，她说39度多。我手忙脚乱，即刻就要赶过去。还未出门，阿姨又来电话，带着哭腔说，父亲很重很重地呼吸一阵，现在没有呼吸了。我不相信，她又说了一遍。我仍然不相信，要她丈夫听电话。她丈夫口齿清楚，将情况复述了一遍。这是真的。

就这么一瞬间，父亲没了。

二

父亲年事已高，我们这些做子女的当然有各种思想准备。尽管如此，急转直下的情节仍然超出所有人的意料。但是，悲伤很快被紧张淹没。据说殡仪馆的业务正在急剧增加，慢一步就排不上队了。我们紧急联系丧葬"一条龙"的服务人员。疫情期间一切从简，双方迅速敲定各种细节。

一个书写讣告、花圈的人首先抵达。他提一个行李箱，里面放着毛笔、墨汁等书写工具。进屋之后，他唠叨地挑剔桌子不平，光线不够，总之，书写条件不好，然后说我们不懂规矩，应当事先给他备一包玉溪牌香烟。我们的确不懂。匆匆买了一包烟回来之后才知道，告别仪式那一天还要各方打点一条玉溪烟。问明价格之后干脆事先给了钱，于是事情就流畅多了。写字的慢慢高兴起来，逐一记下送花圈者的姓名。他先写一张讣告张贴在父亲寓所的楼道。这个人的书法花哨地乱卷一气，一些字几乎认不出来。可是，他自己得意。一些写下的条幅墨汁未干，我帮忙摊在旁边晾一会儿。他踅过来自己欣赏一阵，抬起头对我说，他的字写这种东西真是可惜了。他的口气超过了我前一天展览会上遇到的任何一个书法家。

不久之后，另一批穿寿衣的工作人员到了。按照他们的指示，姐姐给父亲梳头，我给父亲擦身，然后由他们穿上一套定制的蓝绸布寿衣，戴上寿帽。穿上寿衣的父亲安详地躺在床上。九十多年的悲欢，一切都结束了。一生如梦，所有的梦想最终搁浅在一张床上。父亲一生如此沉重，一切似乎又都在这里了。

傍晚时分，殡仪馆来了车子，先将父亲的遗体存放在殡仪馆，等待后天火化。我和姐姐、妹妹以及工作人员共同抱起父亲遗体安放于纸棺。习俗是儿子要抱头。纸棺红底金字，盖上之后用红绸布条捆起来。我和工作人员一起扛起纸棺，小心翼翼地避开家具抬出寓所的大门。阿姨在背后的一个角落里大声哭起来："爷爷要走了。"

　　到达殡仪馆的时候，"一条龙"的服务人员早已在那里打点。他说终于要到了冰柜的一个空位，殡仪馆只剩下最后两个。他没有夸张，几天之后殡仪馆的纸棺、冰柜都已成为稀缺之物。工作人员用推车缓缓地将父亲的纸棺置入冰柜空位，我心里竟然可耻地浮出庆幸的感觉。返回的时候见到街道上的广告，忽然意识到当天晚上是"平安夜"。我想，冰柜中的父亲将要度过九十多岁最为寒冷的"平安夜"，心中的难受潮水一般涌来。

　　取消吊唁等仪式，次日反而是空出来的一天。所有的事情就是等待。然而，因为感染了新冠病毒，我已经开始发烧。姐姐已经烧到了下不了床，估计无法前往殡仪馆送别父亲。妹妹身体最弱，她反而还没有烧。她担心我的身体，一方面劝我或许也不必去，一方面又觉得自己一个人主持不了这件事。她的微信里透着惊慌。我告诉姐姐和妹妹，她们如果发烧太高就不必勉强支撑，我反正必须到场。儿子不可推卸的使命是，保证把父亲的遗体烧成一把灰。

　　第三天大早赶到殡仪馆。"一条龙"的服务人员说，早点烧了早安心。我们听从他的建议，尽量往前排。老天爷还算给面子，天气晴朗，寒风凛冽。只有六个人送别父亲，已经比我预料的要多了。摆在走廊旁边送别父亲的花圈比送别的人要多出一倍，花圈被寒风吹得簌簌地响。我心中没有太多的悲伤，只是觉得一片荒凉。父亲的遗体放在一辆推车上推出来，六个人鞠躬告别。我们向父亲解释，其他人实在无法起床，委托我们告别。按照风俗，我们在父亲的纸棺里放了几套他平时爱穿的衣服，还放上一瓶油，说是大火烧来的时候不会痛。推车推走了，这是泪如泉涌的一刻。

寄存了父亲的骨灰之后从殡仪馆返回父亲的寓所。寓所社区的楼房正在进行大规模的外立面装修，四处横七竖八的脚手架。我抱着遗像穿过脚手架的空隙，旁边的人撑起一柄黑伞遮住，遗像不能见天。社区里还有一个民间乐队稀稀落落地坐在脚手架上吹奏哀乐，另一户的老人去世。阿姨和她的丈夫愿意在寓所再住几天返回老家，因为阿姨也已经开始发烧。阿姨的丈夫只服务了一天，我们还是愿意付给他一个月的工资。原先说好至少雇他到春节。更重要的是，哪怕只是服务一天，他确实尽心尽力。

料理好这些事情之后，我们终于松弛下来，各自返回家中，然后此起彼伏地开始发高烧。

三

大约二十年前，我曾经出版一本书《关于我父母的一切》。我在书的序言之中表示，父亲和母亲都是极为普通的人，不堪担任一本书的主角。即使我热衷于写作，这一点也没有改变。父亲太守规矩了，一辈子也没有多少出格之举可以构成传奇情节的素材。我觉得父亲性格之中有过不安分的成分。那是他年轻的时候。祖父是一个中等的资本家，经营一家轮船公司，或许还有若干工厂、店铺。父亲是长子。祖父肯定希望他继承家业，乃至有所开拓。可是，父亲对于资产阶级少爷的身份毫无兴趣。我不知道父亲与祖父是否产生冲突，然后一跺脚夺门而出，远走他乡——电影或者小说常常如此描写。总之，父亲读完中学短暂地辗转于宁波，随后考入上海的大夏大学。那时已经是20世纪四十年代末期。上海的大学校园里，左翼气氛愈来愈浓厚。父亲开始参加学生运动，似乎险些被国民党特务带走。父亲与几个同学慨然参加"南下服务团"，跟随中国人民解放军挺进福建，作为年轻的知识分子参加解放之后的政府管理工作。这时的父亲有一个意气风发的形象。穿一套洗得发白的军装，打一双绑腿，翻山越岭一个多月徒步行军返回家乡。父亲手中居然有一台德国照相机，估计是用祖父的钱买下的。他拍摄的一些"南下服务团"行军的相片作为珍贵的史料保存了下来。返回家乡之后，父亲担任工会干部，他的很大一部分工作即是代表工人阶级与祖父这种资本家抗争。

这是一个不错的开端——我说的不仅是父亲的革命前途，而且是他的性格成长。出乎意料的是，情节到此为止。五十年代开始，父亲动辄得咎，厄运连连。仕途当然无望。父亲不断地接受各种有形无形的审查，然后不断地获取历史清白、没有问题的结论。这的确算不上多么重大的打击，晋升受挫总比牢狱之灾好。可是，这种不轻不重的反复敲打彻底改变了父亲的性格。他日复一日地变得谨小慎微，左顾右盼，生怕落入什么圈套；甚至担心走路的动作太大，飘起的衣角不小心钩住一根钉子，以至于拖倒了一堵危墙。以儿子的身份作为一个旁观者，父亲三十岁之前意气风发的形象是我拟想出来的，我亲眼目睹的是父亲如何慢慢地陷入各种无名的焦虑。连我的外婆都会说，父亲心事太多，她把原因归咎于父亲属蛇。俗话说，属蛇多心事。当然，我知道存在许多外婆并不知道的原因。父亲九十多年的人生本来可以拥有更多的内容。

我没有资格评价父亲，但是，他心里的确有许多抚不平的遗憾。曾经心比天高，到底意难平。父亲六十岁退休，终于安全着陆，但是，他的性格并没有开朗起来，内心积压的许多惊恐仍在不懈地发挥余热。

后来我听说了一个概念："焦虑型人格"。我之所以愿意写《关于我父母的一切》这本书，就是想了解父亲的"焦虑型人格"如何形成，哪怕父亲自己不可能意识到这一点。

父亲的焦虑对象渐渐转向了自己的身体。外部世界的风云变幻轮不到他插嘴了，父亲回过头注视自己的身体。他仔细勘探身体的各个领域，捕捉各种若隐若现的症状，担忧这些症状出其不意地蔓延，产生重大危险。父亲年轻时左眼眼底出血，很快失明；右眼高度近视，一千三百度的眼镜后面仅有 0.2 左右的视力。眼睛状况是父亲的心病。他一直担心自己的眼睛拖不过自己的身体。身体健康而双目失明，这种日子怎么过？父亲的第二个担忧是心血管系统。老迈之年，血压、血脂各项指标的异常不可避免。父亲忧心忡忡，不知道危险隐藏在哪里。父亲的第三个担忧是胃。胃里长东西了吗？可是，他的胃口实在太好了。我反复劝告他，这个年龄不能吃得太多，父亲总是觉得多吃有利于身体。父亲时常抱怨地说，他似乎又瘦了；我的观感恰恰相反——我觉得他又胖了一些。有一阵他终于因为吃得太多导致血糖的增高，我只能用医生的警告压缩他的食量。父亲是有知识的人，特别尊重医学知识，可是，他对于食物的渴望似乎有些失控。精神饥饿症——年轻时食物匮乏导致的恐惧直到老年还在反扑。我之所以明白这一点，恰恰因为我自己也存在相似的心理状态。其实，我们几个子女看得很清楚，父亲的焦虑重点逐渐从眼睛、心血管转移到胃，每隔一段时间周而复始。

父亲八个兄弟姐妹。一半的叔叔、姑姑带有祖父的基因，祖父大约六十来岁就去世。父亲与另一半的叔叔、姑姑带有祖母的基因，祖母九十多岁去世，在那一代人之中算是长寿。我将这个观察告诉父亲，他感到欣慰。虽然体弱多病，但是，许多病号往往比那些强壮如牛的人长寿。当然，父亲并没有从此松弛下来。父亲把药品整整齐齐地码在柜子里，这是他的御敌堡垒。有时，他又会对这个堡垒怀疑起来。会不会有些叛徒隐藏在堡垒内部？于是，父亲将各种药品说明书贴近鼻子端详，用近乎失明的眼睛反复研读比蚂蚁还要小的文字。不久之后，他就会觉得身体上的某些症状似乎与说明书上所描述的药品副作用相似。总之，这个神秘莫测的世界带给他种种困扰之后，身体又成为另一个困扰之源。父亲早就没有信心左右这个世界，他把所有的精力用来收拾自己的身体。

我们没有想到，这一次父亲利索地摆脱这种困扰，不再犹豫。或许父亲发烧一阵了阿姨才发现。即使如此，也就是一个小时左右。发烧一个小时就毅然转身，不再拖拉与纠缠。父亲知道不是新冠病毒的对手。他很老了。老了又不是什么错，父亲这一辈子真的没有享受过多少好日子。可是，老天爷要收人，老人首当其冲。父亲这一次看明白了，走吧，走吧。如果阿姨先开始发烧，父亲尾随其后，床上拖几天，然后由120救护车呜呜地接走，继而在某一个医院的急诊室乃至走廊上再躺几天，然后没有然后了。这种挣扎有意义吗？父亲放弃了，其实是帮我们这些子女卸下沉重的负担。我们都懂。

20世纪50年代末期，父亲的呼吸系统曾经遭受重创：肺结核。当时的肺结核甚至比新冠病毒还要凶险。父亲隔离在这个城市边缘的一所肺科医院里，肺部出现了两个空洞。但是，他撑住了。父亲说，母亲功不可没。母亲以非凡的气魄取出全家的所有存款，买了一只老母鸭给父亲熬了一锅汤滋补身体。真的是老母鸭挡住了结核病菌吗？不知道。父亲说起这件事的时候脸上浮出宽慰的神情。现在，母亲已经去世二十多年，新冠病毒面前早就没有老母鸭防线了。父亲不再抵抗。

父亲去世之后的日子，我们这些子女挣扎在新冠病毒制造的各种旋涡之中：发烧，咳嗽，喉咙痛，肺部感染，失眠，乏力，胸闷气短，后遗症，如此等等。那一天姐姐在微信朋友圈发出几张父亲的相片纪念，我才意识到这一天是父亲的"头七"。我们什么也没有做，我们都在卧床。姐姐说，从此与父亲天人永隔。

农历腊月二十四是母亲的忌日。每年这一天，我们都会聚到父亲的寓所给母亲的遗像烧一炷香。外婆长期一起生活，我们同时给外婆的遗像鞠躬。腊月二十四这一天，我和姐姐、妹妹又到了父亲的寓所。父亲不在了，桌上摆放的是他的遗像。我们在父亲、母亲和外婆的遗像面前摆上鲜花，点两根蜡烛，焚香，鞠躬，然后悄悄地到阳台烧一点纸钱。烧纸钱的铁盆里火苗蹿动，青烟缭绕。透过阳台的窗口望进去，父亲的卧室空空落落，寓所里熟悉的家具失去了昔日的光泽。人去楼空。寓所的门虚掩，留了一条缝，姐姐说那是灵魂返回的通道。魂兮归来。

2023年无声地开始了，新冠病毒仍然不肯退却。许多人还在看不见的病毒面前紧握双拳，严阵以待，同时不知所措，胆战心惊。据说补充维C有利于身体，我要多吃水果。拿起一个橙子，我突然记起了遥远的往事。小时吃橙子，时常用小刀在橙子顶部挖一个小洞，吸吮里面的果汁。我在一个橙子上鼓捣半天，一根筷子戳了又戳，仍然没有吸出多少东西。父亲拿过橙子用力捏了一下，一大口甘甜的果汁涌入口中，我心里同时冒出一个惊叹：天哪，大人怎么会有这么大的力气！我一抬眼，看到了父亲的得意笑容和眼镜背后快乐的眼神。这大约是六十年前的事情了。现在，这个笑容和眼神如同一缕细细的阳光穿过父亲心事重重的一生，无声绽放在我的眼前。

到来一只狗

一

　　到京城参加一个著名会议之后返回家中，我的旧毛衣已经垫在一个不大的竹筐里，毛衣上坐着一只小黄狗，毛茸茸的小家伙用栗色的眼睛无辜地看着我。天气寒冷，小家伙的两条前腿有些抖。

　　太太解释说，狗窝异常重要。初入家门，小狗会把毛衣上的气味永久贮存在记忆之中，作为第一主人的标记。挑选我的毛衣，即是委托我做第一责任人。小黄狗舔了一些牛奶之后蜷曲在竹筐里睡着了，如同乘坐一条小竹筏漂来的不速之客。没有籍贯和家族姓氏，没有品行鉴定档案、来访动机，一个带有体温的小生命不由分说地塞到手上，拒绝已经来不及了。

　　一个成熟的男人似乎必须有些特殊嗜好，譬如吉普车，加上一条大狗。这两者将与粗布牛仔裤、翻皮高筒皮靴以及辛辣的烟卷气味共同组成男子气概。粗犷与孤独是男人的境界，狗是一个孤独男人的唯一伙伴。野旷天低，暮云四合，一个男人坐在门槛上默默地吸一支烟，一条狗安详地趴在他的身边，电影都是这么演的。尽管如此，我还是没有准备好养狗。我是一个怕麻烦的人，况且也不怎么孤独。

或许我得承认，我还有些脆弱。一条狗的寿命只有十来年；一个活蹦乱跳的生命不可阻挡地在主人的眼皮之下衰老，皮肉松弛，动作迟缓，最终气息奄奄，但是，它对于主人的依恋始终不泯，最终的诀别摧人心肝。卷入这种伤感的故事不啻于额外的情感折磨。我宁可回避。另外，一个友人遭遇的情节也多少吓住了我。由于偶尔施舍了几块面包，一只流浪狗不屈不挠地尾随这个友人返家，再也不肯离去。不久之后，友人察觉这只流浪狗已经怀孕。照料一窝小狗显然超出了他的负担能力，友人决定放弃。他驾车载上狗，辗转数十公里来到一个相对富裕的村庄。各安天命吧，他将狗推出车门后一溜烟地疾速驶离。然而，当他驱车返回家中，这条狗已经躺在门口大口喘息，长途奔跑之后几近虚脱。它泪眼汪汪，目不转睛地盯住友人；企图挣扎起来。事后他说起这一段依然心有余悸：一条狗进了门，你就绝不能再想抛开它。

我听明白了，我的选择权仅仅是——要不要让一只狗进门。

然而，这条小黄狗自作主张地破门而入，而且已经大咧咧地睡到了我的毛衣之上。太太叙述这件事的时候使用了"缘分"一词。进入花鸟市场，路过一个装满小狗的铁笼子。一大堆小狗在笼子里翻滚嬉闹，唯有这只小狗趴到笼子的栏杆上冲着她摇尾巴。她拐个弯走到了另一侧，这只小狗又蹒跚地转过来，双眼无邪地仰望，尾巴摇动如旗。太太再也挪不动双腿，她断定这就是"缘分"，于是掏出一千五百元把它带回。她所能了解到的资料仅仅是：拉布拉多，来自加拿大东南部的名犬，亲善快乐，资质优良者可以训练为导盲犬——但是相当贪嘴。女儿无双为这只狗取了一个略为欧化的名字——卡普。因为她的一只绒毛玩具狗就叫卡普，同时，她正在画的三册绘本是一只卡通狗的故事，这只卡通狗也叫卡普。

我对于"缘分"这种说法将信将疑。上帝真的在两个生命之间设置了密码吗？但是，我相信没有多少人可以拒绝笼子里那些憨态可掬的小狗。遇到街头的狗贩子，我多半硬着心肠尽快离去。否则，那些天真无邪的眼睛和柔软的小爪子很快会叫人迈不开双腿。

有次小黄狗睡得从竹筐里摔出来，四脚朝天地滚到地上。它居然没有醒，一只小爪子盖在脸上继续打呼噜。真要是个没心没肺的家伙倒好办，我心里暗暗企盼。

二

我估计太太带回这只小狗，多少受到友人间话题的影响。如今养狗的人如此之多，坊间传颂着形形色色养狗的趣事。一个友人在屋顶上养了五条狗。晚上坐在客厅里看电视，五条狗一溜地趴在面前，专注地研究他的表情。他的一颦一笑都会产生不小的骚动。友人满意地感叹：这不就是帝王的享受吗？另一个友人养了一大一小两条狗。他端坐在沙发上，两条狗分别占住了他的左右手。他抚摸了一下右边的大狗，左边的小狗就会不满地哼起来，吃醋争宠。这不就是一妻一妾的梦想吗？

然而，我始终觉得，养狗是一件严肃的、甚至严重的事情，不可轻易触碰。养几只金鱼，养一只啁啾的画眉或者一只肥胖的猫，这些事无非怡情养性，闲暇的时分逗自己一乐。而一只狗的到来，性质远为不同。我们可以得意地享受狗的忠诚，然而，过多的忠诚必定演变成一副沉重的枷锁，牢牢地将双方铐住。即使主人轻率地背叛抛弃，狗从来不会企图报复。它的一如既往终将逼迫主人无限内疚地返回。

所以，没有足够的热身，我们的内心无法负担这种忠诚。日本拍摄过一部影片《忠犬八公》——狗的主人上班途中出现意外不再返回，这只狗每天傍晚来到车站等待，十多年始终如一，直至皮毛不再光滑，四腿无力再也跳不上车站的花坛。许多人甚至不敢看这部影片，过重的情义也能深深地刺伤人心。我常常想，狗的性格如同古典社会的遗风：义重如山，一诺千金。现代社会的一个特殊品格是轻佻。整个世界正在大拆大卸，弃旧图新，没有多少人愿意画地为牢，为自己套上各种精神重轭；现代人潇洒如风，善于抛弃或者替换，从陈旧的服装和家具、款式过时的冰箱和汽车到相互厌倦的情人。这时，一只狗摇着尾巴坚定地追随左右，不离不弃，简直叫人不知所措。如果重新决定一个负责的选择，我现在大约还是要勾 No。

卡普的到来是太太即兴开始的一个故事。现在，我不得不抖擞精神，对付诸多的后续情节。当然，最初我怎么也料想不到，那些细枝末节在后续情节之中占有如此之大的分量，譬如狗毛。事先为什么没有听到人们抱怨无所不在的狗毛？墙角，衣服上，客厅里，四处飘拂的狗毛犹如春风里让人打喷嚏的柳絮。当然，更为麻烦的是狗屎。遛狗之际必须带上小塑料袋，必要的时候得将手套在塑料袋里抓起地上的狗屎蛋。没有在马路上抓过热乎乎的狗屎就称不上养狗。我曾经抱怨狗屎的臭味，太太正色地说：美国总统的私人庄园里，那些签署总统令或者按核电钮的巴掌照样要抓狗屎蛋。我不知道这是否杜撰，但是，她的严肃态度迫使我接受这种观点：清理狗屎显现的是一个人的责任心。嫌弃臭味显然是纵容个人品德的缺陷。

太太负责的工作相对文雅，譬如，培养卡普的高贵风度，调理卡普的浮躁性格。这些活计肯定比预想的困难，我猜她时常受挫。我曾经在书房里听到她在另一个房间愤愤地对卡普说：你真是无聊呵！知道什么是无聊吗？不知道上百度去查！我暗笑，猜想卡普是端坐在她面前聆听训话，还是不耐烦地逛来逛去。

当然，太太的工作还是显出了初步成效。卡普很快学会了按照主人的口令坐下、握手和趴下。不过，这些举动显然用于换取口腹之乐。卡普常常专注地盯住太太手中的食物，一面敷衍地伸出前爪拨拉一下充作握手。如果看不到吃的，它多半兴致索然，甚至讪讪地转身而去。太太不止一次地用恨铁不成钢的口吻叹息：卡普呵卡普，你真是没有出息，你那小脑袋里百分之九十九的想法都是怎么吃。

这的确是一只无比贪吃的狗，什么都吃得津津有味。肉食、青菜、地瓜、萝卜、马铃薯、各种水果、糖、鸡蛋壳；我们甚至不得不费神猜想，它究竟不吃什么？太太曾经将辣酱装在一个盘子里送到它跟前，卡普舌头一卷，半盘辣酱不见了，再一卷，盘子干净了。还曾经喂它半杯的高度白酒，喝下不久它有些步态摇晃，在客厅走出了两条S形的弧线，眨眼之间又泰然自若。我不止一次地想象，它的腹腔里究竟装备了一个多么强悍的胃？

卡普似乎永远没有吃饱的时候。每一回端出狗食，它总是欢欣鼓舞地原地打转，然后凌空跃起表示庆贺。不是刚刚吃过一顿，怎么如同饿了两个星期？风卷残云般地吞下配给的狗食之后，卡普会专注地将铁锅的每一个角落舔得锃亮。确认再也没有什么可吃的，它气恼地叼起铁锅往空中一甩，哐当当地一阵响，直至铁锅倒扣在地。如果顺手扔给卡普一根大骨头、一个馒头或者一枚生地瓜，它要围绕着战利品前仰后合地跳一阵桑巴舞，制造各种仪式延长获取意外之财的巨大欢乐，然后专注地趴在地上，用前爪圈住战利品，龇牙咧嘴地慢慢享用。

我们家匀出一条狗的口粮大致不成问题。然而，卡普的可恨在于，常常让我们在大街上难堪地颜面尽失。套上狗链子带它出门，卡普无论如何装扮不成一个有教养的绅士。它总是伸长脖子在马路上东嗅西嗅，发现什么可吃的就一口叼住。对于这条狗说来，"可吃"的范畴远远超出了通常的认识。除了一般食品，包装食品的塑料袋、泡沫饭盒、方便面的纸罐子乃至冰棒棍子都是它的捕猎对象。有时我们不得不蹲在马路边，费力地将这些垃圾从它嘴里抢下来。我从未在马路上遇到这么不体面的狗。别人的狗迈着小碎步跟住主人，昂首挺胸，尾巴翘得高高的，骄傲的神态如同一个穿上了钢箍长裙的公主。自惭形秽之余，太太终于忍不住牢骚：拉布拉多，也算出身名门，卡普呵卡普，你怎么会如此没有尊严呢？

那一天我带卡普出门。经过楼梯拐角，它竭力挣扎着向一边伸出头去，我只得略为松了松狗链子。看到它兴冲冲地伸出舌头将抛在墙角的一枚烟蒂卷入嘴里，气得我一脚狠狠地踹在它屁股上。卡普吃惊地嗷了一声转过头来，满眼疑惑。

我后来猜想，它肯定无法明白：胃口好又有什么不对呢？

三

忙碌而琐杂的日子里，卡普不过是我们心目中一个长毛的大玩具。玩具的大部分时间肯定是扔在某一个角落，我们没有耐心仔细揣摩卡普的心思。一条狗又有什么资格要求特殊的精神待遇？所以，很久之后，我才试图用另一种眼光解释卡普发动的著名战役——对于家里的鞋子展开全面攻击。

我想不起来这个战役是什么时候开始的。总之，很短的时间内，家里的各种鞋子惨遭卡普利齿的摧残。皮鞋的鞋面咬破了，高跟鞋后跟的带子断了，塑料拖鞋仅仅剩下半截。太太拍下了损毁的皮靴照片发布在网络上，赢得了一片同情的啧啧之声。我从鞋柜里取出一双崭新皮鞋，惊愕地发现鞋子内里的皮垫子不见了。太太宽慰我，没有人能看得到鞋子内部；我的调节能力一定会很快适应行走之中左高右低的感觉。当然，狼狈的场面最终还是不可避免地出现。入住宾馆的时候，收拾房间的服务员偶然看到搁在墙角的皮鞋，她脸上流露的神情令人发窘。相当长的时间里，家里所有鞋子的摆放位置必须超过一米五，太太几双珍贵的鞋子甚至小心地搁到冰箱顶上。

攻击鞋子大获全胜之后，卡普开始扩大战果。它放肆地撕咬嘴巴够得着的一切玩意。茶几上的电视遥控器，沙发上的老花眼镜，甚至嚼烂了墙角插座的电线——不知道为什么它的鼻子居然避开了电流的袭击。可以预料，它最终必定会踩在沙发上入侵我的书架。某一天早晨睡眼惺忪地从卧室出来，忽然发现客厅的地板上铺满了残破的书籍，一只狗嘴里叼着几张书页冲着你扬扬得意地摇尾巴，你会不会想大喊大叫？

我的确有好几次真的大喊大叫。脱下脚上的拖鞋抓在手中气势汹汹地扑过去的时候，卡普迅捷地钻到楼梯底下，蹲伏跳跃，卖力地向我展览各种战斗姿态，它肯定认为逗乐的时刻开始了。直至被揪住项圈拖出来，嘴巴和屁股遭到狠狠的抽打，它开始浑身发抖，翻着白眼一声不吭地坐在那里接受惩罚。必须承认，这时我的脑子里肯定冒出了扔掉它的念头。

远在异地的无双对于卡普充满了童话般的浪漫想象。她的持续叙述之中，卡普显然扮演了一个可爱的小精灵，以至于她的众多小伙伴甚至打算长途跋涉，来到这个城市探望卡普。听到我们的愤怒控诉，她总是这么安慰：这是狗的青春期叛逆，一年之后它就安静了。一年的期限到了，无双小心翼翼地打来电话：卡普是不是变成小天使了？得知这个家伙顽劣依旧，无双自作主张地延长了期限：一年半之后保证脱胎换骨。一年半的期限到了，卡普的冥顽不化终于让无双心虚起来。她委婉地引用网络上的一条消息安慰我：据说某个人家的一条狗淘气得让主人受不了；一个炎热的下午，男主人单独将这条狗带到街心花园密谈了两个小时，从此这条狗老实了。我再度天真地燃起了希望——怎么遗忘了思想教育的伟大传统！我连忙请她在网络上查询，男主人阐述了哪些励志的格言。不久之后她回话了：网络上的大部分留言都是求演讲稿，不幸的是，那一位男主人再也没有下文。

如今回想起来，大约是另一条消息阻止了我的怨恨持续上涨：专家研究表明，狗常常因为孤独而产生破坏欲。报复性地咬坏各种带有主人气味的物件，这是狗思念主人的特殊形式。想象一条狗孤独地卧在各种碎片的中央，嗅着这些碎片上的主人气味安慰自己，我的内心突然感到一阵酸楚，于是决定谅解卡普。

卡普特别憎恨我和太太上班使用的包。它常常扑上来，凶猛地撕咬我的公文包，甚至跳起来把太太的挎包从肩上扒下来。它显然已经发现，这些可恶的包不断地把主人带到一个它无法企及的世界。上班时间整装待发，卡普总是追到门前百般阻挠，甚至不知羞耻地一把抱住我的大腿。这时，我与太太不得不相互掩护着撤离。一个人向远处扔一块饼干，或者引诱它攻击一个空的矿泉水瓶子，另一个人疾速地开门。侧身闪到门外的时候回头瞟一眼，总是发现兴高采烈的卡普突然怔住了，痴痴地望着我们。

这时，必须立即把门掩上——哪怕迟疑一下就可能丧失关门的勇气。

四

所有的人都知道狗依恋主人，然而，只有狗的主人才知道每一条狗不同的依恋形式。

我与太太每天晚上都在二楼的电脑前工作，卡普必定坐在通向二楼楼梯的最高一层——我们用一块窄窄的木条拦住楼梯口，阻止它上楼捣乱。卡普嘴里发出各种哀怨的小声音吸引我们注意；若是恩赐般地看它一眼，它就会持续地摇动尾巴，以至于它身后的那一面墙壁被尾巴刷得油光发亮。长成了一条肥胖的大狗之后，楼梯的狭窄木板几乎无法容纳它的身躯，但是，卡普仍然夹紧屁股颤巍巍地坚持在那里。有时疲倦得无法支持，它会跑到楼梯的拐角小睡片刻，醒来之后立即又不懈地坐到原处。

偶尔有机会上楼，卡普念念不忘的一件事情是抢占我们的卧室。它一定意识到，主人在每个晚上总是长时间地消失在卧室的门板背后。发现我们开始睡觉之前的洗漱，卡普立即会抢先进入我们的卧室。它站在床铺旁边探头探脑，对于门外的饼干等各种诱饵高度警觉——有机会扑上前一口叼住立即退回屋里。有时必须两人合力才能把卡普拽出房间。即使被项圈勒得两眼翻白，它的屁股仍然顽强地下坠，四爪撑住地面竭力反抗。

一个人悠闲地靠在躺椅上阅读，一条狗驯顺地卧在他的脚下——这种经典的电影镜头从未出现于我们的家里。卡普的参与感太强了，它随时试图插手家中正在发生的一切事情。也许，这是它慷慨地表达自己的爱意？种种迹象表明，我们与卡普使用的语言系统无法精确地互译对接。至少，卡普的示爱话语过于草率和粗豪。

人类的示爱话语是一门深奥而微妙的学问。眉目传情，鸿雁传书，"欲得周郎顾，时时误拂弦"，西门庆勾搭潘金莲的时候，王婆为之设计了十几道严密的程序，缺一不可；阿Q鲁莽地跪在吴妈面前，露骨地宣称要和她"睏觉"，于是，鸡飞蛋打的时刻到了。卡普的加拿大祖先哪里传授过这些秘诀？所以，这个家伙总是把一个柔情似水的场面搅成混乱的无厘头。

为了制造亲切感人的家庭气氛，我不时会伸手抚摸卡普。可是，这个家伙的毛躁配合多半不得要领。它激动地伸出爪子又抓又挠，甚至勾住衣服的袖口，以至于我不得不尽快地缩回巴掌。星期天上午阳光甚好，卡普逛出阳台造访书房，太太正在那儿敲打电脑键盘。卡普犹犹豫豫地把它的前爪搭上太太膝盖，试图爬上去。这个没有眼色的家伙始终不明白，它那六七十斤重的躯体怎么可能搁到太太的大腿之上？太太不耐烦地扭开转椅甩下它的爪子，它又换一个方向重新尝试。无趣地碰了三四个钉子之后，卡普就会来到另一张桌子和我搭讪。我正得意地挥毫泼墨，它把前爪搭上桌子摇头晃脑地欣赏。可恨的是，这个家伙的伪装甚至维持不了一分钟。我正待蓄势落笔，它的一只爪子啪地按到了宣纸上；我愤怒地把它的爪子推开，另一只爪子以更快的速度伸过来。除了立即把它轰走，这种故事不会有别的结局。

携带卡普出了家门，它觉得遇到的每一个路人莫不如同失散多年的亲眷。卡普撒欢地向人们奔去，起劲地摇动尾巴乐呵呵地表示亲善，然而，它的过度热情总是换来一阵阵恐惧的尖叫。每逢这种时刻，我们只能竭力抽紧狗链子，嘴里一迭连声地道歉，再道歉。

五

我终于向太太提出了这个问题：咱们家的卡普是不是有点儿傻？用北京话说，就是有点儿"二"。承认这个痛苦的事实需要一些勇气，犹如承认自己的子女不怎么聪明。

卡普初入家门的时候，我们殷切地期待它长成一条聪明伶俐的大狗，骄傲地充当左邻右舍的谈资。太太曾经多次提到当年住宅附近的一条明星狗。这条狗每天早晨与傍晚单独出门两次。第一次嘴里叼一个篮子，其中零钱若干，一张纸条注明主人所需的早点。这条狗目不斜视地跑到早点的摊子，如数买好之后，叼着篮子矜持地跑回家中。傍晚它又在众目睽睽之下出现，嘴里仍然叼有零钱若干。它跑到报亭要一份晚报，而后转身一颠一颠地离去。这个街区所有的人都认识这条狗，它的出行如同每日不辍的定时表演。相形之下，卡普黯然失色。一个多年养狗的作家曾经语调铿锵地鼓励我们：什么人养什么狗，你们家的狗肯定傻不了。现在，我猜太太一定有些失望了。所以，提出这个问题的时候，我已经想好了安慰之辞：傻一点儿没有什么关系，我们又不指望卡普考一张名牌大学的文凭，家里也不需要它为各种开销算账。

卡普没有机会参加海关缉毒或者刑事案件侦破训练，也不会到马戏团里表演加减乘除。它的日常时间大部分生活在阳台的玻璃门背后，一日两餐的等待无法显示它的小脑袋拥有多少智商指数。我的记忆仅仅搜索到它的一项擅长：开门。如果没有锁好阳台的几扇玻璃门，它能够在最短的时间夺门而出，呼啸着冲进客厅。一个友人家养了一只藏獒，一样隔离在阳台的玻璃门背后。试图进入客厅的时候，藏獒只有一种单调的表述方式：伸出强壮的前爪，执拗地敲打在玻璃门的同一地方。藏獒看到的世界没有缝隙。卡普显然愿意动一些脑筋。它在玻璃门背后来回踱步，伸出爪子哗哗地抠每一道可疑的裂口。如果哪一个插销没有扣上，它会迅速地察觉。然而，这种擅长没有多少意义，鸡鸣狗盗之技而已。况且，智商指数超过藏獒算不上什么。藏獒素来以彪悍忠勇著称，过多的思想只能对这两种品质产生干扰。一个足智多谋的军师决不会满足于与一个骁勇的武士比试智力。

卡普有点儿傻——我的内心曾经不断地躲闪和回避这个结论，但是，某些事实还是不容置疑地搁到了面前。譬如，遭受斥责或者惩罚的时候，卡普的简单态度是不是证明了智商的低下？一个友人的狗听到主人责骂儿子，它就会知趣地躲到床下，等待风暴的平息；另一个友人的狗遭受批评之后会低头羞愧一个下午，并且在适当的时候讨好地用头轻轻地蹭主人的裤腿表示歉意。卡普从来不可能如此多愁善感。它表示不满的发泄方式是，站在玻璃门背后斜眼盯住人两秒，然后一甩头不屑地扬长而去。事情的可笑在于，卡普的生气通常维持不到一分钟。仅仅在阳台上绕了一两圈，它已经忘了刚才的不快；走完第三圈返回的时候，它的内心创伤已经平复——它又开始起劲地摇尾巴了。哪怕是犯了过错遭受体罚，它似乎皮厚肉实记不住疼痛，没有过多少时间就故伎重演。太太感慨地说：这条狗的脑容量太小，记不住多少事情。

当然，由于它的简单性格，卡普的为非作歹始终不存在阴险的意味。它叼着一块毛巾逃走，一面斜着眼看我们，力图引诱我们参与它追逐与逃亡的游戏——这就是它所能设计的最为复杂的圈套。另一个友人的狗显然老谋深算。它的主人从餐桌上带回一块肥肉，到家之后顺手喂了家里的另一只小狗。这只狗对于不公的分配方式持有异议，但是，它不露声色。它的报复方式是，乘着主人到浴室洗澡的时候，悄悄地将他搁在茶几上的手机叼起来，扔到院子里的雨水之中去。

心头无事一床宽。卡普是一只没有心计的狗，它常常坦然地在阳台上酣睡。我不断地回想起第一次看见它睡得从竹筐里摔出来的情景，一个没心没肺的家伙。卡普那天依旧躺在阳台的阴影里，我在玻璃门边站立了很长时间仍然没有把它惊醒。卡普的四条腿伸得笔直，嘴里叽咕几声犹如梦话。我突然觉得，这哪像是一条狗，这不是一只猪吗？就是在这个时刻，我清晰地意识到卡普的智商问题。

不过，如今我已经不再为这种愚蠢的问题伤神。一个晴朗的傍晚，我在自己的忧虑背后听到了上帝的笑声。我终于醒悟，这种问题的提出仅仅证明了我的虚荣。我们习惯于按照人的模式衡量狗,聪明与否的尺度是智力、思想而不是嗅觉。狗是上帝送给人类的一个忠诚伴侣,它摇着尾巴围绕在膝盖前后,陪伴我们共渡纷扰的世事,彼此排遣孤单和寂寞。可是,我们习惯了居高临下,试图逼迫狗模仿人类坐在餐桌旁边吃饭,热衷于竞选总统和谈生意赚钱,偶尔写一写诗歌,并且精通电脑程序——我们忘了,一条狗的智商是为自己的生活配备的,它没有必要冒充初级版的人类。

尊重卡普的智商即是尊重上帝赋予另一个生命的职责。我没有资格自作聪明地评论,上帝为什么分配给众多生命不同的天赋。庄子已经意识到,万物齐一。我想,我更适合做的事情是,完整地解读卡普。

这样,我渐渐地看到了另一个卡普。

六

卡普从阳台夺门而出,在客厅里一阵疯跑。它弓起身子箭一般地跃出,四足腾空如同一匹草原上的奔马;背后看上去,耸动伸缩的背脊如同一道起伏的黄色波浪滚滚而去。通常,卡普总是要憋足一口气往返奔跑六七趟,躯体积蓄的能量才会稍稍释放。家中的走道很短。接近走道尽头的时候,它的奔跑不得不急速刹车。最后的一两米,卡普往往后倾躯体、撑直四足溜冰似的滑过去——我仅仅在美国动画片《猫和老鼠》之中看到这种镜头。当然,这种特技常常失手,它多次因为速度过快而嘭地一头撞在了门板之上。尽管每一回卡普都将家里的桌椅撞得乒乓乱响,但是,我决定不再制止它发疯。我相信这是它独享的某种绽放生命的仪式。

家里太小的客厅拘禁了卡普的步伐，它的梦想一定是漫山遍野的奔跑。嘈杂拥堵的城市怎么可能接纳这种梦想？于是，我幻想当上一个小学校长。星期日学校放假，我可以和卡普一起在操场的跑道上驰骋。

无论如何，阳台是一个过于憋屈的天地，卡普无时不在渴望出门。晚饭之后，看到我取出狗链子，它一定要激动得大声喘息，甚至按捺不住咬着链子不放。乘坐电梯从楼上下来，它焦躁不安地坐在门口等待。电梯门哗地打开，它就迫不及待地扑出去。我担心它的出门动作过大惊吓他人，这时总要勒紧链子，放慢速度。卡普被勒得站立起来，仍然不肯改变前冲的姿态，因而总是靠两只后脚撑着身躯一步步跳出电梯，看起来形同一只笨拙的澳洲袋鼠。到了大楼外面，卡普疾速冲到一丛竹子下面，翘起脚来对着竹根哗地激射一泡憋了许久的尿，然后扬眉吐气，顾盼自雄。

开始了社区的巡视之旅，我与卡普都是一副东歪西倒的姿态。它伸长了脖子，试图把我拖入路边和小树丛或者草地，我不得不拔河似的把它拖回。有时它会笔直地伫立在马路中央，警觉地掀动耳朵，如临大敌。我知道无非是一只老鼠或者一只青蛙闪过路灯下，但是，我没有理由取笑它小题大做。这不就是它心目中企图颠覆社区的恐怖分子吗？当然，我也不想劝诫它，不要恃强凌弱，威风凛凛地追赶树丛中一只瘸腿的老猫。如果它摆出一副慈善家的嘴脸，一定是破坏了狗世界的江湖行规。卡普曾经与一只土狗打过一架。尽管对方的个头比它小一半，但是，卡普竟然被咬破了鼻子。当然，这也是不打紧的事。哪一家的男子汉出道之前没有遭受几下暗算？路上遇到陌生的狗，卡普仍然猖猖地吠着，想要挣脱链子往前扑。有了这种架势我就满意了，至少它不是一战丧胆的孬头。

卡普还没有恋爱的经历。不知道理应促成还是绕开各种姻缘？附近一户人家站在窗口看到了卡普的堂堂相貌，曾经托人为他家的母狗说媒。我们没有积极响应。卡普鸿蒙未开。可是，开启欲望之门，带来的是痛苦还是欢乐？人生识字忧患始，一条狗又何尝不是？许多时候，知道的愈多，苦恼愈甚。

我们的耐心开始增加，卡普的另一些细节进入了视野，例如讨吃时故作端庄地调整坐姿，尾巴 360 度飞快打转；生气时下巴一翘头一甩，一边跑动一边斜视着我们，鼻孔哧哧喷着气；受罚时则梗着脖子一动不动地认罪服法，神情几乎是大义凛然的。我们同时还发现，卡普极不愿意被人摸脑袋。主人的抚摸会使多数的狗很快安静下来，然而，卡普总是在我们的巴掌之下触电似的跳起来，并且疾速转过身来严阵以待。太太猜想，它之前一定遭受过某种特殊的创伤，只不过它无法陈述痛苦的记忆罢了。另一个奇异之处是卡普对待洗澡的欢乐态度。几乎所有的狗都对洗澡深怀恐惧，一个友人一拿起专用的那条浴巾，他家的狗就飞快躲到柜子底下。这种人类的清洁方式尚未在狗的基因之中登记注册。然而，卡普多半是雀跃地进了浴室。蓬头里的热水喷到身上的那一瞬，它突然安静地坐了下来，任凭热水浇遍全身，甚至伸出了脖子，温顺地把头靠在太太的胳膊上，任人搓揉。这时，我突然想到了无双的那句问话：卡普是不是变成小天使了？

有一天我突然发现太太一个新特点：说起卡普时会下意识模仿它动作，无论是坐姿，还是翘下巴甩头，甚至那种逆来顺受的表情，都与卡普的神似。我会心一笑，卡普真的成为家庭一员了。

七

追随人类的众多动物之中，狗的名声稍逊于马。二者的共同性格是忠贞不贰，至死不渝，但是，名马的传奇往往与历史典故或者赫赫战功联系在一起，例如项羽的乌骓，关云长的赤兔，刘备的的卢。马的身后是苍莽的草原，险峻的边陲，风驰电掣，大开大阖，楼船夜雪瓜洲渡，铁马秋风大散关；相对地说，狗是家常的，如同一个家臣奔走于住宅周围，主人与狗的情义交织在无数家长里短的细节之中。

一个友人转来了美国养狗证上的九句话，每一句话都是以狗的口吻叙述。通常，这种小温情的语言对我已经失效。但是，有了一只卡普前后跑动，这几句话突然悄悄地打动了我。

九句话之中的第三句话是："你有你的生活，你的朋友，你的工作和娱乐，而我，只有你。"对于卡普说来，这是一个简单的事实，可是，我先前始终未曾意识到。我们每一天早晨风风火火地出门，谈天说地，嬉笑怒骂，阅人无数，百般滋味；卡普竟日枯坐在阳台的玻璃门背后，等待我们回返的那一刻。无论我们是春风得意、酒足饭饱还是身心俱疲、烦恼丧气，卡普总是等在那儿，决不失约。这种交往当然不对等，可是它心甘情愿。下班之后返回家里，卡普在阳台的玻璃门背后焦灼地蹦跳、吼叫，要求得到及时的安慰，甚至委屈得声音都变了。我常常觉得不耐烦，记不起来它的焦灼积累了一整天等待的重量。我们以主人自居，慷慨地提供食物和居所，可是，这并不能弥补对于它的感情亏欠。

不少时候，感情债务的偿还要比钱财难得多。一个明智的做法是尽量削减感情投资的往来。太太多次表示，内心要与卡普保持一些距离。我当然听出了她心里的纠结。一条狗只有短短的十余年。当它不得不离去的时候，我们的内心会因为收不住脚步而狠狠地摔伤。然而，这种担忧的存在表明，我们的感情投入已经太多了。

这时，九句话之中的最后一句提醒我们，不能仅仅沉溺于伤感，或者说，伤感不能成为后退的理由："当我已经很老的时候，当我的健康已经逝去，已无法正常的生活，请不要想方设法让我继续活下去，因为我已经不行了，我知道你也不想离开我，但请接受这个事实，并在最后的时刻与我在一起，求求你一定不要说'我不忍心看它死去'而走开，因为在我生命的最后一刻，如果能在你怀中离开这个世界，听着你的声音，我就什么都不怕。"

卡普到来之后，我已经没法继续推托还没有准备好。我开始接受太太使用的"缘分"一词，当然，需要重新解释："缘分"不仅意味了一个注定的偶遇，不仅是开心地相聚、逗乐或者一同到草地上嬉戏；也不仅是购买食物、遛狗、洗澡以及收拾狗屎，而且，"缘分"还包括直视一条狗的生与死，承受由之而来的各种精神损耗。一条狗总是毫无保留地将自己抛给了主人，所以，"缘分"的认可包含了承接的勇敢——这种勇敢意味的是，用一双胳膊托住另一个生命的重量。

附录：离别

卡普没有了。

再也没有一只欢乐、贪吃、精力旺盛的拉布拉多端坐在阳台的玻璃门背后，眼巴巴地等待我们回家了。

事情的开端在哪里？想不起来。总之，卡普生病了一段时间，不怎么愿意吃东西。它的那个强悍的胃哪里去了？不过，我们没有认真对待这个信号，太忙。晚上下班回来，懒懒地趴在阳台上的卡普撑起身子，踱到玻璃门边向我打招呼。它用力地咳嗽几声，表示身体不适，有时还伸了伸脖子，做出了想呕吐的动作。我觉得咳嗽和呕吐像是装出来的，如同邀宠。离开阳台之后，我并未再听到咳嗽的声音。卡普重新趴了下来，眼睛望着屋里，我不怎么理睬它。

那一天卡普莫名其妙地摔倒了。太太招呼卡普到卫生间冲澡，这是它最热爱的一项享受。站在那儿等待热水的时候，卡普突然僵硬地侧向摔倒在卫生间的地砖上，如同一匹没有膝盖的木马翻倒在地。太太惊叫着跑过去，几乎不相信自己的眼睛。一两分钟之后，卡普才挣扎起来，低着头神情黯然。

我们觉得情况有些严重，开始打电话联系一位大嫂。当初就是从她手里买回了卡普。大嫂麾下拥有一个拉布拉多团队，见多识广。大嫂开一辆小面包车来了，卡普使劲摇尾巴。它认出了小时候的主人。大嫂看了看卡普的鼻孔，认为无碍大事，感冒而已。她给了些药，还喂卡普吃了两个"力克舒"——一种常见的治感冒胶囊。两天过去了，卡普的症状没有减轻，仍然不吃东西。大嫂又来了。她利索地用两腿夹住卡普，一手揪起卡普脊背上的肌肉扎了一针。卡普仅仅轻轻地挣了一下，它忍着痛。

又过了几天，太太要到东北出差。她不放心，和我商议将卡普存放在大嫂那儿两天，喂药打针方便一些。大嫂的小面包车停在门口，我们连哄带拖把卡普弄上去。尽管它认得大嫂，可是不愿意离家。太太后来伤心地说，她与卡普的最后一面竟然是，卡普隔着小面包车的后窗向我们张望。

第二天白天，我没有联系上大嫂。晚上突然有些不放心，独自驾车到了大嫂的店里。店堂的笼子里，一群大大小小的拉布拉多正在嬉闹。大嫂一面忙碌一面说，卡普不适应这里了，只喝了些水，而且一直不肯趴下。我在店堂的角落的铁笼子里看到了卡普。笼子很小，它固执地站着，脑袋顶到了栅栏，双腿已经开始发抖。我打开笼子，它乖乖地上车跟我回家。我在电话里和太太商议，必须送卡普去宠物医院，大嫂那儿不解决问题。网络上可以搜索到附近一家有名的宠物医院地址。

次日上午将卡普运到宠物医院就诊。一个医务人员帮忙将卡普按在二楼的一张金属病床上，刮去前腿的一小撮毛，抽血检查。它已经没有多少力气，稍稍反抗一下就任人摆布。等待化验单的时候，卡普不声不响地站在我脚边，低着头，如同一个犯了错误的孩子。我拍拍它的脑袋，让它卧在地上。

化验的结果让我大吃一惊。医生说是肾衰竭，卡普身上的酸碱度已经完全失衡。狗怎么可能肾衰竭？我无法相信。医生指点化验单上的一系列数据说服我，并且告诉我预后很不乐观。我还是决定治疗。交纳了一笔费用之后，医院要给卡普挂瓶。沿着楼梯下来，卡普一扭头就往汽车上跑。我把它拖回来，推进一个小铁笼，把门插上。医生说挂瓶的时间很长，让我晚上再来。

晚上的宠物医院很安静。七八个小时了，铁笼子上方药瓶之中的透明液体通过一条细细的塑料管持续淌入卡普的躯体。它无声地看着我，面前放了一小盆的清水。值班的医生叹了口气说，不知能不能熬过这几天。卡普周围四五个笼子。一只老狗在打盹。两只小狗在打闹。还有两只大肥猫无忧无虑地翻过来，滚过去。我问了问，都是出差的人家寄养在这儿的。我陪同卡普到了半夜。

第二天大早我又到了医院，卡普更为衰弱了。它不动，也不再发出声音，只是盯住我，一只眼睛慢慢地淌出了泪水。估计它意识到自己大限将至。我以为卡普仅仅是想回家，就摸了摸它的脑袋，说几句话安慰它，换了一盆清水之后就去上班。上午十点多突然接到医院的电话，卡普已经走了。他们把卡普放出来上厕所，还没来得及回到笼子就咽了气。

我有些回不过神来，心中突然生出了一些恨意：怎么能就这么走了？我打电话给太太，她乘坐的火车正在东北大地上奔驰。我表示不想再到医院，让他们处理善后罢了。太太劝我还是去一趟，不能让卡普独自离开。我没有说出口的顾虑是，担心自己到医院会忍不住当众流泪。

我当然还是去了。到达医院的时候，卡普已经被放在一个纸箱里。它安静地躺着，蜷曲的脑袋枕在自己的胳膊之中，仿佛正在熟睡。我用手机拍了几张相片，然后让他们用胶带封上纸箱。剩余的医疗费委托医院将卡普葬在城郊东面的山上。交割清楚之后回到汽车上，我的眼睛一下子模糊了。

两天以后医院发来了几张安葬卡普的现场相片。他们在山上挖了一个坑，埋入纸箱之后填上土，从此卡普就在那儿了。我不清楚具体的地点。他们说在一个废弃的茶场附近，相片的边缘有几幢旧的农舍，一根电线杆上的电线斜斜地切过画面。

很长一段时间，我无法和别人谈到卡普。喉头会突然哽住，一下子说不出话来。悲伤时常出其不意地袭来，猛烈得让自己感到意外。

太太回来之后，那一天我们驾车经过一个老街区，街道两旁有一些老店铺。太太说今天是卡普的头七，我们给它烧一些纸钱吧。太太在老店铺里买了一些镀上金箔的纸钱和一对蜡烛，到了我们工作室的露台上。记得带卡普到露台上玩过，它肯定曾经翘起脚对准那些花花草草撒尿。我们在一个小铁桶里烧纸钱，黑烟缭绕，桶底厚厚的一层纸灰，地上一对蜡烛的火苗在微风中摇曳。我一边烧纸钱一边说：卡普，到了那边还要做一只快乐的狗！遥远的市区夜空，有人在放烟花，砰砰连声。我觉得空气仿佛动了一下。太太突然肯定地说，卡普来过了。

两天之后发生了一件奇怪的事情。太太手机响铃的时候，屏幕上出现的居然是卡普的相片。卡普嘴里叼着一个塑料彩球，满脸调皮地趴在窗台上。这是一张很久以前的相片，似乎也不是这部手机拍的。由于伤心，太太已经删去了手机里所有卡普的相片。这一张相片为什么突如其来地显现？无法解释，我们有些惊悚。当然，我们坚信卡普不可能加害于人。一个月之后，太太不慎摔了手机，屏幕裂开了。太太换了手机，她不愿意看到屏幕上一张卡普破碎的脸。现在，那一部屏幕裂开的手机还在抽屉里。

那一天出门，太太驾车，我坐在副驾位置上。马路的前方一脉山峰，如同几扇深蓝色的屏风。太太问那是什么山，我告诉她那座山的名称，翻过山峰是哪一个县城的地界。太太没有作声。我往旁边一看，一道泪痕淌过她的脸颊。我突然明白了，卡普正是葬在那座山上。

我们一直不敢将卡普去世的消息告诉身居北京的女儿。她知道卡普重病之后，哭得浑身颤抖。女儿从北京回来，我们说卡普送到大嫂山上的狗场去了，接近泥土有利于卡普养病。她将信将疑。去年春节的时候，女儿执意要到山上看望卡普。太太事先和大嫂商量好，然后和女儿驾车上山。女儿回来告诉我，山上的狗场里一大群拉布拉多奔窜嬉闹。她拿了香肠和馒头在栅栏外面招呼，一只拉布拉多脱离群体跑了过来，吃掉了香肠和馒头之后又跑开了。她觉得它就是卡普，比往日又胖了一些。她愿意这么相信。

我和太太也愿意——愿意相信卡普仍生活在那座蓝色的山里，漫山遍野地奔跑，自由自在，而且，贪吃、顽皮、快乐。

第二辑

何以解忧

　　年轻时候的一段日子，围棋下得有点疯，每天下午似乎都围着棋盘。一间狭小的宿舍里，三个棋友轮换着捉对厮杀，构成所谓的"铁三角"。三个人水平不相上下，这肯定是"铁三角"结构稳定的重要原因。我与一个棋友都在研究机构供职，可以自由支配时间；另一个棋友在外贸公司工作。他总是欺骗领导外出联系生意，然后一转身溜到我们这儿下棋。这个棋友远道而来，我们得客气一些，往往两个人陪着他对弈。我们各自下了一盘，他竟然下了两盘。外贸公司当时已经配备传呼机。腰间偶尔"嘀、嘀"响起的时候，他会冲到走廊上找一部电话，用一种我们深感陌生的语调抑扬顿挫地向领导汇报生意的进展，然后又冲回屋里趴在棋盘上。每日如此，多余的客套俱已免除。棋盘与棋子始终放在固定位置，进屋二话不说就开战，哪位想喝水不妨自我服务。搞外贸的口袋里偶尔会有一包好烟。他时常自顾自点起一根，仿佛专心致志于棋局，不会客气地问我们要不要也来一支。我们当然不予计较，下棋要紧。

年纪轻轻的只顾下棋，会不会有些玩物丧志？心里多少有些不安。搞外贸的提起另一个棋友的逸事。据说他在结婚的婚礼上被一个棋友当场拖走，躲到一个地方下了两天棋才回家。当时没有手机，新娘子一转身找不到新郎，不知发生了什么。这个新郎属于另一个棋友圈子，水平比我们高一些，大约已经业余五段。我们离业余五段还有不少距离，而且仍然记得老婆姓甚名谁，那就放心下棋吧，没什么可内疚的。想不起这一段日子维持了多久。供职于研究机构的那位棋友后来赴日本定居，"铁三角"无疾而终。搞外贸的棋友从此杳无音讯，不知他是否已经晋升业余五段，抑或发财做了大老板？

　　"铁三角"之后的很长一段时间不再纹枰对弈，周围似乎再也找不到合适的棋友。偶尔在电视上看到华以刚八段讲解围棋比赛，如同听评书演义古战场形势。围棋日渐遥远，可是，围棋之道开始影响我的某些学术理念，譬如涉及"结构"问题。给几位博士研究生上课的时候，我时常带着遗憾的口吻说：可惜你们不会下围棋——我要用围棋作为譬喻。我建议慎用"深度"这种形容，好像只有挖地三尺才能从表象背后找到复杂的真理。围棋的棋盘仅仅显示一个平面的空间结构。但是，黑白棋子可以在这个空间结构形成无数可能，各种关系的复杂程度甚至远远超出人类大脑的负担能力。每一手棋落入棋盘，原有棋子构造的既定关系或多或少遭受改变。所以，没有哪一手棋"本质"上是好棋或者坏棋。围棋不接受"本质主义"哲学。

　　互联网时代的到来开始恢复我的围棋兴趣。登陆围棋网站下一盘远比结交几个投缘的棋友容易。报上自己的围棋段位，网站可以迅速配对一个棋力相近的棋友。"小李飞刀""西北剑客""风轻云淡""洛阳牡丹"——不论这些网名背后隐藏一张什么样的面容，轻点鼠标杀一盘就好。当然，纹枰对弈具有不可代替的快乐。知道输给哪一位，下一回复仇可以有明确目标；知道赢了谁就更快乐了——万一赢了一个声名卓著的作家呢？众人夸奖他天才想象的时候，可以漫不经心地补充一句：唉，可惜围棋比我稍稍差了一些。我没有想到，文学圈子对于围棋如此热忱。计算是围棋的基本功。我曾经与一位数学教授聊天，询问是否兴趣围棋，收获的是一副不屑的表情。他说数学崇拜逻辑的必然，逻辑的必然不存在胜负。好吧，文学圈子不学无术，求胜心切。

2018 年的时候，某家刊物在我居住的福州组织一场笔会，参会作家之中有一批文学界围棋精英。刊物策划穿插一场围棋比赛，列位作家夜间捉对厮杀，决出名次。我家的工作室成为赛场，排名证书由我用毛笔书写，并且蘸着印泥按上指印以示隆重。来自杭州的吴玄身手了得，我甘拜下风——可是，进入前三名理所当然吧？第一盘遭遇来自北京的傅逸尘，我毫无胜机。怎么搞的，一个如此强大的对手，事先居然没有一点情报？最终的排名恰恰是，傅逸尘荣获冠军，我被踢出五名之外——我所赢得的荣誉仅仅是，向傅逸尘发放自己手写的冠军证书。

这是一场开心的围棋盛宴，众作家相约来年再战。然而，来年迎来的是新冠疫情。惊慌，焦虑，不知所措。漫长的居家封控。何以解忧？唯有围棋。忘了是哪一位发现了"弈客"的围棋网站，众多作家棋友纷纷奔赴这个驿站注册接头，暗号照旧。作家棋友建立一个微信群，愿意下棋的时候一声招呼，二人携手飘入网络空间手谈一局。棋局可以发表在微信群里，以供众人围观。目前这个微信群多达七十余人，有时一日之内竟然上百条围棋评论，热得发烫。

居家无事，我也曾经登陆"弈客"找一点感觉，挑战若干作家。手执一杆烂银枪拍马杀入：吾来也，何人出阵大战三百回合？踌躇满志，顾盼自雄，可是，战况丝毫不乐观。储福金兄乃是作家围棋界资深大佬，功力深厚，抬头望见城堡上"储"字大旗，我还是选择悄声绕开；吴玄个子不高，眼神凶恶，使一柄大锤，力大势沉，难以抵挡；傅逸尘刀法精湛，滴水不漏，攻不下来；郭红雷拜过名师，从他的手中讨不到便宜；张定浩瘦瘦的，是不是薄弱一些？不料他却是一个极为难缠的对手，屡屡从劣势之中突围而出，令人痛不欲生；最后只能找陈福民对垒。福民兄慈眉善目，行棋讲究大局，视野开阔，这种棋手或许会从手指缝之间漏下若干碎银子吧？事实再度证明，这是一种幻觉。与福民兄网络对局数十盘，似乎连三七开都难以维持——当然我是"三"。驰骋一番，奠定了中下游位置，心中暗暗扫兴。刀枪入库，马放南山，还是躲到后排休息一阵再说。

2022年炎热的夏季在厚厚的疫情阴霾之间划开一条裂缝。福州乘隙举办一场世界女子围棋大赛，中韩两国围棋女选手利用互联网对局。这是著名的传统赛事，聂卫平、王汝南、华以刚、华学明、常昊、俞斌、张璇等国手纷纷到场助威。大赛主办方别出心裁地邀请了一批作家棋友，组织一场作家棋友与围棋国手的联棋比赛。如同乒乓球的双打比赛，围棋联赛的规则是一位作家与一位国手搭档，双方对弈，一人一手。作家与国手之间实力悬殊，戏剧性场面陡然而生。国手弈出一手高招，作家不解其意，答非所问或者弄巧成拙是常见的事情。一阵眼花缭乱的抽签，吴玄幸运地与聂卫平搭档，我的搭档是王汝南。列位作家分别找到各自的伙伴。

我在棋赛开幕式的致辞之中说到一则趣事。很早就从电视机里认识了讲棋的华以刚八段，并且在人民大会堂的政协大会与他有过一面之缘。大会尚未开始，我端一杯水落座休息，忽而觉得邻座闭目养神的这一位仿佛哪里见过。我也稍稍闭目，猛然惊觉——这不是讲棋的华以刚八段吗？急忙睁眼，身边已经人去座空，心中久久怅然。此番再度相见，大慰平生。华以刚八段哈哈大笑。后来的座谈会，我们坐在一起，我从他那儿听到了许多围棋前辈的趣闻。

两天的围棋联赛，我与王汝南八段搭档获得亚军。作家棋友之中众多高手未能到场，我仿佛逮住了机会；当然，真正的原因是王汝南八段的提携。每一个围棋国手性格相异。有的人神情严肃，批评搭档的棋盘失误丝毫不留情面。王汝南八段一副好脾气，他事先笑眯眯地说，我下出的每一招都是好棋，尽管大胆出手。如此温暖的安慰让我心情稳定地恶手频出。一盘对局之中，王汝南八段下出一个局部妙手，周围诸多观战的专业棋手都看得出后续手段，只有我浑然无知，如同一个乞丐对于路边的金元宝视而不见。幸而那一盘最终获胜。否则，事后的复盘肯定令人痛心。

围棋联赛的冠军由聂卫平与吴玄联手获得。这似乎没有多少悬念。这一盘棋我缩手缩脚，仿佛穿了一件紧身衣。联棋比赛的一个奥妙是座位的排列。一方一手棋，甲方棋手出的卷子由乙方的哪一位棋手回答，这可能导致大相径庭的后果。不幸的是，我的上家恰恰是聂卫平聂棋圣。他并未使出哪些高深莫测的手段，每一招平凡无奇，稳如泰山，可是，我一筹莫展，无懈可击。闲常的时候，聂棋圣豪爽开朗，妙语连珠，对弈之际却神情肃然，不动声色。凝重的对局气氛之中，我突然转过一个念头：当年聂棋圣大约也是用这一副威严的表情对付武宫正树或者赵治勋。

颁奖典礼上，吴玄开心地领走了冠军证书。我当然要为我的亚军证书发表感言。我表示十分荣幸，能够败在聂棋圣手下——天下又有多少棋手能够杀到聂棋圣的门前，获得一个挑战的资格？在座的常昊听懂了我的吹牛，哈哈大笑。我有心气一气吴玄。他只是聂棋圣的小跟班，我可是堂堂正正的对手。

那一天晚上吃过饭，吴玄、绍武等人到了我家喝茶下棋。我与吴玄再战一盘，又一次轻松地输了。复盘的时候，吴玄指出我的一个"定式"错误，并且告知人工智能软件对于这个"定式"的几种分析。"阿法狗"战胜李世石成为一个历史转折点。现在，所有的棋手都承认人工智能主宰围棋的绝对优势。各种人工智能软件不仅充当专业棋手的教练，甚至也可以屈尊指点我辈。吴玄等几位对局一丝不苟，一盘棋下完之后常常请人工智能软件评点一番，他们称之为"遛狗"。惭愧的是，我尚未购买这种软件——对于围棋缺乏足够的上进心。

尽管如此，我还是了解"阿法狗"们的威力。人工智能拥有强大的"算法"。棋盘上出现任何一手，人工智能可以迅速重新计算隐含的所有可能，并且预测这一手增添还是下降了胜率的百分比。根据宏观整体的精确蓝图评判每一个微小局部，这是人类无法企及的思想能力。当然，"阿法狗"们所谓的宏观整体以棋盘为界，计算的是棋盘之间棋子可能产生的全部组合方式；相对而言，人生面对的宏观整体渺无边际——谁知道历史的尽头在哪里？

无法企及人工智能对于整体蓝图的计算，我形成另一个赌气式的观念：放弃整体。我计划将计算收缩到一个又一个微小局部。只要评估这一手棋的价值超过对方的上一手棋，方案即可成立。对于一个棋手说来，评估一手棋负担的计算比评估整体要小得多。无所谓整体路线图，努力积小胜为终局的大胜，这种思想方法更为接近后现代哲学。后现代哲学的一个重要特征即撤离历史总体论，专注于个别的游击战。

我将这种想法发表在作家棋友的微信群里，获得张定浩的点赞。瞧瞧，这就是有思想的人。张定浩的身份不仅是一个诗人，同时还是优秀的文学批评家。不久之后，吴玄的意见也过来了。他的意思是——他娘的，输棋还输得憋出哲学来了。

这小子的口气就是如此恶劣。当然，我只能容忍。谁叫我们都喜欢他那副赖叽叽的神气呢？

割稻子

两个小时的车程，看梯田。听说还可以割稻子，心中踊跃起来了。

不久之前刚刚去过郊区的一个村子，购买几片漆画的底板。因为租金便宜，许多小作坊转移到村子里。驾车行驶在村中的曲折小径，异样之感挥之不去。阳光彻亮，绿树婆娑，有风从屋角转出来。但是，寂静的村子仿佛一直沉睡，几乎见不到行人。路边一些两层或者三层的砖房错落起伏，如同干枯的硬壳，不像有人住在里面。离开村子之后回想一下，始终没有看到田野。屋子前后几畦小小的菜地，仅此而已。很久没有看到大片开阔的稻田了。

看梯田必须居高临下。盘山公路将汽车带到山顶，层层叠叠的梯田沿着山坡罗列下去。稻子正熟，金灿灿的梯田一圈一圈由绿色的田埂分割开。梯田背后的山坡上是绿树，竹林，还有各种藤蔓与野花。大山仍在无声地蓬勃，花开花落，岁岁荣枯，每一个季节换上不同的装束。梯田周围的一些楼房粉墙灰瓦，星罗棋布。桃花源般的小山村。诗情画意，是吗？这个时候，没有人想得起耕种、施肥、干旱或者山洪以及稻种、亩产、人均口粮这些俗不可耐的问题。

这些似乎是四十多年前的问题。那时我下乡插队,对付过山坡上的水田。地少人多,不能放过任何可以耕种的土地边角料。陡峭的山坡平整出来的田地不过三四平方米,号称"斗笠丘"。"斗笠丘"东一块西一块,无法摞成上下相连的完整梯田。山泉将"斗笠丘"泡得冰凉彻骨。插秧的时候,农民叮嘱要将装秧苗的小木盆搁在田里。下田之际必须一只手撑在木盆中央,否则会一下子在水田里陷到腰部。那时的诗情画意在哪里?踩入稻田,赤脚陷入泥泞的那一刻,诗与画如同受惊的鸟儿遽然而去。

山村的一幢小楼居然藏着一个小小的民俗博物馆,收集了若干农家的老物件。我曾经在乡村生活,对于许多老物件却似熟非熟。锄、镰、铲、畚箕之类农具每一日使用,木连杆联结的磨盘只是见过。上前握住木柄推了几下,转动起来却涩重得很。走廊的拐角一台木制的烟叶加工装置,没有弄明白如何开动。锯、斧、凿、刨刀等等一套木工工具十分亲切,乡村木工曾经是我反复盘算的人生规划。庭院中间搁一把威风凛凛的大锯,大约一个人那么高,当年要有两个木工分别握住锯子两端的手柄,俯仰推拉地锯开一棵大树。博物馆收罗了两架乡村的雕花大床,油漆已经斑驳。做得出这种雕花大床,木工手艺已经很不错了,至少不必再为吃喝发愁。与雕花大床配套的是雕花的梳妆台与漆箱子或者藤箱子,似乎是大户人家才能拥有的家具。柜子上摆放许多水烟筒,噗的一声燃一根纸媒呼噜呼噜吸起来,乡村老一辈人的享受。我这个年龄的人流行吸纸烟了。乡村那么多类型的盆盆罐罐,先前从未意识到。插队的时候并没有想一辈子定居乡村,不会在乎各种盆盆罐罐的用途。那时的生活仿佛半是虚幻地飘浮着,朦胧的故事不会真实地展开,哪用得上这些塞在泥墙旮旯里的玩意儿。博物馆的窗下摆放一顶红布和竹篾构成的小轿子。当年哪一个家伙还敢指望，一顶轿子会给自己抬来一个媳妇？

众人在一幢贴着马赛克的两层楼农舍里吃午餐。八仙桌上的主菜是一盆鲜美的土鸡，饲养场输送给超市的鸡肉没有这种味道。一个生物学教授曾经对"土鸡"这种概念不屑一顾。"饲料喂出来的鸡分子式没有改变呵"，教授有教授的道理。但是，口腔辨识出了乡土的气息。土鸡漫山遍野地奔跑，啄食土壤中的小虫，无形涌动的地气贮存到鸡肉之中，煮出来的鸡汤香气扑鼻。站在农舍前面的空地等待开饭，悠闲地看对过的山峰渐渐被云雾遮没。这儿海拔七百多米。手背上突然尖锐地刺痛一下，野蜂蜇的吗？脚下一丛紫色的野花在微风中抖动，肇事的小家伙大约已经躲进去。手背上很快肿起一个包，皮肤已经不适应土地的粗粝。

午餐之后出了太阳，叽叽喳喳要下田割稻子。农舍的主人拿出几把锋利的镰刀，带领众人沿着山坡的小石板路向下走。几个拐弯处有些陡峭，得侧着身体挪下去。农舍的主人脸色黝黑，大部分时间都在这一片田地上操劳，大约四十来岁吧。我有些惊奇的是，他穿一双皮鞋下田，行走起来轻松自如。四十多年前下乡插队的时候，多数农民从未穿过皮鞋。草鞋与皮鞋象征乡村与城市的划分。城市返乡的农民舍不得脱下油光锃亮的皮鞋，就会被形容为忘本。现在的农民早就扔了草鞋。他们不会抱怨硬邦邦的皮鞋箍住了脚板，上下台阶的时候崴了脚。磕磕绊绊之间来到一块不大的梯田，梯田的边缘已经放了一台打谷机。带动打谷机的柴油马达似乎有些故障，另外两个农民蹲在地上摆弄。冒出一阵黑烟之后，柴油马达突突地响起来，可以开镰了。多数人第一次干这种农活，气势磅礴地挽起裤脚下到田里。农民只是叮嘱小心一些，别让锋利的镰刀割了手。我的记忆疼痛起来了，当年左手的小指头被割过，疤痕还隐约可见。

稻田里的水已经排干，赤脚仅仅在泥泞之中留下一个小小的坑。

仿佛不像预计的那么辛苦,心中稍稍有些失望。一位女士年轻的时候曾经活跃在舞台之上。她说早就在舞台上割过稻子。音乐悠然,灯光明亮,手挥镰刀,腰身婀娜,然后直起身子,抬手用虚拟的白毛巾在额上擦一把汗。舞蹈动作是劳动的概括,只不过真正的劳动是这个动作几百万遍的重复。从无数的动作之间提炼出一个姿势,艺术的再现隐含创造的快乐;日复一日地持续一个姿势,汗流浃背,地老天荒,这是劳动。创造带来快乐,重复形同苦役。

争议的出现突如其来。所有的人都是左手正面揪住一络稻子,右手挥镰从茎部割断。我大声嘲笑他们。正确的动作是,左手反手搂过稻子,连续割下五六络之后一起拢在身后。割到田头再匆匆返回,收拾起地面的稻子堆放到田埂上。这么做可以保证收割的速度。一排农民共同进入稻田,每一个人猫着腰负责眼前的六七络稻子,手上的速度太慢很快被甩下来,这是丢人的场面。不料我遭到普遍的反驳,哪有反手抓稻子的?那几个农民也笑着,站在对立面帮腔。我终于心虚起来:只不过四十多年,就会忘了重复过几百万遍的动作吗?

割下的稻子一捆一捆地按在打谷机上脱粒,稻粒沙沙地洒在铺在地面的席子上,粮食生产出来了。人类最为基础的生产,仿佛深入到历史的底部。当年常常使用四四方方的打谷桶。一根扁担挑来打谷桶搁在田头,里面斜放一架木头和竹子制作的栅栏,四周围起纱布的帐幔。拎起一捆稻子一下又一下重重地摔打在栅栏上,稻粒落入桶底。许多农民认为,这种原始的脱粒方式才能保证颗粒归仓。打谷机滚筒上的齿轮太短,一捆稻子的里层往往会遗留几粒谷子,太可惜了。粮食可贵,多花些气力算什么。我时常站在打谷桶前充当主力军。头两天胳膊痛得抬不起来,甚至无法脱衣服,两天过后就习以为常了。

太阳开始西斜,田里的稻子仅仅割掉一小片,众人都觉得差不多了。抬起头可以看见,梯田上方的公路上停着开来的汽车。汽车保证晚上可以返城，没有人想在山村过夜。这儿的许多楼房也是空的，入夜见不到几星灯火。城市的车水马龙虽然嘈杂，大妈的广场舞吵得心烦意乱，然而，还是回去吧。山里的空寂宽大无边。如同潜入深水，山里的安静包含了无形而巨大的挤压。

沿着窄窄的田埂一步一滑地往回走，登上一层一层的石块台阶居然有些喘息。岁月不饶人，当年收工的时候，肩上多半还挑着百十斤的谷子。踏上公路时突然意识到，很久没有赤脚在野外行走了。乡村公路的小石子硌得脚板生痛，还是不想立即穿上鞋子。低头看见裤子上沾满了泥巴，不由笑了起来。当年种田的时候分为两个派别：一批人在水田里忙碌一整天，身上的衣服还是干干净净；另一批人哪怕只干半小时的活，很快就脏得像泥猴。我是属于后一个派别。当然，下田有一套专门的工装，沾满泥巴也懒得洗，反正第二天还要弄脏。出工之前从门后取出泥水与汗水腌过的工装换上，如同穿上一套硬硬的铠甲。

看梯田或者割稻子肯定要拍照或者录制视频，所有的手机都没有消停。有些照片或者视频不可避免地出现于微信的朋友圈。突然传来了消息，有观众纠正割稻子的动作。的确是左手反手搂过稻子，右手挥镰。这么说我是对的，没有下过田的人吵嚷什么呀。我宽慰地出一口长气，突然又觉得好笑：什么年代了，谁还会在乎割稻子的速度快还是慢？

找个人一起老去

　　这句话有点儿意思，但忘了是从哪一本书上读到的。另一个人纠正我，这是一首歌，电话的那一头哼出了一段旋律片断，其中的一句是"我能想到最浪漫的事，就是和你慢慢一起变老"。

　　我是在马来西亚想起这句话的，那时正在马六甲返回吉隆坡的途中。

　　马来西亚人十分乐于夸耀吉隆坡高耸的双子星塔，452米的高度曾经在世界上首屈一指。必须承认，吉隆坡并不是因为这一对高楼而浪得虚名。这个城市拥有许多壮观的现代建筑，清真寺的金色圆顶闪耀着太阳的反光。吉隆坡的街道上可以见到形形色色的皮肤。黝黑的马来人，黄皮肤的华人，金黄色头发的白种人，还有许多戴着面纱的穆斯林妇女。吉隆坡已经靠近赤道，四季的气温都在三十度上下，空气温润潮湿，仿佛轻轻推一把就会触动一场倾盆大雨。这个城市的植物十分繁茂，绿荫如盖，藤蔓纷披。郁郁葱葱的树丛掩映之中，一幢一幢别墅若隐若现。打听了一下，价格比北京和上海都要便宜。

尽管吉隆坡有可口的咖喱饭和稀奇古怪的水果，我们还是急于抽出一天到马六甲去。这座古城是郑和下西洋的驿站，那里有古船，古井，香火缭绕的三保庙，三保山上的华人墓碑，市内一排一排的百年老屋，小街上的挂着繁体汉字招牌的店铺，荷兰人修建的红墙教堂和葡萄牙人城堡的残骸。我们还见到了一位九十多岁的老先生，说起话来轻声慢语，他曾经因为积极推广汉语而被三度投入监狱。当然，我们也是冲着马六甲海峡去的。这条狭长的海峡夹在马来西亚和印度尼西亚之间，新加坡扼守在出口，目前是中东的油轮驶入太平洋的咽喉要道。据说不少海盗出没于马六甲海峡，武器精良，专门打劫过往的油轮。有人怀疑，这些海盗可能就是某一国的军队。脱下军装，面颊涂上油彩，枪支与炮舰都是现成的。由于马六甲海峡气氛诡异，石油安全得不到保障，开凿泰国克拉地峡运河成为一个热门话题。瘦瘦长长的泰国南部如同拦在印度洋与太平洋之间的一段堤坝，最窄之处仅64公里。如果挖开一条运河，油轮就可以避开马六甲海峡，径直从印度洋的安达曼海拐入太平洋的泰国湾。马六甲海峡的确让我们有些好奇——这一片海域究竟多么恐怖，以至于人们不得不将一个预算为250亿美元的工程提上议事日程？

　　前一天与一个司机谈妥了价钱，我们几个人合乘一辆出租车赴马六甲。司机是华人，五十岁出头，中等个子，卷发，单眼皮，脸上已经有了不少皱纹，一身普通的 T 恤和牛仔裤，汉语说得不错。聊天之中得知，多年以前他是长途卡车司机，一度做过布匹生意和手机生意，频繁出入于深圳、香港、吉隆坡。曾经挣了一笔，后来又亏了，兜了一圈还是回来干老本行。看来这是一个颇自信的家伙。女儿在吉隆坡读一个英国的函授学位，儿子在新加坡当飞机修理工。说起这一切的时候，他总是流露出一副得意的神态。而且，他还时不时地讥笑马来人，觉得他们不够聪明。

马六甲之行的最后一个节目是，到市区的老街看青云亭——据说庙里供的是观音菩萨。老街狭窄拥挤，均为单行道，而且时常堵车。出租车如果错过了拐弯的岔路口，就得绕市区一圈再走一遍。这个司机似乎忘了路，车子开得迷迷糊糊。眼看某一个路口又不太像了，只好重新开始绕圈子。绕了第三圈的时候，我们劝司机问一问路人。不知道这个家伙搭错了哪一根神经，他固执地认为自己一定可以找到。这辆出租车在不足一平方公里的市区绕了七圈之后，太阳已经西斜。考虑到回程还要在高速公路上跑三个小时，我们决定放弃。我们打趣地说，观音娘娘肯定知道，我们的心意到了。

返回的路上有些沉闷，毕竟不太尽兴。是不是这个司机有些歉疚，试图找一个有趣的聊天话题呢？总之，没有任何前兆，他突然谈起了自己的艳史——面对几个异国的陌生人。

"不明白为什么，女人就是喜欢我"，他是这样开始的，毫无忸怩之态。这个司机告诉我们，年轻的时候，一个姑娘曾经不断地给他写信，声称得不到他就要跳楼。这件事麻烦了好长一阵子，幸亏这个姑娘离开了马来西亚远赴英国。后来的日子，他始终艳遇不断——"我又不漂亮，也没有多少钱，真不明白是为什么呢。"

艳史的最新情节是，他又被一个女人缠上了。这个女人曾经是香港一个电器老板的情妇，而且替他生了一个女儿。由于老板妻子的挑唆，她与老板大吵了一场。老板扔给她一笔款和一套房子，八年的恩情一朝挥断。这个女人灰心得想自杀的时候偶尔遇到了他。因为他的见多识广、语言诙谐还是大大咧咧的做派？总之，这个女人的生活突然明亮起来了，下一个目标就是移居马来西亚嫁给她。目前，法律上的障碍已不存在。马来西亚允许娶第二个太太，只要第一个太太不反对。"我太太和我同龄，已经不想做爱了。她同意我再找一个，吉隆坡的房子留给我——她愿意和儿子一起住在新加坡。"

这种魅力的自夸很容易在男人之间引起微妙妒忌。我们故意用世故的眼光评点这个故事：这个女人肯定有些特殊的目的，一下子就能想到的是移民，或者钱。譬如，她很快就会告诉你，女儿就要上小学了，学费还欠缺一部分，请你汇款；来到马来西亚之后，她肯定会提出要你买一辆车；过了一段时间，她还要做生意，开一间店铺，你必须投资……

这个司机的大度的确有些出人意料："我可以给她一些钱，还可以把这辆车子送给她。我也愿意帮她办好移民手续，然后我们分手——可是她不肯，一定要缠住我！"这个司机主动承认，他仅跟这个女人上过一次床；何况她现在又有了新的男友，英俊，年轻，而且有钱。但她仍然口口声声叫这个司机"老公"。"今天是我的生日，她又打来了长途电话，问我在哪里，而且警告我不能跟别的女人往来。"的确，这个司机的手机时不时就会响起，一会儿是马来语，一会儿是汉语。不知道哪一个电话是那一声缠绵而又恼人的问候？我相信这不是他的虚构，因为没有必要。

这个司机坦率地谈到了性的问题。他说，到了他这个年龄，一个星期一次就够了。他宁愿找"小姐"解决问题。这在吉隆坡是一件简单的事情。我们的酒店附近就有一个街头酒吧，晚上九点之后有一些即兴的歌舞表演。酒吧的周围零星地散落一些皮条客，时时殷勤地向路人兜售妓女。他们大大方方地递上自己的名片和电话号码，声称手里什么货色都有。这个司机表示他会用安全套，传染上艾滋病可不是闹着玩的事。当然，我们听得出来，他真正想说的是这句话："完事之后我把钱付清，就什么烦恼也没有了。"

司机的故事就是这么多。虽然他的叙述有些啰唆和重复，我们还是很快弄清了来龙去脉。我们疑惑的是，为什么他不肯就势将这个女人的痴情收下？他含含糊糊地说，那就丧失了自由；随后又说，他快要老了，不需要了。这时，他似乎不再那么得意，而是变得有些烦躁："算命的说，我前两年走桃花运，为什么现在还没有结束呢？"

我们终于看明白了，这个走桃花运的家伙深恐坠入情网。情网是一个致命的生活圈套。一个女人真的渴望和他共度下半辈子的时候，他惊慌地选择了逃避。他宁可到妓女身上寻找一时之欢，而不愿意情深意长。激情是年轻人的事情，五十多岁的男人已经燃成了灰烬。五十多岁的男人仍然可以享受性，但不再动心。心已经开始衰老，不想负担激情的重量了。激情的冲撞会使胸口发痛。他所说的自由其实是轻松和洒脱，无拘无束。必须承认，他的明智和爽朗超出了我对一个司机的预料。但是，我就在这个时候想起了那句话。我差点儿就想问一问他——有否听说过"找个人一起老去"？

出租车终于回到了酒店，我们没有忘记在道别时祝他生日快乐。他笑了起来，单眼皮的眼睛眯得小小的。这个司机肯定是个快乐的人。他会及时地卸下各种累赘，结清人生的诸多账单，无拘无束地游历江湖。尽管如此，我仍然愿意这么猜想：如果他没听说过那句话，也许就不会成为一个最快乐的人。

三种节奏

渐渐从闲常的日子中辨识出三种节奏，似乎是一个有趣的发现。有时，一天要在三种节奏之中穿梭几个来回，可以顺便对比一下。节奏——怎么说呢？肯定不是某种固定的物质，不会是一幢楼房，也不是一棵树或者一座山峰。诸多生活表象纷至沓来，又倏忽而去。节奏是生活运行速度制造的节拍吧？

这么说有些抽象，举个例子。譬如，信手翻开一本唐诗或者宋词，立即会感到诗词里的生活慢了下来，仿佛离开疾驰的轿车换乘悠然的小舢板。"人闲桂花落，夜静春山空。月出惊山鸟，时鸣春涧中"，或者"众鸟高飞尽，孤云独去闲，相看两不厌，只有敬亭山"，诗句背后是另一种缓慢的生活节奏，从容不迫；古人当然要喝酒，要下棋，还要相思，这些事情慢慢地做，下棋的对手"有约不来"，那就在灯下"闲敲棋子"，每一次相思起码一个晚上，要不怎么说"情人怨遥夜，竟夕起相思"；至于"日长睡起无情思，闲看儿童捉柳花"以及"细数落花因坐久，缓寻芳草得归迟"，日子缓慢得仿佛要停下来了。因为放慢了节奏，许多匆匆一瞥甚至视而不见的景象终于进入视野：清澈水流之下的石块，细雨悄悄湿了衣裳，两只白鹭贴着江面飞过，竹篱上的一茎菊花摇晃在微风中，"桃花细逐杨花落，黄鸟时兼白鸟飞"，"小荷才露尖尖角，早有蜻蜓立上头"，如此等等。是不是只有古人才能享受如此清闲的节奏？现在的人们每一天忙得七荤八素，刚刚放下电话又拿起了表格，疾步赶到会场的时候已经是最后落座的那一个。这种日子哪里还有闲情听风观云，对花赏月，过了一天甚至连有否出太阳都没能想起来。日复一日，开始与结束，太快了，不知不觉老之将至。

当然，这种清闲是古代诗人慢慢写出来的。诗人一个字一个字地推敲，斟酌沉吟，"吟安一个字，捻断数茎须"，如若配上乐曲吟诵，时光似乎被拉得更长。没有堆积如山的繁杂事务，超然独立，犹如落日晚风之中的一棵树。读一读唐诗宋词就是享受这种慢。一些时尚的网络小说丛恿主人公"穿越"到古代，赶到宋朝或者清朝当一个武侠大打出手，或者谈一场轰轰烈烈的恋爱，他们没想到古代诗人讲究的恰恰是那个"不闻窗外事"的悠然。

古代诗人制造的幻象吧？阖上那一册薄薄的唐诗或者宋词之际，正坐在风驰电掣的高铁奔赴异地参加一场商务会谈。下车之后要见许多人，说许多话，与一些人建立新的长期联系，进而形成复杂的情节。无数的偶然与不确定从各个方向涌入生活，哪里还是古代诗人那种水流花谢，空山无人的节奏？这已经是长篇小说或者电视连续剧了。说对了，现在最为时髦的就是长篇小说或者电视连续剧。人们开始意识到，工业时代的机器正在悄悄地调动生活的节奏。铁路与火车，四通八达的高速公路网络，密集的国际航班，电报逐渐淘汰，电话已经从语音发展到视频，卫星中转的信号从南半球折射至北半球。各种机器分布在众多领域，废除了某些古老的故事基础，衔接起另一些前所未有的社会关系。书生赴京赶考，中了状元之后成了负心汉，一无所知的痴心恋人仍然在寒窑苦等若干年——现今怎么可能再有这种情节？一个电话不是一清二楚了吗？当然，负心汉与痴心恋人的情节还在延续，可是，形式完全不同了。款爷与"小蜜"、贵妇与帅哥、贪官与情人、教授与研究生，还有娱乐圈一个比一个惊耸的八卦消息，种种眼花缭乱的交织、穿插、邂逅或者长距离跳跃无不依赖机器的中转。只要删除电话、汽车与飞机，这些情节立即瘫痪。古老的故事基础之中，负心汉通常充当主动者，只有他们才可以云游四方，广交天下朋友，痴心恋人的角色理所当然由女人承担。现在不同了——女人也能掌握电话、汽车与飞机。所以，许多故事之中的性别角色正在倒转。

古代的诗人常常与二三知己分享自己的诗作。哪一首诗日后传遍天下是不可预计的事情。顺其自然罢了，没有人事先操心。可是，长篇小说或者电视连续剧并非如此。长篇小说是大型的文化生产，投入的精神成本远远超过短小的诗词，以至于作者期待必要的回报。古代的说书是瓦舍勾栏的一个项目，听众的人数意味着回报率。现代的出版社与印刷厂作为连锁机构保障长篇小说传播的技术支持与经济收益，改编为电视连续剧是另一种传播体系赋予的附加值。印刷机器形成的印刷文化同时构造了一个时代的心智形式。我们这一代仍然默认印刷文化的环境。我们的思想速度、表述标准以及书写效率无不向印刷文化靠拢。所谓字斟句酌或者下笔千言无形地以书籍作为衡量。书籍是精神产品成功的必然归宿。著作等身，书房里壮观的书橱，出版社令人咋舌的发行量，图书馆望洋兴叹的藏书，书籍是不言而喻的基本单位。我们不会像老子的《道德经》那样，仅仅用五千来字阐述如此玄妙的哲理，因为那时的文字只能写在竹简之上，一片竹简容不下几个字。享用纸张构造的书籍是很久以后的事情。许多人现在敲击电脑键盘作为写作工具，但是，心智或者表述仍然遵从印刷文化的节奏。屏幕上的文字仍然遵从书籍的标准——许多文字最终还是印刷成书。

但是，我听到了另一种敲击键盘的节奏，啪啪地响得如同瓦片上的骤雨。这是软件工程师的手法。修理电脑的时候，他们手指之下的键盘似乎始终在响。后来我才知道，一些人的文字书写也是这么快——我说的不是速记员，而是网络小说作家。许多网络作家每日至少上传八千字左右，这是养家糊口的基本工作量。敲出八千字的键盘马不停蹄地响成一片。这时，印刷文化遗留下来的作家目瞪口呆。他们耗时两年写出一部五十万字的长篇小说，网络小说作家只要两个月。键盘与屏幕带来文学生产力的疯狂提高，昔日的文学产量成了一个笑话。几十万字的"侏儒"怎么好意思称为"长篇小说"？网络上的长篇小说往往上千万字。作家可能忘了先前写过哪些情节，同一部小说内部各种人物的失联、无疾而终、死而复生或者张冠李戴乃是常见的事情。不论那些传统作家流露出多么不屑的神色，网络文学的节奏正在将愈来愈多的读者召集在手机周围。

　　另一些称为"键盘侠"的人也将键盘敲得飞快。他们居然在网络上吵嘴，兴致勃勃打口水仗。食指一点鼠标，这些即兴的文字立刻进入公共空间，什么深思熟虑、惜字如金无不成为过气的教条。有话就说，网络上的许多帖子后面跟随一大串评论，拥戴、支持、嘲讽、恫吓、挖苦、警告以及各种表情符号一应俱全。我们曾经在家里或者会议室吵嘴或者打口水仗，但是不会堂而皇之地将这些闲言碎语印刷出来——多浪费呀。然而，"键盘侠"肯定不服气。他们对印刷文化的遗老遗少反唇相讥：得了吧，不要自以为是了。必须跟上时代，以前你们也是这么说。网络时代的帖子、吵嘴、口水仗就是流行文体，甚至还有独具一格的"弹幕"评论。"弹幕"评论亦步亦趋作品的剧情，二者相映成趣。作品结束之际，亦即评论收场之时。立竿见影，音停响息，只有网络才能造就这种"快"。哪怕是无关紧要的明星绯闻，早五分钟知道也值得自豪。"加速主义"概念已经隆重登场，谁知道电子魔术还会变出什么？"阿法狗"？元宇宙？ChatGPT？慢吞吞又怎么能赶得上？

我曾经表示一个感慨：手头的动作越来越快，手边的事情却越来越多。只有在忙得喘不过气的时候，我们才会想一想唐诗或者宋词之中的日子。多数日子里，我们不知不觉沉浸于紧锣密鼓的节奏，网络时代的各个方面都在提速，一辈子仿佛活出了三辈子的效果。那么多的消息，那么多的评论；那么多的演出，那么多的八卦；那么多的带货直播，那么多的网购与快递；那么多的结婚，那么多的离婚；那么多的会议，那么多的观念；世界如同旋风一般从眼前掠过，快就是快感。庸俗的财迷念叨时间就是金钱，无敌的武林高手认可快就是赢。古往今来，天上地下，激烈的竞争就是讲究一个"快"。乌龟向往兔子的速度，兔子向往豹子的速度；标枪向往弓箭的速度，弓箭向往步枪子弹的速度；汽车向往飞机的速度，飞机觉得能像火箭那么快就好了——唯快不破。

可是，慢一点又会如何？我想起了一则逸事。一批物理科学家定期相聚，一起交流学术思想。一位科学家的反应似乎总是比其他人慢一拍。许多人已经开始发表观点的时候，他似乎还没有弄清问题的要义在哪里。奇怪的是，深入的分析表明，他慢悠悠说出的结论多半是对的。快和慢是一回事，对或者不对又是另一回事。我在哪一本书上读的这一则逸事？这一位科学家叫什么名字？怎么也想不起来了。当年的读书囫囵吞枣，读得太快以至于没有记住。

小院子的春华秋实

　　林那北突然开始迷恋种植，这是好事。出一身汗，巴掌上结出一枚老茧，改造知识分子懒惰的灵魂，体察农民的辛劳，"谁知盘中餐，粒粒皆辛苦"，如此等等。小院子与阳台陆续摆满了各种型号的花盆，爬藤植物栖身的架子搭起来了，几丛绿色的植物不慌不忙地漫过篱笆。一阵风吹过，大大小小的叶子哗啦啦地响成一片；阳光落下来的时候，地面上影子斑斑驳驳地晃动。

　　她每日的工作菜单因此添加了不少内容：开始关心天气，天边那一圈乌云的动向决定傍晚是否浇水；周末奔赴郊区购买菜籽和树苗，或者利用网络向各地高人请教如何施肥。收获的季节到了，花盆里收割的豆荚、芥菜或者秋葵堂而皇之地登上家里的餐桌。吃下这些菜肴之前常常会听到一些广告说辞，例如纯粹的天然无公害绿色产品等等。茄子和苦瓜似乎有障碍，大多仅拇指粗就开始枯萎，林那北仍然宠爱有加，如同一个母亲絮絮地为瘦弱的儿子辩解。出差的时候，她吩咐我及时摘下树上的无花果，否则会被路过的飞鸟啄烂。有必要和那些可怜的小鸟争食吗？我有些犯懒，企求免除劳役。但她铿锵的口气没有商量余地：不行，这是劳动的果实。

观念的确改变了。

种植似乎使生活有了新气氛。那些绿色的植物不动声色地挤进来了。嫩绿的新芽，汁液饱满的根茎，丝瓜藤上棉絮一般的黄花和被虫子咬出密密麻麻小洞的叶子，还有泥土的气息。几只花瓢虫在叶子之间忙碌，偶尔会有一两只蜜蜂或者蝴蝶造访。这些景象已经久违，仿佛是从遥远的记忆之中突然召回。现在的生活边缘清晰，线条整饬，没有那么多拖泥带水的角落。我常常觉得，我们的日子如同一个设计周密的工程。午餐或者晚餐可以叫外卖，肯德基、麦当劳把机器切割好的鸡块、汉堡包装在标准的塑料盒里送来；出门旅行可以设定各种交通工具，飞机、轮船、火车、汽车按照不同的管线将每个人精确地送到指定地点，那些手执小旗的导游率领我们排队巡视众多的人造风景。闲常的时光，我们的日子交给三块屏幕管理：手机屏幕，电脑屏幕，电视屏幕。大部分时间，我们的身体端坐在一把靠背椅子上，眼观六路耳听八方，知道联合国大会的辩论内容或者某一个敏感地区发射了一枚导弹，也知道太平洋上一个热带风暴的动态或者一种新型病毒正在地球的某个角落肆虐。我们还听说了无数的消息；事实上，堆积如山的消息就是我们的世界。

这个世界正在转型。所有的知识必须重新评估。某一条山路的拐弯处有一棵桃树，山坳里的两丘水田水冷蚂蟥多，向阳的一块红土坡地盛产地瓜，龙眼树的林子里有两个巨大的马蜂窝——这些知识又有什么用？一个农民乡居生活的琐碎经验罢了。我曾经向许多人询问，如果没有意外的山火、雷电、干旱或者砍伐，一棵树拥有的正常寿命有多长？迄今为止，没有听到可信的答案，甚至那些面孔黝黑的农业教授也语焉不详。似乎没有人还会对这种问题表示兴趣。相当长的时间里，只有满腹经纶的文化大师令人景仰，他们蛰居于学院的深处，擅长背诵许多圣贤的经典名言，而且记得住某一句话印刷在书本的哪一页上。这些渊博的大师年迈体衰之后，年轻的工程师成群结队地到来了。他们群策群力，蒸汽机、生物工程和互联网开始一次又一次地重组知识体系。航天飞机喷着火焰驶入太空，化肥的分子式处理所有的田地，基因图谱即将解释众多的疾病来源，总之，技术决定诸多事务。当人们周围所有的情节都被计算机转换为数据之后，"大数据"或者"云计算"终于魔术般地将整个世界贮存于小小的硬盘之上。从国际原油价格、导弹发射的轨道到私人社交生活，从某个疑似恐怖分子的行踪监控、各个社会阶层的收入分配到如何拍摄一张落日余晖的照片，计算机利用数据安排一切。这时，计算机屏幕演示的结论已经与一个农民的想象离得很远了。一年之计在于春。一个老农坐在茅舍门前的台阶上吸烟，默默地盘算当年的农活。风吹日晒，春种秋收，种瓜得瓜，种豆得豆，这是乡村生活的天经地义。然而，一个年轻的白领坐在计算机对面，屏幕上的数据正在上演惊天剧情，也许是股票的逆势飙升，也许是明星的绯闻八卦——这时，还有多少人愿意脱下脚上的皮鞋，重新踩到冰凉的泥土之中？

林那北无疑是手机与互联网的积极分子。从微博微信、查询航班信息、购买火车票到网购日常用品与各种书籍，她总是兴高采烈地奔走于两块屏幕之间。对于那些时常在各种软件之间迷路的笨伯，她免不了暗中讥笑。这样的人突然如此坚定地将我们家的小院落和阳台改造成农业社会，多少让我感到了意外。她添置了锄头、铲子等一套农具，大大小小的花盆也陆续抵达待命。然而，某一天早晨她意外地发现，我们家缺乏农业文明的必备条件：泥土。到处都是水泥、人工合成板和塑料管道，泥土哪里去了？我写了一篇散文《泥土哪去了》，事实上这是林那北的苦恼。她开着汽车满城市转悠：泥土！泥土！泥土！偶尔发现路边或者立交桥下有一个废弃的土堆，她会立即取出藏在汽车里的铲子和塑料桶贪婪地扑上去，有时甚至唆使我和她成为共犯。回家的时候从后备厢拎出一麻袋的泥土，快乐的神情不亚于拎出一麻袋的钞票。当然，泥土问题的最终解决还是依赖钞票。如此之多的花盆张开大嘴嗷嗷待哺，塑料桶的搬运不过九牛一毛。林那北决定花销几百元订购。一个电话之后，一辆拖拉机轰隆隆地运来了整整一个拖斗的泥土。

我对于她的狂热渐渐有了些微词。我在乡村插队若干年，熟悉大部分农活。没有一个农民这么种田，成本太高了。汽油，种子，树苗，肥料，耗费大量的时间和精力，居然还得购买泥土。就是为了餐桌上的那几根丝瓜、茄子或者一把芥菜？田园风味无非是一种点缀，锄草浇水无非是一种修身养性，怎么能真刀真枪地当起了农民？竹篱圈起一个小院落，一架葡萄，两盆三角梅，若干竹子在微风中摇曳，这就是情趣和格调。这些植物耐旱，三五天忘了浇水也撑得住。如此忙碌的日子，没有必要增添多余的负担。适可而止吧，如何？然而，尽管我的忠告情辞恳切，林那北脑子里并不存在成本与收益概念，花盆里的收成从未和家庭经济的账本联系起来。她口头上好好好地应付，一边照样种下新的一批苗子。

我对于林那北的固执无计可施。作为一种补偿，她殷勤地向我报告小院落那些植物的动静，长叶了，开花了，结果了。有一次她惊奇地问我，为什么植物拒绝向人们的眼睛展示它们的生长——害羞吗？她坚信那几茎爬藤片刻之间延长了一截，可是肉眼无法观测到。我哈哈一笑，想不出如何回答。她还认为山茶花、扶桑以及无花果树之间存在某种发育竞赛，因此做出一个重大决策：哪一株植物表现出众，她就会提供一勺有机肥作为奖赏。有时，我觉得她的表述使用了一些奇怪的形容，譬如那个毛茸茸的西葫芦瓜有点儿可怕，如同一只毛茸茸的胳膊；另一天她竟然发现了一根狡猾的丝瓜：它巧妙地隐藏在爬藤的叶子深处，避开了人们的采摘，终于依赖自己的智商熬成了遗世独立的老瓜。这些信口的玩笑屡屡触动了我，一个主题在意识之中若隐若现。某一天傍晚我偶然看到，几十个信封大小的网袋悬挂在芭乐树上，罩住青涩的芭乐果犹如襁褓裹住婴儿。我突然领悟，林那北与这些植物已经存在某种秘密对话。这是一种生命与另一种生命的交流。她自诩为这些植物的领袖，兴致勃勃地将一把菜籽埋入泥土，但是她无法像老农那样认出丝瓜还是秋葵。她的理想是，某一天这些菜籽听得懂她的点名，例如喊一声"丝瓜"或者"秋葵"，某些菜籽就会向前跨一步，雄壮地回答"到！"。数十天过去了，这些菜籽始终没有出苗，她蹲在泥土前志忑了许久：它们沿着地下的一条秘密古道逃走了吗？

我开始接受林那北的快乐，慢慢也向那些植物竖起了耳朵。对话首先是倾听——倾听植物的拔节、开花，倾听果子从树上落到地上啪的一声，倾听春雨滴滴答答地敲打树叶，倾听干燥的泥土吸收水分时发出吱吱的声响。这种倾听往往不知不觉地融入自然的拍子，风生水起，花开花落。有一天我遵命提一根塑料管浇水，水流汩汩地穿过手心漫入泥土，突然感到生活慢了下来。透过丝瓜藤蔓的间隙，我看到了天空中悠然的白云和飞鸟。一阵风习习地拂过，空气隐含着另一种芬芳。

栖息于大自然的节奏，生活简单而透明。日出而作，日入而息，所有的辛苦和乐趣无不一目了然。手机、互联网、电视机操纵的世界喜怒无常，瞬息万变，危机时常装扮成诱惑令人痴迷。那一天股市一泻千里，无数人双眼盯住屏幕之上跳跃的数据唉声叹气，这时，林那北却向我炫耀另一种全然不同的心得：站在树下吃无花果真是美妙啊。一个下肚翻开叶子又摘下一个，十几个果实像一串珠宝鱼贯而入，她甚至把嘴唇都吃破了。

从小院子回到屋里，林那北开始看书写作或者画画。这与我预料的没有太大距离。她肯定不会像一个真正的农妇，放下锄头、扁担之后转身养鸡喂鸭，烧柴煮饭。从植物的秘密对话中获得某种洞悟，然后把花草树木的语言翻译出来。画板显然是一个发表的好地方。林那北画的是漆画，大多是姿态各异的树木。大漆从树木的躯体之中流淌出来，通晓树木躯体内部的复杂纹理，凝固的画面上遒劲的枝杈如同一片有力的胳膊托住了天空。一阵大风从窗户刮进来，仿佛听得到画板上这些枝杈发出长长的呼啸。这时候她开始了另一种种植，那些画板上的空间远比我们家的小院落大得多。

现在她把种植体验与漆画集合成一本书，我觉得应该支持，于是破例为她写个序。

第三辑

书生气与英雄气

几天前的一个凌晨，徐先生终于动身西去。我们这些学生已经有了思想准备，但是，内心还是涌来巨大的疼痛。"仁者寿"，徐先生的生命已经是一个奇迹，我们总是希望奇迹能够一直持续。

我相信，徐先生走得安详，轻松。该留给我们的，他很早以前都交代好了。

很多年以前，许多华东师大的学生都说，他们见过徐先生疾步如飞地穿过校园。徐先生总是在忙碌，总是有那么多事情等待他处理，总是有那么多的书、那么多的文章要读。现在，徐先生可以不那么忙了。徐先生的忙碌会在华东师大一代又一代的学生那儿成为一个著名的传说。

我没有必要在这里详细讨论徐先生巨大的学术贡献。徐先生的著作陈列在那里，有目共睹。我要说的恰恰是，徐先生的贡献远远超出了学术之外。

徐先生逝世的第二天，我在网络上重新发表了一篇旧文，题目是

《一个纯粹的知识分子》。我的心目中，徐先生就是一个纯粹的知识分子。这种知识分子已经不多了，但是我们还是认得出来。

一个朋友在我的文章后面留言，说徐先生身上有书生气，也有英雄气，我深以为然。我觉得，书生气和英雄气在徐先生身上汇合在一起，成为两种互相激励的品质。徐先生以书生形象出现的时候，我们同时会清楚地感受到他身上的耿直、硬朗之气。他忧国忧民，尽职尽责，从不退缩，哪怕为一次的拍案而起承担二十多年的厄运。一介书生，无欲则刚。另一方面，二十多年的厄运并不能窒息精神的内在活力。徐先生以不屈的姿态挺身负重的时候，我们又能清楚地感受到他的深邃和洞见。二十多年的时间读书数百种，写下数百万字的卡片摘要和读书笔记。他的坚定并不是逞一时之气，而是包含深厚学识的涵养。

徐先生生活的这一百多年，风云激荡，惊涛骇浪，这种时代最难坚持的就是书生气和英雄气。但是，徐先生做到了。他从容地穿过了这个时代，宠辱不惊。他的前行身影将始终存留于我们的记忆之中。

作为学生，我们曾经近距离地与徐先生相处，在徐先生的书房里上课。我们可以捧一杯热茶，高谈阔论，互相争辩，徐先生从不限制学生的思想，而是微笑着指点我们更深入地思考一些问题。徐先生尊重各种理论探索，同时，他也从不会因为趋时阿世而隐瞒自己的观点。他的心目中，知识分子的使命和责任从未减轻分量。当学生的时候，我不断地惊叹徐先生的渊博和丰富，常常悲观地觉得这是我们不可能企及的境界；时至如今，我已经愈来愈清晰地意识到另一个事实：徐先生的人格所具有的感召力。对于一个知识分子说来，人格之中凝结了一些基本的前提。我们与徐先生的距离仍然那么大，但是，我们明白了努力的方向。这个意义上，徐先生是我们永远的老师。徐先生不朽！

藏书癖与一本书主义

听一听富翁谈钱是有趣的事。他们时常谦虚地表示，钱是挣不完的，挣够了伙食费就及时收手退出，读书、旅游或者待在一个海岛上钓鱼，总之，无忧无虑地享受人生。这些说辞很少兑现。口袋里的钱够花八辈子了，他们还在兢兢业业抠回每一片铜板。钱多又有什么问题？多多益善呵。积攒钱财的欲望深藏在骨头缝里。当然，贪恋财物不能四处张扬。节衣缩食购买一款名包，忍不住往鞋柜里塞进第一百零三双鞋子，这种事情只能悄悄进行。无法抵抗物质的诱惑令人耻笑。

可是，那些嗜书如命的知识分子时常毫无顾忌地炫耀自己的藏书癖。书也是读不完的，可是，他们什么时候表示买够了？这些家伙的书房如同富有的仓库。书架上早已塞满，他们坦然地将新买的书籍堆到地板上，侵占了过道，甚至腾出了床铺。购书当然是一笔不菲的开支，更为头痛的是书房。谁不想拥有一间五十平方米的大书房呢？然而，大部分以书为生的人很难挣得到购买一间大书房的钱。尽管如此，他们决不肯量入为出。财政拮据的时候，太太多买一条裙子就会产生负罪感，可是，送钱给书店的老板仿佛天经地义。没什么可抱怨的，愈穷愈买书并不可耻。哪怕将来大约不会读这本书，购买的欲望仍然不可抗拒。那个写出了《发达资本主义时代的抒情诗人》和《单向街》的本雅明就是如此。我们都喜欢他，这没说的——因为我们也一样。

攒钱，攒钱，攒钱——我们时常瞧不上那些愚蠢的富翁：如此富有之际还如此吝啬，活生生把自己变成一个守财奴；买书，买书，买书——我们似乎没发现这是一个笑话，而是堂皇地将自己的藏书癖伪装成高尚的文化情趣，仿佛这个世界上高贵的灵魂只能诞生于篮球场一般大小的书房。我决定不再疯狂，努力恢复知识分子的理智。

这一段时间，我也在筹划自己的书房。在一个研究机构供职多年，工作室积攒了不少书籍。下一步从工作室撤回自己的书房，如何安顿这些书籍？书房的容量有限，我不想将书房设计为兼收并蓄的图书馆。放弃哪些书籍，带回哪些书籍——如同退隐的将军带回自己的子弟兵？

当年曾经有一个想法，要为自己的老迈之年囤积一些书籍。双腿跑不了多远的时候，读几册好书犹如又活了一遍。现在，我意识到另一个后续的问题：书房里存放多少书籍，才能持续补充内心的能量？这些书籍不是一些待查的资料，更不是填充书架的装饰品，而是可以时刻翻阅，与自己的内心存在积极的对话。可是，我无法估计未来书房的需求量。五百册还是八百册？三架子还是四架子？够了吗？

有一些奇人似乎无书不窥，不可随便在他们面前卖弄关于书本的知识。他们的口头禅是：哦，这本书我以前翻过……当然，"无书不窥"是一个巨大的夸张，早就没有人做得到了。古代的文化生产规模有限，流行的书籍不多，一个用功的人可能过目大部分重要的典籍，号称"无书不窥"庶几近之。现在是文化工业时代。穷其一生，一个人大约也读不完一日之内出版的书籍。这个事实让人沮丧，也让人清醒。多读数百本又怎么样？这个数字不一定有多少意义。近期一个时髦的理论概念是"内卷"——抵达天花板之后，更多的努力如同空转。阅读也可能形成"内卷"。尽管饱读诗书，可是，视线扫描的文字无法转换为思想。某些人可能"开卷无益"。即使哪一方面的专业知识持续增加，但是，格调、情怀乃至聪明程度早就停滞不前。热衷于藏书的人多半有过漫长的阅读史。对于他们说来，阅读量竞赛仅仅是一个幼稚的游戏。孔子或者庄子的阅读量大约比我们小得多。可是，我们的智慧能够与他们相比吗？

我想到的恰恰是与阅读量相反的问题，姑且称为一本书主义。无数的书籍正在从世界各地涌来，堆积成山。是否会出现一本终极之书？如同伟大的神谕，终极之书记载一切真理，谈论种种不可移易的原则，包括那些具体的知识与操作技术。总之，阅读一本终极之书，另外的阅读大部分可以省略。空荡荡的书架摆上这一本书就够了。没有必要忙碌地在书堆之间转来转去，东挑西拣，不知要找的东西在哪里。

这当然仅仅是一个有趣的拟想。这个时代的每一个人都在争先恐后地发出自己的声音。报纸、杂志、书籍，印刷机器全速运转；纸质媒介容纳不下之后，收音机、电影、电视及时跟进。互联网打开了另一个巨大的空间。那么多的人一拥而入，发表宏论，吆喝生意，载歌载舞，音量之大足以让整个互联网震颤起来。有没有独到之见并不重要，重要的是有一个说话的地方。这即是享受。我们不是去领取一个现成结论，而是享受制造各种结论的巨大乐趣。

尽管如此，一本书主义的拟想还是在文化史留下了印记。许多宗教即是奉行一本书主义。颁布一本宗教的经典，众多信徒根据这一本经典修行，天地之间的名言至理悉数在此。流行的通俗文化之中也有相似的观念，例如葵花宝典。葵花宝典的争夺预设一个前提：这是一本至高的武学秘籍。世间所有的拳谱和剑谱将因为这一本武学秘籍的诞生而终结。"宝典"情结推崇书中之书。人们想象还存在发财宝典、升官宝典，甚至炸油条或者偷自行车宝典。有些表述相对委婉，然而意思相近——譬如，一个见多识广的教授感慨地表示，终于找到了那一本可以研读一辈子的哲学著作。

书店的老板每一回都殷勤地介绍刚刚到货的各种新书，哪一本才会入选未来的终极之书？不得而知。我们只能不分青红皂白，源源不断地将各种书籍运回自己的书房。肯定存在某种秘密筛选机制，可是，不知道这个机制如何工作。鲁迅希望他的著作与抨击的对象一道速朽，事实上，他的著作长存不朽。

谁能写出终极之书？现今的作者已经没有胆量承受这种想象。我曾经设计一个简单的测试：如果每个写作者的一生仅有发表一部著作的限额，我会在什么时候交出自己的作品？或许，现在仍然是积聚阶段，必须等待一个最为饱满的时刻。印刷机器与互联网取消了发表的限额，耐心积聚心智的人愈来愈少，没有多少人仍然崇尚一本书主义的拟想。我们会更加积极地购书。不是从中搜索那本终极之书，而是想如何把书房塞得更满一些。欲壑难填——对，就是这个词。我们还是坦率一些好了。

听一听知识分子谈书也是有趣的事，然而，似乎与富翁谈钱没有太大的区别。

文学是对手吗?

　　当父母的聚在一起,电子游戏是一个很容易上火的话题。只要一个人提起,立即群情激愤。许多孩童废寝忘食地沉迷电子游戏,课业被抛到了爪哇国。那些设计游戏的电子工程师干的是什么事!抱怨之余,一位父亲提出的问题让人一愣:为什么作家或者导演居然竞争不过电子工程师——为什么课本之中文学经典的魅力远不如电子游戏?电影也奇怪地落了下风。电影的画面、音响、人物、情节以及摄制的技术含量远远超过了电子游戏,但是,孩童仍然愿意追随电子游戏里面的卡通人物上天入地。

　　一个作家的分析是,文学经典或者电影通常是完成式的叙事,电子游戏是开放式叙事。完成式的叙事"眼观手不动"。哪怕产生若干角色的"带入感",读者或者观众不可能真正卷入情节,以实际行动介入《红楼梦》宝、钗、黛三者的爱情,或者助孙悟空一臂之力,将唐僧从万恶的妖魔手里抢回来。相反,开放式的叙事安排游戏者成为一个主动角色。游戏者的各种操作影响情节的方向与进程,甚至开启情节本身。担任改造世界的主动角色具有不可抗拒的吸引力，这是作家的结论。谁都愿意自己创造生活，哪怕是在屏幕里面。孩童甚至更为积极，因为他们真正掌控的生活空间更为狭小。

我想延伸的话题是，讲授课本之中文学经典的时候，最好附带说一说文学经典的主题与人们的生活存在哪些联系。许多文学经典已经年深日久，如同博物馆里面一个锈迹斑驳的器皿。如果没有各种辅助资料，几乎无法透彻地解读作品，譬如历史背景材料，字句的注释。这些辅助资料成为课堂讲授的大部分知识，通常称之为"学问"。但是，人们没有理由忘记，清除各种外围屏障的目的是登堂入室，洞悉作品的内在意蕴。这些内在意蕴并非隔绝于日常现实。相反，真正读懂一部作品，包含意识到一部作品可以多大程度地嵌入周围的生活。仰慕一部作品显现的境界或者鄙夷、嘲讽情节之中的某一个人物，生活已经不知不觉地形成回应。文学经典的某些内容可能与现代社会渐行渐远：人们不会再像梁山好汉那样打家劫舍，聚啸江湖，也不会再像堂·吉诃德那样扛一柄长矛挑战风车。可是，否定即是另一种解释。之所以替文学经典之中的古人感慨嗟叹，二者的落差恰恰表明现今立场的启动。如果人们的悲欢曾经接受文学经典的陶冶，内心可能保持更为锐利的洞察，人生的认识可能更为成熟。总之，文学并非冷漠的知识，仅仅适应一个狭窄的区域。文学经典的完成式叙事不是制造各种参与行动的机遇，让人们击毙屏幕之中的恐怖分子或者从迷宫之中突围，而是带动灵魂的苏醒和活跃，继而开始奔跑或者抗争。所以，课堂讲授必须有信心证明，文学经典也在帮助创造生活。

提到文学经典与生活的联系并不是倡导一种狭隘的功利主义。文学经典的讲授当然是一种学术工作。现代学术体系或者知识体系无不拥有相对独立的逻辑架构：学科内部各种命题相互呼应，彼此证明；某些命题的突破仅仅传导到另一些命题。学科必须以整体的形式回应生活，正如一台大机器必须以整体而不是一个又一个零件产生作用。运用电脑的时候，人们终日与屏幕、键盘、鼠标三者相对，尽管如此，没有人愚蠢地认为，电脑之中的另一些部件纯属多余。学术体系或者知识体系的内部运作存在种种复杂的配置与勾联方式，无法直观地给予评判。谈论乡村的农业生产，果树栽培技术的意义一目了然，但是，计算机领域的一个软件或者材料学领域的一项发明也可能意义重大。所以，没有任何理由轻视哲学本体论思辨或者甲骨文考证，尽管这些研究既不能提高晚餐烹调技术，也无助于防止流感的蔓延。认可这些前提之后，我愿意重新回到一个观点：宏观的意义上，学术或者知识的归宿是烟火人间，而不是无人问津的专业主义橱柜。多数学科的繁荣程度与联系生活的程度成正比。例如，医学、经济学或者社会学愈来愈兴盛，术数或者谶纬之学愈来愈没落；生物学或者计算机、人工智能的研究规模愈来愈庞大，武术以及冷兵器技击体系愈来愈萧条，如此等等。

文学乃至更大范围的人文学者时常以"无用之用"为自己的学科辩护。我喜欢这个词的原因还是由于第二个"用"字的分量。可以观察一下"无用之用"如何发生。人们居住于楼房，行走于街道，搭乘不同的交通工具，使用众多通信器材——建筑师、工程师或者城市规划设计者的贡献有目共睹。然而，人们的精神也需要一个栖居的家园，也会如同身体那般成长与成熟，从事社交和旅行。如果不存在民族、国家、制度这些概念，如果不存在长幼辈分的伦理思想，如果不存在正义、公平、慈善、关爱这些理念，人们的精神既无所依存，也寸步难行。如同突然置身于空无一物的旷野，思想、情感、灵魂能够去哪里？人文学科犹如建造精神领域的楼房、街道与各种联系形式。回忆一下人文学科庞杂的概念系统，人们可以察觉精神领域曾经遭受的精雕细琢。一个人如何安身立命，为人处世？从饮食方式、服饰装扮、待人接物到法律观念、民族宗教、爱国主义，大大小小的观念表明，人文学科从未远离生活。

这种图景之中，人们很快就会找到文学经典在哪里。当然，人们立即发现电子游戏与文学经典南辕北辙。电子游戏对于游戏者的技术成功给予充分回报，训练的投入与产出存在清晰合理的因果关系；电子游戏的另一个巨大福利是，失败之后可以重新开始，没有惩罚，没有报复，曾经出现的机会还会如约而至。然而，文学经典告知的人生远为残酷：许多时候，成功与失败阴差阳错，一种因果关系往往被另一种因果关系插断，莫名其妙地拐了一个弯；无论是财富、爱情还是升迁，机会多半只有一次，错过了只能徒唤奈何；一些事情的正确答案或许终将浮现，只不过那时已经鬓发如霜，重来一遍肯定来不及了。所以，文学经典带来的启悟是，必须绷紧生命之弦，机不可失，时不再来；不如意事常八九，一击即溃必将一事无成，成功者必须坚忍不拔，挫而不败，如此等等。现在或许可以稍作总结：电子游戏的确自己创造生活，只不过一切发生于屏幕之中，攻城拔寨或者力克群雄犹如镜花水月；文学经典转身返回尘世，文学号称创造生活，其实仅仅创造生活的一个小小角落——创造一个更为丰富、更为强大的自我主体。前者快乐一时，后者享用一生。然而，一时的快乐可以立即兑现，一生的享用会不会是一张空头支票？相对于课本之中文学经典的讲解，这个问题的解释与陈述竟是更难一些。

诗与厕所

"千山鸟飞绝，万径人踪灭。孤舟蓑笠翁，独钓寒江雪。"那一天重温柳宗元的小诗，心情怪异——那一天上午驱车奔赴外地，中途抵达高速公路的一个加油站稍事歇息。进入厕所方便，突然在立式小便槽上方的墙壁读到了这一首《江雪》。诗彩印在一张淡青的硬纸片上，并且用镜框镶起来。我猜这是文化机构与卫生机构的共同创意。若干七绝、五绝高悬于厕所的每一个小便槽之上。相邻的小便槽分配到的仿佛是王维的"明月松间照，清泉石上流"。因为另一个旅人正在哗哗地方便，我不便细看，担心引起某种不祥的联想。这一段时间，电视节目正在组织诗词背诵竞赛，那个背得出一百首诗的记忆分子终于得意地将只能背九十九首的家伙逐出了擂台。李白、杜甫加"华山论剑"，娱乐游戏轻而易举地收编了古典文化。尽管如此，厕所墙上的诗词还是让我错愕不已。

古代的诗词多半口口相传，某些诗人也喜欢把诗词发表于墙壁。逮住名胜古刹的一堵粉壁墨迹淋漓地题上新作，豪迈之意自不待言。

《水浒传》的三十九回，醉醺醺的宋江居然在长江边的浔阳楼题了一首反诗，从此开始了聚啸江湖的漫长生涯。墙壁举足轻重。当代文学攻占墙壁的一个著名例子是，一个名叫卢新华的"七七级"大学生将他的小说《伤痕》张贴于复旦大学教学楼走廊的墙上。这种不同寻常的发表形式诱发出一个命名为"伤痕文学"的潮流。可是，尽管墙壁在文化传播体系之中占有一席，厕所怎么能挤到前排，开始大模大样地接纳唐诗宋词？

厕所可以是一个有文化的所在，我知道。当年简陋的公共厕所胡乱涂鸦，内容多半是一些拙劣的色情挂图。那些猥亵的线条象征了一代人的性苦闷。无所不在的商品经济也打过厕所的主意。有一段时间，厕所的墙壁张贴了许多广告，宣传的主要内容是性病和痔疮的诊治，偶尔有些办理假证照的联络电话。我在京城的一家著名的学术书店遇到一个甚有品味的厕所。厕所里葫芦型的洗脸盆别致有趣，墙上两张逗人的漫画，小便槽上方画一条鳄鱼大张着嘴，仿佛要咬掉撒尿的那玩意儿，这种幽默让人不禁莞尔。可是，我从未想到这些文化竟然敢与柳宗元或者王维衔接起来。马桶里的水再干净也没有人愿意喝，是不是？我也知道现今的"碎片化阅读"是一个时髦的概念。但是，那些诗词是相当于一泡尿时间的文化碎片吗？咄！小子无知！我仿佛听到了诗人的威严呵斥。

我所认识的许多诗人无不坚定地认为，诗充当了各种类型文化的轴心。浪漫、神秘、庄严，还有后现代，总之，众多话语都将在诗之中找到始源。诗人是一个奇特的文学部落。他们睥睨天下，气宇轩昂地念出一串串铿锵的诗句，这时，整个世界的毛孔都竖了起来，犹如听到了美学魔咒。上帝曾经说，要有光，还要有日月星辰和天地万物，于是，世界开始生气勃勃地现形；尾随上帝出场的或许就是诗人。他们吟风弄月，拈花惹草，于是，生气勃勃的世界开始赏心悦目。因此，担任一个诗人，肯定比担任武士、厨师或者会计体面得多。许多诗人如此相似，又如此不同，例如屈原与李白。他们都是性情中人，而且从不因为某种外在的权势、利诱而伪装或者改造自己的性情。所以，屈原总是那么悲观、忧愁，即使拥有"左徒"和"三闾大夫"的官衔。他峨冠博带，长吁短叹，双眉锁得紧紧的，《天问》的哪一个问题想得通？因此，愤而投江几乎是不可避免的结局。李白始终像一个飘然欲仙的角色。他曾经官拜供奉翰林，可是从来不肯放弃喝酒的快乐而严谨地上班操持公务。"会须一饮三百杯"，喝醉了就吆喝皇帝老儿的宠臣高力士脱靴子，何等痛快潇洒。"五花马，千金裘，呼儿将出换美酒"，当然，这种豪情同时将官场晋升的机会典当了出去。据说李白也是投江而死，但是，他并非如同屈原那般厌世轻生，而是醉后跳到江里去捉月。

"仰天大笑出门去，我辈岂是蓬蒿人"，这也是李白的诗句。这个奇特的文学部落从来不肯低估自己对于世界的贡献，忸怩作态或者不必要的谦逊形同虚伪。他们旁若无人地载歌载舞，结伴旅行，奔赴各地高声朗诵自己的作品，偶尔谈一些无伤大雅的临时恋爱。似乎还没有哪一个别的文学部落如此坦然地显露个性。我曾听到一则逸事：几个文人相聚闲聊。因为有了些酒意，一个诗人目光炯炯地要求众人承认，诗是所有文学门类的第一把交椅，一个绝对的结论。怀疑这个观点就可以考虑拳脚相见。几个写小说的不由得笑了起来，慷慨地满足了诗人的要求。写小说的多半隐身于闹市的某一个小角落，很少抛头露面，更不会集体发表意见，固执地与诗人作对。他们写不出多少可供背诵的金句，只是私下偶尔说几句俏皮话逗乐：写诗的家伙才华横溢，所以称作"诗人"，写小说的才疏学浅，领到的头衔仅仅是"小人"。天之骄子，气吞牛斗，竟然把他们祖师爷写出来的诗搁在厕所里，是可忍孰不可忍？

然而，几个月过去了，没有听说厕所收到抗议。诧异之余，我想到的一个词就是"后现代"。也许可以将这个厕所设想为一个后现代驿站。万物齐一，"怎样都行"，后现代革命就是抛弃各种文化等级。又有什么理由贬低排泄物？道在屎溺，诗亦在屎溺。诗人不像我们想象的那么娇嫩。诗可以适应各种类型的公共空间，不论是电视台还是厕所。诗人可以盛装出行，也可以乱头粗服，上得了厅堂，下得了厨房；诗愿意接受沐浴焚香的祭拜，也不会因为哪一个家伙撒一泡尿就丧失自信。厕所里的刺鼻秽气怎么可能掩盖诗的伟大？"孤舟蓑笠翁，独钓寒江雪"，"明月松间照，清泉石上流"，这种诗句可以在历史的任何一个角落熠熠发光。诗人不会害怕什么。阿多诺曾经悲愤地说，"奥斯维辛之后写诗是野蛮的"，这是现代主义的沉痛；如果改换为后现代主义的俏皮，可以颠倒一下内容与句式：高速公路的厕所之后，还有什么地方诗不能涉足？

ChatGPT：文学与"算法"

　　文学与"算法"这个话题已经存在一段时间，ChatGPT 再度把这个话题摆放到前台。尽管仅仅是随意聊天，我还是必须做一个稍稍严谨些的说明：我没有能力完整评估 ChatGPT 的功能，预测这种科技产品的巨大潜力；我所谈论的仅仅是 ChatGPT 与文学关系的某些感想——我的考虑仍然局限于文学范畴。当然，哪怕仅仅栖身文学内部，我们仍然不断地察觉到人工智能的压力。"阿法狗"带来的震惊记忆犹新，"元宇宙"的冲击波接踵而至。现在，ChatGPT 又在敲门了。我们的文学——更大范围内，我们人文学科的思想能力——能否适应这种变化节奏？

　　如何评价 ChatGPT 的意义，相信许多人听说过比尔·盖茨的观点。他认为 ChatGPT 的降临不亚于个人电脑与互联网的诞生。这种观点表现出一个计算机大师的高瞻远瞩。我关注的是问题的另一面：哪些科技产品正在深刻地重塑我们的日常生活。物理学某种粒子的发现或者天文学某个行星轨迹的观测不会直接影响我们的衣食住行，绝大多数的家庭也没有必要配备一架前往太空的航天飞机。但是，汽车、电视机、手机这些科技产品几乎改变了每一个人的日常起居。ChatGPT似乎也是如此。这个科技产品立即被引入家庭和办公室空间，驻扎在个人电脑里面，开始干预我们的思想、语言、交往。ChatGPT会衍生出一种新型的社会关系吗？拭目以待。

简单地介绍两句并不多余。ChatGPT是OpenAI公司开发的一个人工智能语言模型。千万不要低估"语言模型"这个词，以为仅仅是一个安分守己的软件。事实上这玩意儿可能说了。ChatGPT背后拥有极为庞大的语料数据库，这个数据库包含人类所有的知识、文本以及语言产品。ChatGPT潜入这个数据库进行训练，具有重组各种数据的强大能力——这大约即是通常所说的"算力"。如此优秀的工具为什么不用？我们这些科技外行或者说保守分子还在外围徘徊观望的时候，捷足先登的人早就尝到了甜头。寂寞无聊的时候，可以与ChatGPT谈一谈天，不论是娱乐圈八卦、养生常识还是驾驶摩托需要注意什么。一个同事让ChatGPT起草一份学术会议开幕式的致辞。拿到第一稿之后，他觉得稿子太短，ChatGPT立即添上数百字；他要求增加一些理论深度，ChatGPT迅速补上一堆相关的概念术语。当然，ChatGPT的能力并非局限于狭隘的语言表述，而是可以从事许多延展出来的工作。譬如，一个朋友用某一年的高考试卷测试ChatGPT，据说答卷的成绩达到"二本"分数线。

这么一个好东西问世让人开心。但是，根据以往的经验，太好的东西多半会让人有些不安。ChatGPT也是如此。我曾经在网络上读到一篇ChatGPT的简介。除了功能、构造与工作方式的说明，简介还保证ChatGPT安全可靠，性情温顺，决不会不守纪律，泄漏商业机密或者个人隐私，如此等等。然而，简介的最后一条让人有些恐怖——简介的撰稿可能就是ChatGPT本身。我们有多少理由相信这种承诺？我立即记起电影《黑客帝国》的一个圈套：主人公英勇地打破计算机虚拟的假象返回真实，可是，谁知道所谓的"真实"是不是另一台计算机虚拟的假象？无底的游戏——打破第二台计算机的欺骗之后还可能坠入第三台计算机的虚拟。ChatGPT也是如此。没有人知道说话的人是谁，这种承诺是否拥有一个局外人的可靠位置。当然，如果不想卷入玄妙的哲学思辨，还是把这种不安先放一放，因为也没有什么好办法可以摆脱。另一些更为实际的担忧是，会不会有人利用ChatGPT从事不法活动，或者"作弊"。譬如，一些教师正在担心学生利用ChatGPT做作业或者写论文。不过，我看到齐泽克老师的观点之后，心中大为释然。齐泽克老师智慧地说，学生用ChatGPT写论文，我就用ChatGPT打成绩——咱们谁怕谁呀。这种观点不仅显示出齐泽克一贯的机智，而且开启了一个重要思路：启动ChatGPT对付ChatGPT。利用ChatGPT犯罪又有什么了不起？难道我们不会征召ChatGPT扮演警察逮住你吗——咱们谁怕谁。我们对于世界安全的信心开始恢复。抛开顾虑之后，我们就会开阔视野，启用ChatGPT做更多的事情。譬如，在海量的征婚启事之中，我们立即可以找到与自己情趣相投的人；开始谈恋爱的时候，ChatGPT还能帮上大忙。我们可以各自悄悄地在宿舍打电子游戏，同时指使两台电脑之中的ChatGPT互相甜言蜜语。说实话，除了生孩子，什么事都可以委托给ChatGPT。

这种背景之下，ChatGPT与文学的关系仅仅是一个微不足道的小题目，估计只有我们这些从事文学研究的人稍有兴趣——甚至多数作家也懒得问津。既然ChatGPT可以提供各种语言产品，文学生产当然是题中应有之义。作家会不会因此失业？这并不是遥远的问题，而是ChatGPT正在制造的现实。人工智能的"算法"在自然科学领域成绩抢眼，现在终于踏上文学舞台。许多人对于ChatGPT的表演啧啧称奇。ChatGPT当然可以写散文或者小说。为了节省篇幅，我还是引用一首据说是 ChatGPT 为杭州写的古典诗：

> 杭州夜泊船，烟花繁星间。
> 阑干桥头立，望南山楼台。
> 江城三月雨，柳絮舞翠微。
> 故园空自怜，离愁更深时。
> 水村山郭远，烟树楼台高。
> 秋风吹不尽，归鸿声断处。
> 今宵月明中，故人未归处。

怎么样——想要鼓掌吗？相对于现代人普遍的古典诗词水准，应该说写得还可以。"还可以"的意思是，这是一首像模像样的古典诗，但是算不上经典性的杰作。这种状况正常。即使是唐诗宋词，经典性的杰作也寥寥无几。可是，现在我要穿插进一个文学观念——这种观念在文学教育之中几乎不言而喻。

现今的杂志、书籍发表了众多文学作品。这些作品构成一个社会的文学生活。多数作品的功能无异于日常消费品，一部文学作品如同一把椅子、一台冰箱、一辆自行车。但是，文学教育通常以经典作品为中心，不仅分析研究经典作品的构成，而且形成一种观念：作家必须全力以赴对待每一部作品的写作。虽然绝大多数作品只能昙花一现，多数作家仍然按照经典作品的标准要求自己。这一点与椅子、冰箱、自行车的生产远为不同。木匠、工程师、技术工人目的明确：他们制造的产品满足日常需求即可，不必谋求椅子、冰箱、自行车独一无二，并且流传千古。相对地说，文学生产之中创造的使命远为显眼。现实世界已然存在。如果没有特殊的创造，文学何必再跳出来说三道四？哪怕多数作品寂寂无名，与日常消费品相差无几，然而，作家内心的目标并非仅仅是文学，而是一流的好文学。

我要强调一下文学与一流的好文学之间存在的门槛。从文学的外行到开始发表作品，这意味着跨过一道门槛；从开始发表作品到写出一流的好文学，这意味着跨过又一道门槛。我要说的是，第二道门槛比第一道门槛高得多。这是许多领域的普遍状况。譬如，500 个小时的训练大约可以相当成熟地掌握乒乓球技术；然而，即使付出 10 倍的努力——5000 个小时的训练并不能保证跻身于一流乒乓运动员之列。

让我们及时返回 ChatGPT 这个话题。显然，ChatGPT 可以胜任通常的文学生产，建设日常的文学环境，就像为一个公共大厅增添椅子或者为一个寓所增添冰箱。我想追问的是，ChatGPT 能否跨过第二道门槛写出一流的好文学？这个问题令人迷茫。什么是一流的好文学？我们之间存在不少争议。ChatGPT 再度使问题尖锐起来：共识尚未形成之前，ChatGPT 有否可能擅自行动？ChatGPT 会提出自己的标准吗？

我想起了曾经读过的一篇科幻小说。我对于声势强大的科幻文学缺乏足够的热情，这无疑是落后于时代的表现。因此，机会凑巧的时候，我会悄悄地补一补课。那一天偶然在一本两年前的文学杂志上翻到一篇科幻小说，小说之中出现了一些陌生的科学概念。这引起了我的兴趣，顺便读完了小说——很抱歉现在已经记不起小说的篇名了。如果说，许多科幻作品热衷于制造超级战士，譬如《终结者》系列电影中的那个"老爹"什么的，那么，这篇科幻小说企图制造的是一个超级作家。赋予超级作家的重任是以"人工"写作的方式创新，写出这个世界独一无二的作品。"人工"是不可逾越的界限，哪怕人工智能的写作可以风光无限。必须说明一下，这一篇科幻小说发表的时候 ChatGPT 还没有问世。我对于超级作家的重任有些不以为然。既然逃不出《黑客帝国》那种虚拟的世界，还有什么必要拒绝人工智能提供的文学？管他来自古老的乘法口诀还是大型计算机的"算法"，一部作品让读者开心就行了。但是，这一篇科幻小说的作家显然更有志气——必须像重视贞操一样重视"人工"生产的意义。不论吊车可以吊起多大的重量，举重竞赛还是较量胳膊上的肌肉吧？

这篇小说的情节梗概是，一个天才的作家荣幸入选。科学家以各种高超的生物技术对他进行改造，极大地改善他的智商、情商，以至于他可以写出无与伦比的崭新作品。这时的世界当然已经拥有高科技的检测机制。对于前人作品的任何沿袭——更不用说剽窃——都将在一分钟之内被发现。超级作家面临极为苛刻的考验。他的作品要从无数现存作品留下的缝隙之中钻出来，犹如古希腊神话之中忒修斯尾随阿里阿德涅之线走出迷宫。这位超级作家是男的，改造他的科学家当然就是女的。他们之间必然擦出爱情的火花。然而，悲剧终于发生。根据法律规定，作家身体所接受的改造比率不能超过49%，否则他将丧失人类的资格。这个超级作家获得巨大成功的同时，他被发现改造比率远远超标。这是一个不可容忍的结果，他的声誉一败涂地。超级作家自杀了。他在天堂——或者说另一个平行世界——等着自己的爱人。

小说的情节介绍似乎有些冗长，因为情节并非讨论的重点。我的讨论要从激动人心的爱情庸俗地回到那个令人讨厌的学术问题：什么是一流的好文学？情节，人物，叙述语言，历史背景，宇宙之大，苍蝇之微，文学涉及的因素太多了，很难找到一个公约数作为普遍的标准。这一篇科幻小说将理想的文学标准设定于创新指数。我的后续想法要脱离这一篇小说的语境而开始涉及一个普遍的理论问题：一流的好文学与创新指数之间如何联系？创新指数愈高愈好吗？

"影响的焦虑"是一个著名的文学命题。所有作家都试图摆脱前辈作家的成功制造的阴影。重复他们的成功毋宁是失败。一流的好文学必定是创新的文学，这一点似乎毋庸置疑。于是，我曾经与一位诗人——我们都是纯粹的人工智能外行——共同从事"算法"的创新实验。

当然只能是 1+1 这么简单的方式开始。以"清风"一词为例。"清风"衔接"明月",这种组合几乎没有任何创新。汉语语料库之中,"清风明月"的组合数不胜数。相对地说,"清风"衔接"粪便",这种组合相当新颖——可是,这种创新难道没有问题吗?首先,美学标准就无法通过。必须意识到,创新周围同时分布另外一批或显或隐的尺度,美学的,历史的,更大范围的意识形态,如此等等。问题复杂起来了。

前无古人的创新是不是那么重要?我终于产生了一些怀疑。一流的好文学并非一种空洞的拟想,而是存在许多公认的范例,譬如李白、苏东坡的诗文,譬如曹雪芹的《红楼梦》。如果一个作家以现代主义"意识流"加后现代的拼贴叙述未来火星上将要举行的一场化装舞会,"床前明月光""清风徐来,水波不兴"或者贾宝玉、林黛玉、薛宝钗这些人物就会因为陈旧而黯然失色吗?我并不是利用漫画式的对比讥讽创新,而是表明创新这个概念的内涵仍然遗留许多模糊之处。

换一个角度试试看。文学史保留了一大批经典作品。能否从众多经典作品之中概括出某种普遍的规律,从而看清文学的创新如何一个台阶又一个台阶地持续攀登?遗憾的是,这种设想很快就会失败。文学史是发散性的,众多经典作品之所以成为经典的理由各不相同。从杜甫的《望岳》、吴承恩的《西游记》、鲁迅的《阿 Q 正传》到莎士比亚的《哈姆雷特》、卡夫卡的《变形记》、乔伊斯的《尤利西斯》,这些经典作品之间几乎找不到清晰的公约数。不可比——将一条远洋轮船的吨位、一只狗的嗅觉、一个理发师的幽默感与空气的潮湿程度进行比较,什么结论也不能得出来。

创新不是一个内涵清晰的概念,一流的好文学如同水中的倒影摇晃不定,ChatGPT 会不会感到为难?人工智能的"算法"必须事先确定一个目标。"算法"的意义是,提供抵达这个目标的强大手段和工具。目标的模糊、摇摆乃至丧失可能使"算法"束手无策。"阿法狗"在围棋对弈之中的杰出表现已经人所共知。这种表现同时取决于一个确凿无疑的目标：按照围棋的规则赢棋。"阿法狗"的所有计算都聚集在这个目标之下英勇地展开。如果将这个目标稍作修改——如果设定的目标是"下出一盘让对手心情愉悦的棋"，"阿法狗"的"算法"如何着手？什么叫作"心情"？如何定义"愉悦"？"心情"和"愉悦"是一个常数还是如同股票那样在时刻浮动？这些问题未曾明确之前，"阿法狗"简直无法开机。

这个意义上，造就一个超级战士比造就一个超级作家容易多了——难怪科幻作品纷纷选择前者。超级战士的靶子一清二楚，"算法"想方设法击毙敌手就可以；可是，超级作家目标含混，意图不明，强大的"算法"甚至不知道要干什么——当他在编织一个眼花缭乱的情节时，怎么能确定此刻的读者不是想要一句深刻的格言？这种状况带来了两个结论：第一，哪怕是在科幻文学的想象之中，人们的好战之心仍然远远超过审美的渴望；第二，尽管 ChatGPT 制造出某种恐慌，但是，考虑到人工智能的发展方向，战士远比作家更容易失业。

最后，我想对于这个问题多说几句：众多经典作品成为经典的理由各不相同。事实上，这些理由至少包含了不同的天时、地利、人和。远古时期无法诞生现今的长篇小说经典。这不仅因为当时语言简朴、传播媒介原始，同时还因为单纯的社会关系无法提供曲折的情节作为长篇小说的躯干——"天时"的意义上，长篇小说的经典只能是近代或者现代社会的产物；"地利"的意义不难理解：一部作品通常首先在某种地域文化背景之中获得肯定，进而赢得经典的荣誉并且踏上世界文学舞台。改换一下地域文化背景，初始的成功甚至奇怪地消失了。例如，令人仰慕的唐诗宋词大约不会在中世纪的欧洲赢得强烈的反响。当然，我最想说的是"人和"。文学离不开"人"的经验体会，"人"的历史感受，"人"的不可代替的至亲至爱至痛至恨，如此等等。这恰恰是 ChatGPT 所匮乏的。ChatGPT 的"算法"能否复制出"人和"——包括形形色色的"个人"——拥有的所有经验？哪一天如果 ChatGPT 可以提供众多经典作品各不相同的理由，那么，文学的人工智能时代就真正到来了。

经验、记忆与思考

——《村庄笔记》自序

《村庄笔记》一书可以追溯至《雨花》杂志的约稿。主编朱辉先生询问，能否承担一个散文专栏，每一篇五千字上下，至少延续六期。我向来觉得专栏是一个负担，犹豫了几天，终于还是应承了下来，专栏的题目即定为"村庄笔记"。陆续写出了六篇，似乎意犹未尽，干脆将专栏扩大为十二期，专栏结束之后又在其他刊物发表几篇。现在考虑将这些散文汇聚起来，结集出版。

二十世纪七十年代，我曾经作为知青在乡村生活了几年。我的知识库存之中，乡村经验构成了一个深刻而巨大的烙印，潜在地影响为人处世。下乡插队结束之后，我仍然陆陆续续地走访过一些村庄，种种印象与知青的记忆相互交织，感慨丛生。村庄是农耕社会的基本单元，拥有悠久的社会关系以及古老的生产资料，多数农民生长于村庄，终老于村庄。现在，这个社会单元正在遭受各种力量的瓦解。许多人心目中，村庄的涵义已经收缩为"故乡"。无法预知未来如何重塑村庄。

数年之前，我曾经发表一篇很长的散文记叙这些感慨，题目即是《村庄笔记》。这篇散文的若干片断仿佛一直暗中持续生长，甚至如同过于茂盛的树枝冒失地伸到了另一些散文之中。

环顾左右，下乡插队是许多同龄人乡村经验的共同来源。更大范围内，乡村构成二十世纪知识分子的一个特殊的情结。许多知识分子与乡村具有千丝万缕的复杂纠葛。他们渴求新知，投身各种社会运动，曾经踌躇满志，也曾经遭遇重大挫折。然而，无论走出多远，乡村始终是他们的一个潜在的精神轴心。知识分子时常觉得，广袤的大地和辛劳的农民养育了他们。尽管置身城市，出入种种文化场所，他们仍然熟悉乡村，关注乡村，对于挣扎在重压之下的农民深为同情，以启蒙者的姿态号召农民挺起脊梁，反抗一切剥削和压迫，从而点燃乡村的革命火焰。陷入政治困厄的时候，这些知识分子又从城市星星点点地散落到乡村，接受农民的教育、改造和监督，反省各种自以为是的精神痼疾。如今看来，知识分子下放乡村既是一种惩戒，也是一种重返民间的社会调查。多年之后，知识分子摆脱了生存危机以及歧视、胆战心惊和委屈情绪，另一种收获逐渐显露出来：由于脚踏大地，手执锄头与镰刀，与农民嘘寒问暖，他们不知不觉地穿过了那个时代一套流行词藻组成的帷幕，亲眼见到了一个真实的乡村。

如今，城市是一个巨大的旋涡，熙来攘往，车水马龙，鳞次栉比的楼房，琳琅满目的购物商场，电影院，体育馆，游乐场，地铁站，大学与研究机构，城市文化显现出强大的吸附力。对于四面八方涌来的移民，城市宽容地尊重多元的生活方式。然而，街头一张又一张陌生的面容背后，那些保存于乡村的古老联系正在成为愈来愈稀薄的回忆。强大的城市组织机构井然有序地分配每一个社会成员的生活位置：方格一般的寓所，固定的工作岗位，交通网络指定的出行线路，个人履历简化为表格进入不同层级的人事管理档案，经济收入决定的消费场所与娱乐方式……如果企图重温久违的传统——重温姓氏、家族、血脉，重温祖坟与祠堂、热络的问候与熟悉的方言音调，那么，人们很快就会将目光转向根系纵横的大地，转向稻花香飘、炊烟缭绕的乡村。

然而，谁还会仅仅把乡村想象为稻花香飘、炊烟缭绕的田园诗呢？——即使文学也不以为然。各个历史时期，文学从乡村汲取的灵感远为不同。二十世纪的中国文学曾经塑造种种大相径庭的乡村形象：粮食生产基地的乡村，战火燃烧的乡村，负责精神生产的乡村，城乡对立的乡村，作为民族文化根系的乡村，还有一些面目模糊甚至意义矛盾的乡村。总之，乡村拥有迥异的内涵，承载形形色色的诠释、期待和想象。这些乡村叙事的错杂交叠表明，历史文化曾经分配乡村扮演各种角色，完成预定的主题。

人们已经意识到，文学的相当一部分乡村叙事落空了。预定的主题消散之后，粗糙而坚硬的乡村再度显露出来。无论如何，几个单薄的概念无法遮盖这个辽阔的地域。目前为止，现代社会似乎正在以各种方式消化乡村，古老的农耕文明渐渐进入尾声。传统的乡村文化正在解体，乡村的活力急剧衰减，年轻一代纷纷提起行囊移居城市。工业与现代经济开始格式化靠近城市的那一部分村庄。土地与工厂、企业、科技园区、房地产、购物中心的结合可以产生巨大的经济价值，传统的粮食生产几乎无人问津。更多的村庄深藏于起伏的山脉皱褶之间，远离文化中心的辐射，荒芜的田野静静地摊在阳光之下，阒无人迹。乡村能否依赖自身的内在能量重新动员和集结，并且在现代性的平台上占有不可替代的一席？

撰写这个专栏的时候，有的村庄从记忆之中浮出，有的村庄是故地重游，也有几个村庄是首次到访。我没有走多远，这些村庄围绕于我居住的这个城市周边，驾车即可抵达。我很快意识到，古代诗文之中恬静的园林山水已经一去不返，"桃花源"仅仅是一个传说之中的典故，"水清石出鱼可数，林深无人鸟相呼"只能短暂地挽留清闲的游客。许多村庄拥有可圈可点的历史，可是，这些故事无法跨越巨大的历史断裂延伸到现今的生活。那些朝廷重臣或者状元、榜眼、探花只能充当闲聊之际的谈资，家族、辈分与姻亲的意义逐渐被机关、社区、人事档案或者上下级关系淹没；一些老宅子还悬挂着"耕读传家"之类的对联，可是，所有的人都明白，"耕"与"读"之间的循环已经中断——"耕"所获得的收入无法供养"读"，"读"有所成之后也很少反哺"耕"。几个村庄存留了若干历史遗迹，令人遥想凭吊；还有几个村庄人去楼空，寂静而荒凉，偌大的村庄如同一具僵硬而空洞的躯壳。

我深为不解的是，几乎所有村庄里的房子都像一堆乱石，这儿一撮，那儿一簇，朝向不一，款式各异。许多房子一层一层地摞上去，危若累卵，楼下的围墙尽量撑大空间而不愿与周边的墙壁对齐。资金不足的时候，盖了一半的房子就地搁下，生锈的钢筋和刚刚涂上泥浆的砖块裸露在空中。我感到意外的另一个现象是，村庄里的汽车如此之多。见到一辆锃亮的汽车泊在池塘旁边，泊在一堵废弃的砖墙墙根或者泊在一棵落满灰土的果树树荫里，怪异之感挥之不去。工业社会的钢铁与集成电路愈来愈密集地嵌入村庄，不动声色地重构传统的农业王国。真的还是农业王国吗？我忽然记起，穿行于这些村庄的时候，我几乎没有看到农民在田野里劳作，也没有看到"鸡栖于埘，日之夕矣，羊牛下来"的乡村日常图景。

这一批专栏散文形成的反响程度超出了我的预想。一些读者热心地提供了几个村庄更为翔实的历史资料，包括地方志的记载和查无实据的传说；另一些读者试图表述某一个历史事件的不同评价，他们对于故乡的深情厚谊显现为外人略感诧异的骄傲。我的心目中，这些反响均是慷慨的褒奖。借助这本书出版的机会，一并致谢。

是为序。

魔幻、科技与现实

——《大辫子与蝴蝶结》后记

　　记忆之中，这些对话的产生可以追溯到我对于电影现状的失望。一天晚上，我突然想看一看当代电影，于是开始在电影网站搜索影片。我对影片的内容不存在特殊要求，只不过没有兴趣与外星人以及种种古老的或者现代的魑魅魍魉晤面。未知生，焉知死？按照孔夫子的教诲，我愿意优先对付身边这个红尘滚滚的世界。令人惊讶的是，电影网站贮存的魔幻与科幻影片如此之多，以至于几乎找不到我乐意接受的题材。

　　作为电影学院的毕业生，无双对于当代电影的现状相当熟悉。然而，我的抱怨没有获得期待之中的呼应，相反，她开始伶牙俐齿地为魔幻与科幻影片辩护。后来我才知道，她很早即是《哈利·波特》的拥趸，曾经勇敢地穿一件与主人公道袍相仿的服装上学；她的一个重大遗憾即是，她的母亲林那北无法像 J.K. 罗琳那样写出如此有趣而惊悚的小说。在小小的意外和轻微的恼怒之中，我试图反驳无双的见解，双方的争辩逐渐深入起来。那北听得有趣，建议将这些对话记录下来。除了口头交换意见，电子邮件与微信为记录提供了巨大的便利。

第一场对话围绕无双熟悉的卡通语言展开。她在电影学院的动漫专业研习了四年。我愿意坦率地承认，我从未正眼看待这个专业，尽管听说过卡通是日本现代文化的组成部分，而不仅仅是简单的儿童读物。卡通又有什么理由如此风行？无双声称《三国演义》之中的赵云——昵称"阿云"——是她的二次元偶像，我从张贴于墙上的海报之中目睹的赵云是日本动漫游戏《三国无双》的一个角色。那个面容英俊的小生让我的内心顿时涌出了时空错乱之感。

我很快意识到，美学观念的分歧是所谓"代沟"的重要组成部分。我的美学观念压缩了周边日常生活的纹理，压缩了乡村、自然与农业文明包含的泥土气息，对于现实主义风格抱有天然的好感；同时，由于传世的文学经典充当了强大的后盾，我的美学观念流露出明显的图书馆渊源。相对地说，无双的美学观念更多地来自电影院、动漫、科幻作品和流行的时尚，同时回响着互联网上的众声喧哗——哪怕她谈论的是历史与大自然。对话之中，她脱口冒出了一句：你们那一代的审美是大辫子，我们这一代的审美是蝴蝶结。我错愕了一下，继而觉得这个比喻相当传神，于是决定作为这本书的书名。

随着对话的持续，我们涉猎的范围陆续扩大，美学观念的分歧更大范围地显现为文化观念的分歧。从手机导航、如何种植薄荷、扫二维码付款、屏幕上的弹幕文字到科学的意义、性别观念、何谓真实、太空是否存在生命，我们的感受与理解无不存在或多或少的距离，犹如不同的光线在同一个实物背后制造出多重影子。可以从这些对话之中清晰地察觉横亘在我与无双之间的文化边界。我对无双说，我在历史的这一边，你在那一边。

什么时候开始，两代人的精神结构出现了如此迥异的性质？一代又一代的经验差异不足为奇，令人惊异的是，无双的许多观念仿佛与上一代人的精神结构无法衔接——他们的经验仿佛拥有另一个脉络。我从许多学术会议的信息获知，愈来愈多的人开始关注这种现象。从技术、互联网、自媒体、娱乐方式到独生子女成长的文化空间，一系列考察汇聚在"文化研究"的名义之下。也许，许多人共同察觉到一个特殊而重大的问题：我们是否正在抵近一个历史拐点？

这些对话曾经在《芳草》杂志以连载的形式发表。发表之前，那北都要以主持人的身份撰写一小段按语。她多半扮演一个骑墙派，左边安抚一下，右边袒护一下；涉及现实主义对于魔幻与科幻的不屑，她显然是我的盟军，谈论种种新奇的技术产品，她立即兴高采烈地转入无双的阵营。我清楚地知道，对话并非独白，对话包含了某些论辩的意味。对话不是论证什么，而是展开什么，因而力争在开放性之中保持某种内在的思想激荡。我不愿意将自己的思想凌驾于无双的见解之上，长辈决非自以为是的理由。将年龄和传统权威作为俯视的根据，思想只能在许多生活领域的门外熄火。如果这些生活领域恰恰构成了未来呢？这是无双抛来的问题。事实上，我们分别站在不同的位置，发出各自的声音，种种观点显示的是融入生活的不同姿态。当然，遥远的未来，一切都将沉淀为历史，这一本书力图承担的工作仅仅是及时地收集和记录若干文化博弈的痕迹。

2019 年 11 月 26 日

历史之间的春色

　　万里茶道，始于武夷。武夷山云雾缠绕，峰奇谷幽，茶树丛生。武夷山的茶香能够飘拂多远？可以在地图上标出一条曲折蜿蜒的茶道：江西，湖南，湖北，河南，山西，河北，内蒙古，穿越沙漠与戈壁，继而是新西伯利亚，莫斯科，圣彼得堡，中亚和欧洲，全长约13000公里。一座山制造出如此漫长的历史路线。咫尺之间，万里之势，如此不凡的起点能否凝缩为一个形象的画面？这个艺术难题逐渐成为悬念。

　　哪些因素催促张永海来到前台，毅然投身于这个题材？生于斯，长于斯，脚踏浑厚的土地，气血旺盛的年龄，《林则徐》等一批成功的巨幅画作，丰富的绘画创作经验，教授与画院院长的身份，他拥有接受艺术挑战的诸多条件，况且身后还有一个小小的团队：赵胜利，文亚坤，杨宝新，黄盛刚，傅丹。周围多少的期待与支持？反复的策划、论证、立项以及经费筹措。一锤定音，大规模的艺术战役终于打响。一次又一次的实地考察，堆积如山的资料，形形色色的画稿，殚精竭虑的构思与煎熬，灵感涌现之际的欣喜……历时两年左右时间，三米高、八米宽的巨幅长卷画作《万里茶道溯武夷》终于问世。

历史的瞬间终于驻留在这里，饱满充实又透彻流动。画面之间人头攒动，木楼联排，溪流清澈，牌楼高耸，第一阵强烈的视觉冲击之后，人们很快会察觉画面隐含的叙事：从采青、晒青、摇青、炒青等诸多制茶工艺流程到包装、贩卖、肩挑背驮、码头与竹筏构成的水系运输，弯曲的溪流遥遥指向了崇山峻岭之外的另一个世界。画家采用古典山水画的散点透视，不同时空的景象并置于同一个画面。并置不是僵化的罗列，画面隐含自上而下、自左而右、自山而水的内在回旋，回旋衔接溪水的流向形成向北而去的开放构图。所谓的叙事暗示出前后相随的情节，这是意义重大的启程——后继的故事延续了13000公里。人们认得出，这个画面是武夷下梅村的历史情景再现。对于画家说来，一个山坳之间的小村庄形成了强烈的震撼。

茶道遥远，历史沧桑，《万里茶道溯武夷》却是凝神回望下梅村亲切的烟火人间。可以在八米长的画面之中发现众多人群单元。左侧的人群按照不同的制茶工序分别沉浸于各自的劳动团体，他们的紧张、专注、顾盼、调笑等等神情无一不是与手中的劳作联系在一起。画面正中的人群正在交易：茶叶过秤吸引了众多关注的目光，负责运输的挑夫却是另一副宽松的表情。半张画面的所有人都在忙碌，没有人游离于这种整体气氛，即使那个穿开裆裤的小家伙也专心盯住爷爷手中正在装箱的茶叶。相对地说，画面右下方的人群神情松弛，从容而淡定。角落里俯在茶桌上的那个微笑的老板娘听到了什么？另一个茶客为什么又警觉地回首瞻望？茶桌上方骑马的那一位斜挎包袱，眼神锐利，他是否意识到背后另一个带小孩的妇人正在温柔地睇视，似乎回想起什么？妇人的身后是一排街头自发的茶叶交易集市。购买者抓起茶叶评估成色，旁观者欲言又止，几位茶农神态各异：诚恳的，自信的，愤然不平的，如此等等。茶桌左侧三个长袍马褂的闲谈者大约是富裕的角色。无论服饰装扮还是言谈举止，他们自成一体，无视周围的芸芸众生。详细品味《万里茶道溯武夷》的各个局部，仿佛可以听得到滚动于街道之上起伏的嘈杂声浪。

画面的上半部分远景是梅溪两岸联排的木楼店铺与邹氏牌楼。尽管远景之中的人物按比例缩小，可是，那儿的繁闹程度毫不逊色。邹氏牌楼大门口的一个老者正在与几位戴瓜皮帽的客商作揖告别，似乎刚刚谈妥一笔大买卖。牌楼右侧衔接那一排街头自发的茶叶交易集市，摩肩接踵，喧闹哗然，集市上方的三楼上几位闲人倚栏眺望，他们的悠闲意态与市场的炽烈氛围相映成趣。牌楼对面沿溪一道长而曲折的美人靠栏杆，栏杆背后的店铺悬挂各自的牌匾与旗号。各家店面熙来攘往，男女老幼，三教九流，喝茶者有之，闲聊者有之，议价者有之，挑担过秤者有之，另有几人伏在栏杆上，指指点点溪流之中行驶的竹筏。距离遥遥，他们的对话模糊含混，可是，市井之间热腾腾的气息仍然越过溪流扑面而来。美人靠栏杆旁边一个妇人神情落寞，独自挑选茶叶；邻近的另一妇人注目而视，似乎与身边的男子轻声议论。她们之间存在哪些故事？一家店铺楼上的一个妇人抱着儿子向下窥探，她肯定想不到，窥探者恰恰成为众目睽睽的对象——相信人们都不会忽略画面上这个人物，她的神态与位置独一无二。

《万里茶道溯武夷》之中出现的各种人物多达 260 多个。他们身形各异，神色不一，或者纤毫毕至，或者寥寥数笔。张永海的绘画擅长人物，日常反复揣摩各色人等的形神动静，诸多写生、素描积存种种素材。他不愿意敷衍地放过画面之中的任何一个人物，而是精心构思这些人物承担的角色，力求惟妙惟肖。可以看出，画家对于人物的面部再现保持立体的写实风格，眼神、肌肉、皱纹、脸型轮廓的明暗、凹凸、松紧一笔不苟，身形或者服饰则简练勾勒，带有明显的写意神韵。二者的比照形成画面之中张弛有度的内在韵律。

退出熙熙攘攘的画面后撤一步，或许可以更清晰地察觉构图之中多种对比隐含的张力：画面外围清幽的山水与画面中央世俗的喧闹；木楼建筑、石雕桥梁、溪畔栏杆的硬朗直线与人物身形的俯仰曲伸、千姿百态；山岚、天空、空地、溪流的通透、疏朗、灵动与集市的密密匝匝、拥塞喧闹，如此等等。整个画面刚柔兼济，动静相宜，左侧弥漫的山岚、右侧悬空抖动的布帘与画面上方的玉女峰、大王峰构成一个隐蔽的三角，既错落有致又稳定均衡。

武夷山是闽地茶叶的发源地。闽人嗜茶，可谓"不可一日无此君"。万里茶道是向全世界介绍闽地的武夷山。武夷山下梅村茶商云集，采茶的茶农与运茶的竹筏汇集在梅溪码头，莫道山高水远，此地银货两讫。一方水土种植的农产品开始脱离地域的限制进入商业网络，远赴天涯海角。当时又有多少人意识到，这是农业文明与商业文明的一个历史性交接？《万里茶道溯武夷》重现了这个交接的历史场面。无利不起早，茶叶集市之间热切涌动的商业气氛隐藏了巨大的历史动力。这种动力不仅造就 13000 公里的运输线，给世界带来沁人心脾的茶香，而且附送虚静、优雅、洗尘清心的茶文化。《万里茶道溯武夷》的画面将这种动力追溯至每一个人物的形体造型——显现于这些人物的制茶、论价、过秤、挑担、撑船乃至嘘寒问暖、谈天说地。这时，青山绿水之间的风俗画与漫长的历史形成有机的衔接，二者之间的呼应甚至决定了画面色彩的选择。张永海的创作札记提到，为了转述历史的厚重之感，曾经倾向使用纯墨色构图。然而，丹山碧水，春茶漫坡，古人难道就没有绚烂的风光？他改变了主意，以蓝、绿、紫为基调，辅以橙、褐、黄等补色。这时，《万里茶道溯武夷》不仅是再现历史，而且强调了交织在历史之间的春色。

第四辑

一个人的地图

一

我栖居于这一片土地的时间已经超过半个世纪。有什么特别的理由吗？仿佛是一种宿命。母亲逝世多年，她的骨灰装在一个小小的匣子里，再也离不开这一片土地；父亲越来越老，越来越沉默，每一天花费很多的时间专心致志地吃早餐，前倾的身体侧影如同一个凝固的雕像。三十多年前他曾经到山西的太原小住几天，估计父亲这一辈子再也不会走得更远。郊外的某一座山岭上有一座我们家的祖坟，家族之中已经没有人说得清祖坟的位置，茂密的茅草遮没了一切。据说祖坟里埋的是太祖父，祖父已经开始遵从火葬。奇怪的是，祖父的骨灰不知所终。父亲说曾经寄存于某一座庙宇，庙宇不知何时毁弃，人去楼空，如今所有的事情都无从打听了。

事实上，我的祖先来自河南固始县。唐末十八姓追随王审知兄弟挥戈入闽，张姓是其中之一。月洲村是张姓入闽之后聚居的一个古村落，清澈的桃花溪绕村半周，围出一片柔软的沙洲，沙洲旁边一片哗哗响的竹林。我从月洲村得到厚厚的一册张姓族谱，众多先人密密麻麻地坚守在一张张发黄的纸页之中。无数血肉之躯组成的历史轻而易举地变成了印刷品。我曾经在山西一孔窑洞的墙上读到几句张家的祖训，诸如"奉亲唯孝，夫妻唯敬"，"持家唯俭，持心唯正"等等，张姓即是在这些老话的监护之下千里跋涉，抵达这一片土地。我意外地在月洲村发现了"张元干"的名字，他的那一首《贺新郎》名垂千古。"天意从来高难问，况人情，老易悲难诉"，"万里江山知何处？回首对床夜语。雁不到，书成谁与？"这种沉郁顿挫的语言也是属于我们张家。

这一片土地号称"闽"。很久之后我才读到，《说文解字》将"门"里的虫解为"蛇"。蛇神是这一带的古老图腾。闽地雨量充沛，空气湿润，丘陵地带草木丰茂，这种地貌是蛇类的理想乐园。我曾经多次遭受蛇的惊扰。屋梁上的菜花蛇，池塘里的水蛇，乡村夜间行走时手电筒光晕里的银环蛇，还有一只铁笼子里的大蟒蛇——我好奇地在武夷山蛇园的一个铁笼子旁边蹲下来，企图近距离地观察蛇皮上的花纹，大蟒蛇张开大嘴闪电般地扑过来，嘭的一声撞在笼子的铁栅上，骇得我一屁股坐在地上。据说闽地的一些乡村女子常常在乌黑的头发之间插一支蛇簪，如同一只灼亮的小蛇若隐若现。现在，玻璃幕墙装饰的高楼四处矗立，坚固的钢筋水泥不由分说地覆盖了一切。那些蛇类撤退到哪儿了？

这个城市的繁闹地段有一条短短的马路。那一天我突然在马路的一侧发现了王审知的"闽王祠"。朱红色门墙，高挑的燕尾脊顶，三个圆拱形门，两尊石狮——唐末迄今，没想到他老人家仍然踞守在这儿。祠堂的左邻是一所学校，众多年轻的学子叽叽喳喳地进出；祠堂的对面是一所著名的医院，每一天都在上演生与死的悲喜剧。王审知肯定从无数似曾相识的轮回之中察觉，他带出来的十八姓都已经落地生根。

成年之后，我时常各处奔波，然后不断地返回。移居他处的机会曾经几度出现，可是，我似乎从未认真地衡量和考虑。北京，上海，深圳，南京，还有遥远的欧洲……怎么能无视这些地名贮存的奇遇、声望和财富？别人甚至愿意代替我遗憾和焦急。一次又一次乘坐飞机返回的时候，我常常有机会透过机舱的舷窗打量这一片土地。飞机开始下降，舷窗下面出现一大片起伏的深蓝色山脉，山峰的尖锐棱角倔强地迎向落日的余晖。飞机的高度持续下降，人们逐渐看清山岭之上郁郁葱葱的植被，盘旋缠绕的土黄小径，山谷的巨大阴影，山巅的雷达站，悠然转动的风力发电机风轮，一个巴掌大小的水库，几座元宝一般的坟茔……飞机如此接近山峰，人们开始暗暗地不安。这时，绵延的山脉突然魔术般地消失了，一片平原猝不及防地展开，无数的房子层层叠叠，几座拉索桥犹如高耸的桅杆。于是，气流之中轰鸣的飞机摆了摆机翼，开始了对准跑道的校正。另一些时候，飞机可能先在海面上空盘旋一圈，如同一柄长剑耍了个优美的剑花之后稳稳地扎入跑道。这时，人们不仅可以从舷窗之外看到每一片海域的海水深浅不同，还可以看到犬牙交错的海岸线。沙滩上一排一排的涌浪，大海对于陆地的顽强啃噬从未停止。

　　飞机飞越过那一片起伏的山脉时，人们一定会发现山谷之间有一条蜿蜒曲折的大江。这即是闽江。雨季来临，浊黄的江水骤然暴涨，仿佛把河床撑得宽了几分。这一条大江在崇山峻岭之间不屈不挠地千回百转，然后经过我的窗前注入大海。现在我的寓所就在江边。某一天早晨起床之后，我几乎无法相信自己的眼睛——我觉得窗外的那一条大江正在倒流。这是真的吗？我眯起眼睛盯住漂浮在江心的一簇树枝，然后再盯住靠近江岸的一片木板，的确，它们都在往回走。我不由得看了看天空和附近的街道，没有发现什么异常，可是，生气的江水似乎都想回到大山里面去。后来我才明白，这是大海涨潮产生的倒灌。这儿距离闽江出海口仅有二十公里左右，大海涨潮的巨大压力逼迫江流暂时后退，直至海水退潮方才恢复通行。事实上，双方的拉锯战每天都要举行两个回合。闽江出海口形成了一片咸淡交汇的水域，这里生长的海蚌又嫩又脆，并且拥有一个不无色情意味的称号："西施舌"。世界范围内，据说只有意大利威尼斯的海蚌堪与比拟。

现在已经临近端午节。窗外宽阔的江面偶尔会出现一条龙舟。十多个壮汉端坐于龙舟之上，动作划一地挥桨划船；船头笔直地站立一个敲鼓的汉子，咚咚的鼓声调节着壮汉挥桨的节奏。这里的龙舟赛事是一个万众瞩目的传统项目，比赛之前的热身早早就开始了。我相信这些咚咚的鼓声会沿着纵横的水系网络传到遥远的汨罗江，织入屈原正在撰写的另一首铿锵的长诗。

我在咚咚的鼓声之中记起了这一片土地之上各种真伪莫辨的传说。

二

现今，闽地的居住者无一不是北方的移民。

先秦时期，这儿的居民称为"闽越人"，"闽越"一词始见于司马迁的《史记》。闽越人捕鱼为生，栖居于树皮、茅草、竹条搭盖的悬空房屋里，死后的棺椁置于悬崖绝壁的洞穴之中——不知道他们怎么完成如此困难的仪式。据说闽越人的文身是龙或者蛇，成年的时候要将牙齿拔掉。没有理由仅仅将他们想象为围绕在篝火旁边跳舞的土著，嘴里发出嘀嘀的呼叫。可能没有多少人知道，闽越人的冶炼技术十分高超，例如铸剑大师欧冶子。不久之前我曾经访问闽北山区松溪县，当地人遥指对面的一座山峰对我说，那儿就是湛卢山，当年欧冶子即是在山顶上炼出了锋利无比的湛卢剑。闽越国正式出现于汉代。闽越王无诸曾经遭到秦始皇的贬抑，这或许是他率领闽越人加入伐秦队伍的首要理由。楚汉争雄，无诸站到刘邦的阵营里，因而在刘邦登基之后成为闽越国国王。无诸去世之后，他的子孙开始寻衅滋事，公然蔑视中央王朝的权威。雄才大略的汉武帝显然不能忍受如此放肆的挑衅，他轻松地收拾了这一帮不自量力的家伙，并且将闽越国的残存分子驱逐出当地，流放到江淮一带。多年之前我曾经在街头遇见一个白化病患者，他的毛发皆白，面部皮肤上的白斑形同一幅地图，双眼畏光，半睬半睁。一种传说认为，他们是闽越人的后裔。为了避开汉武帝的追剿，这些人隐身于深山老林，长年累月见不到阳光，变成了这么一副模样。这种演义当然破绽百出，尤其是经不起医学知识的批判。

武夷山的闽越国遗址发现之前，"闽越人"仅仅是肇始于司马迁的一个神话。现在，神话突然成为真实，尽管这个真实凝固于层层叠叠的黄泥之中。我站在一块汉代的城垛之上，打量一片大约半平方公里的土地。考古人员指指点点地介绍说，这个区域是大殿，那个区域是一条甬道，这儿是城墙，那儿是后宫，还有一个极其完善的排水系统。这时，那些东鳞西爪的消息终于聚合为一个存活了九十二年的王国。我很想知道，那些厚厚的土层是否仍然冻结了宫娥的嬉笑、太子们的争吵或者将士手中铿锵的刀剑之声？遗址旁边有一口水井，据说是闽越国留下来的。我趴到井口听了一会，可惜没听到什么。许多人把吊桶放下去，他们想尝一尝两千多年前的井水滋味。

驱走闽越人之后，这一片土地顿时荒凉下来。西晋之末天下大乱，中原士族相继南下避祸，史称"衣冠南渡"。那时开始，一批又一批的北方居民纷纷南迁，陆续在苍茫的大山皱折之间定居下来。规模巨大的南迁运动之中，一个擅长行走的族群后来被命名为"客家"。他们扶老携幼，日夜兼程；两千多年来，客家人的脚步曾经在历史的许多角落响起。然而，如果见到客家人修筑的土楼，很难想象他们历经如此遥远的跋涉。这些土楼厚重、结实，黄泥夯的土墙有一米之厚。土楼二至三层，多为方形或圆形，内部隔出数百个房间，几十户人家相聚而居。这种房屋摆出的是千秋万代的稳固架势，而不是如同游牧民族那样将就地搭一个遮风避雨的轻型帐篷。土楼多半修建于山坡的平缓之处，据说某一年那些圆形的土楼突然吓住了帝国主义的卫星。卫星拍摄的图像显示，群山之中出现了许多来历不明的圆圈。这是来自天外的飞碟，还是可怕的导弹发射井？

所谓的"客家"，显然带有外来客居的意味。南迁的北方居民仍然怀念故土，瞧不上那些"断发文身"的闽越人。因此，表明自己是正宗的中原血统事关重大。前一段时间的学术调查证实了一个流传多时的传说：只有那些小脚趾指甲分成两瓣的人真正来自山西洪洞的大槐树。调查报告显示，愈是接近山西和陕西，小脚趾指甲分瓣的概率愈高。那一天太太脱下袜子庄严地宣布她的小脚趾指甲一分为二。悄悄地考察了自己的小脚趾之后，我立即心虚了起来——幸亏我及时地记起了那一本从月洲村得到的族谱。

我相信一代又一代移民的性格之中存有某种迁徙的基因。这一片土地上的许多人动不动就想拔寨而起，奔赴远方另谋出路。生活在别处。一些人干脆漂洋过海，要么到了台湾，要么持续向南，直至东南亚——古代称为爪哇国。脚下的荒滩至天尽头只有一派汹涌而浩瀚的大海，眼前一条孤零零的木船，没有航海图，没有气象预报，甚至也没有目的地，然而，迁徙的基因发出的不可违抗的指令，他们说走就走，甚至连一个小包袱也没有拿。相对地说，现在出门的条件好多了。各种事务将由一个隐蔽的组织安排。某些季节，若干穿花衬衫的家伙就会出现于村子里。他们许诺可以将几个年轻人带到美国或者日本。当然，没有波音飞机和国际列车。出门的人只能坐上一条没有国籍的渔船出海，数十个男女沙丁鱼罐头似的挤在渔船的底舱；渔船在公海漂浮了几天，终于等到了一个月黑风高的夜晚。那些大腹便便的海上巡逻队还在码头的小屋子里打瞌睡，渔船悄无声息地靠上海滩，这一批人跳出船舱四散而逃，埋伏在附近的老乡负责把他们接走。如果没有被对方的移民局逮到驱逐出境，他们可以在老乡的餐馆或者超市里打工，这些粗活甚至没有必要使用外语。既然不谙外语同时又没有证明身份的护照，他们的生活不外乎工作和闷头睡觉。这种日子维持了一段时间，他们开始往家里寄钱，继而谋划以相同的方式把家眷接出来。留在村子里的父母将海外的汇款积攒起来，日后用这笔钱盖起一幢三层或者四层的小楼房。楼房盖成的时候，父母多半已经年迈体衰。他们爬不动楼梯而仅仅愿意居住在底楼，楼上成为蚊子的大本营。如果家里的兄弟俩前后脚出国，他们务必分别盖起自己的楼房，哪怕年复一年地锁在那里。是否拥有自己的楼房涉及一个人的体面和成功指数。二三十年之后，某些人可能返回故乡。他们将多年积累的工钱作为资本开一间小杂货铺，这是后半辈子全部的依靠。

这种人生规划不仅要有一些冒险精神，同时，安排这些事务的中间人还要收取四十至五十万元的手续费。四五十万不是小数目，足够在乡村安居乐业，又有什么必要千里迢迢地奔赴异国的某一个莫名其妙的餐馆或者超市？可是，这种衡量方式没有意义。村子里的人满怀信心地说，另一家某某人的孩子都出去了，我们为什么不走？当然，各国政府的官方语言共同将这种入境方式界定为"偷渡"。这是众多机构联合打击的不法行为。可是，偷渡者没有道德的愧疚。仅仅是绕行海关而已，他们没有觉得"偷"了别人的什么。当然，偷渡常常遭受拦截，完美的计划最后一刻功败垂成。偷渡者坦然面对挫折，并且屡败屡战。完成这种伟大的事业似乎理所当然。一个化学教授曾经在日本攻读博士学位。他时常被先期抵达的众多老乡——包括他的哥哥——当成笑料。所有的老乡都是偷渡出来的，只有他不辞辛苦地填写一大堆表格，还要对付各种无聊的课程考试。他们拍了拍教授的肩膀说：你这种人还能有什么出息？

三

这一片号称"闽"的土地具有多种地形。沿海一条狭窄的平原，后半部分的地势逐渐抬高，形成了以武夷山脉为中心的山区。发源于武夷山的闽江东向入海。沿海一带居民信妈祖，食海鲜，性情豪爽；山区产竹笋，吃辣椒，山里人淳朴敦厚。闽越人曾经沿江栖居，至今还能发现他们的某些残余痕迹。由于习俗相异，本地居民不怎么排外。二十世纪五十年代之后，相当多来自山东或者山西的军人、干部接管了这一片土地，他们与本地居民相处得不错。北方那种"儿化"的普通话并未引起反感。如果说，上海话或者粤语时常标榜语言学的地方主义，那么，这里的方言愿意闪开一条路，那种"儿化"的普通话很快从办公室进入菜市场，继而成为闺密或者父子之间的对话语言。

尽管如此，大多数北方干部仍然觉得，方言是这个地方最为神秘的铜墙铁壁。那些带有浓重方言腔调的普通话时常折磨他们的耳朵，令人不知所云。"请讲普通话"，北方干部的脸上浮出鼓励的神色；"我讲的已经是普通话呀"，本地居民满脸诧异地回答。更为麻烦的是，这一片土地由多种方言分疆而治。福州话、闽南话、客家话之外，还有独一无二的莆仙话。这些方言的发音迥然相异，不同方言区域居民相互交流，普通话同样是他们绕不开的语言立交桥。

方言并非仅仅表现为另一套语言发音。方言具有亲切的意味，两个久别重逢的乡亲用方言大声寒暄，眼眶会一下子湿润起来；方言具有默契感，有时一个独特的词就可以让人心领神会；本地的各种小吃多半用方言命名，那些特殊的音节叫人垂涎欲滴；还有，方言往往是骂人的利器，各地都配备了一整套骂人的粗话，方言可以使这些粗话抑扬顿挫，大荤大素，方言之中对于性器官和床笫之事的形容多半带有一种生动的恶毒感。另一方面，方言又常常与偏僻的地域、保守的风俗或者不雅、粗鄙联系在一起，一口方言仿佛矮人一头。方言不适合庄严、高尚或者华丽的词句，或者宣读某种具有普遍意义的理论观念。方言朗诵物理学定理、哲学著作或者报纸社论的时候往往会产生滑稽之感。一个擅长逗乐的家伙故意用方言演唱流行的情歌，伤心欲绝的歌词意外地引起了哄堂大笑。大清王朝的雍正皇帝下令闽粤两地设立正音书院，聘请旗人传授北京话。皇帝的担忧是，满口让人听不懂的方言，官员如何履职行政？当年一个潮州籍官员向雍正爷进贡荔枝。雍正爷询问荔枝是否有核？潮州籍官员答曰"有"。潮州话"有"的发音与北京话"无"相近。雍正爷听错了，一口咬下去硌得牙齿生痛。欺君之罪必须问斩，幸而另一些听得懂潮州话的官员出面解释。据说这件事成为雍正皇帝下决心设立正音书院的契机。

只有大人物的方言享有崇高的威望。某些电影里面，大人物具有大声说四川话或者山东话的特权；相形之下，众多无足轻重的小人物只能由配音演员赋予一口标准的京腔。许多小伙伴热衷于模仿毛泽东主席一口湖南腔在天安门城楼庄严宣告：中国人民从此站起来了！——他们同时有节奏地捶打胸部形成颤音的效果。然而，对于我们这些凡夫俗子，方言如同发育不良的身体让人耻笑。那一年我与若干文学朋友乘船从上海赴旅顺，船上的播音员一口怪腔怪调的普通话。我正想发表议论，一个人过来问我："这个播音员的口音怎么会如此像你？"多次相似的遭遇之后，我力图普及某种语言学知识进行申辩：南方的方言才是正宗的中原古音。当年北方居民大规模南迁，中原古音被带到南方的群山之中保存了下来。吴语、粤语、闽南话或者福州话是不同历史时期移民的语言。中原的语言由于持续演变而面目全非，各种南方方言恰恰是古代汉语的活化石。我的方言福州话仍然保留了入声，吟诵起唐诗宋词风味十足。我们称"你"为"汝"，"他"为"伊"，称"谈话"为"攀讲"，"如何"为"何如"，称"房子"为"厝"，"锅"为"鼎"，"筷子"为"箸"，如此等等。福州话之中拥有奇妙的修辞。我曾经听到福州评话如此形容一个人在街道上叫喊楼上的另一个人："公子伸手从嘴边抓起几句话从窗口扔进去……"遗憾的是，我的陈述总是换来怀疑的眼神："是——吗？"那些北方的家伙口气之中充满了不信任。

相对于客家话、闽南话、莆仙话，我当然愿意夸耀音调低沉的福州话。长期居住在这个城市，我有责任搜集这儿令人骄傲的地方。这个城市拥有一百多条内河，"百货随潮船入市，万家沽酒户垂帘"，尽管现今许多段落河岸崩塌，水流淤塞，甚至散发出刺鼻的气味；北宋时期的福州太守张伯玉组织居民种植榕树。数百年的生长，许多大榕树绿荫如盖，长须飘拂，如同慈祥的长老。提到这个城市四处弥漫的福州话，一个人的声音将在我的想象之中浮现：我指的是林则徐的声音。这个福州籍的朝廷命官成功地将福州方言送入政治舞台的中心。据说清朝的道光皇帝曾经感叹："天不怕，地不怕，就怕林则徐说官话。"朝廷之上，林则徐的官话肯定是一个另类，但是，他的口音士兵都听得懂。这儿的民间流传许多逸事，编派的是这个老爷子如何满口福州腔地指挥虎门销烟，巧施尿壶阵戏弄英军，或者干脆威风凛凛地下令："把大炮抬出来！""海纳百川，有容乃大；壁立千仞，无欲则刚"，福州话吟诵这种句子正好。总之，这个大名鼎鼎的老爷子为福州话争得了巨大的荣誉。

如今，这个城市的方言正在逐渐式微，犹如一扇旧木门上逐渐剥落的油漆。全球化时代的急速降临造就了英语的广泛流行，方言遭到了大面积的抛弃。令人惊异的是，美国的纽约竟然奇迹般地形成了一个福州话的方言部落。据说纽约的福州人大约有五十万——一个中等规模的县城。他们之中的多数人不谙英语，甚至普通话也磕磕巴巴，福州话织起了他们之间的神秘网络。许多人仅仅因为一声来自异国的乡音就背井离乡，不知深浅地陷入英语的沼泽地。他们只能勉强地呼吸，张口说话的机会骤降。接下来的漫长日子里，他们一律用几句简短的福州话对付客户、警察和移民局；某些特殊的时刻，他们也可能听到福州话传来的指令：到某一个地点集合，一起向某些西装革履的家伙扔鸡蛋。他们期待的是在某一个休息日找到一个电话亭塞入几个硬币，打通越洋电话，向父母或者家人报平安。只有这时，他们才能尽情地享用久违的福州话。

四

没有做过严格的统计，我猜测说闽南话的人远远超过了说福州话的人。闽南话的分布范围不限于这一片土地的南部，同时还包括台湾和东南亚的一部分地区。闽南话语调悠扬，带有更多的鼻音，婉转的梨园戏即是用闽南话演唱。一位山西的戏迷对我说，他听惯了高亢激越的山西梆子，梨园戏的优雅温婉让他真切地体会到了似水柔情。

这位老兄可能没有想到，说闽南话的人喜欢标榜的是豪爽与剽悍。许多闽南男人世代出海打鱼。他们身材不高，肌肉饱满，趿一双拖鞋走过湿漉漉的石板路，闽南的透彻阳光把他们的皮肤晒得黝黑。如果要吼一嗓子，现在的许多人唱的是《爱拼才会赢》。他们不掩饰身上的草根习气，讥笑说福州话的家伙小气胆怯。这儿盛行的是南拳。南拳气势刚猛，拳法激烈，江湖上有"南拳北腿"之说。北方人身高腿长，拳术之中讲究"手是一扇门，全靠腿打人"，南方人矮小精干，南拳追求贴身短打。一个武学博士曾经和我讨论南拳的起源。他试图论证南拳与当地渔民生活的关系。南拳的功夫是扎牢马步，稳固下盘。武学博士猜测，这适合渔船的环境。海浪颠簸，必须在渔船上站稳之后才能发力出拳。我的疑问是，渔船之上哪里有那么多的战场？

似水柔情可以形容闽南女人吗？"以古老部落的银饰／约束柔软的腰肢"——那首诗如此描述惠安女。她们是闽南的女人。黄斗笠，银腰带，蓝上衣，宽黑裤，这种奇特的服饰常常使惠安女被摄影记者送入画报。"你把头巾一角轻轻咬在嘴里／这样优美地站在海天之间／令人忽略了：你的裸足／所踩过的碱滩和礁石／于是，在封面和插图中／你成为风景，成为传奇"。可是，走出了封面和插图之后，她们必须填补剽悍的男人出海之际留下的空白。如同丢下一件穿脏的衣裳，男人们一甩手把田地和所有的家务丢给她们。插秧，收割，砍柴，扛石头，日复一日的风吹日晒，黄斗笠下面那一张脸的黝黑程度已经与男人的皮肤相差无几。未曾生育的惠安女必须用黑纱遮住脸庞，晚上熄灯之后才能卸下。一件匪夷所思的事情是，许多年轻的丈夫在街头无法认出自己的妻子。这么说来，她们是否漂亮并非多么重要。

"此地古称佛国，满街都是圣人"，泉州开元寺的这一副对联据说由朱熹撰写，弘一法师的手迹。开元寺兴建于唐初，如今可见两座宋代的石塔。泉州人曾经口口相传开元寺的传奇来历：一个高僧向黄姓的巨富求地建庙。黄姓巨富说，如若后花园的桑树开出了莲花，我就划出一块地给你。高僧欢喜而去，次日后花园的桑树果然莲花盛开。高僧将他的袈裟抛向空中，袈裟投在地面的影子即为开元寺的范围。泉州的另一些传奇镌刻于数百方石刻之中。宋元时期，大量的波斯人和阿拉伯人定居泉州经商，去世之后就葬在这里。这些石刻是他们墓碑、墓盖石和墓葬构件，现今收藏在博物馆。石刻上那些弯曲如蚯蚓的波斯文、阿拉伯文和突厥文是汇入闽南话的另一种记载。当年的石刻工匠不识外文，镌刻的时候免不了各种讹误，历史的消息突然成为石头制作的谜面。据说现在那些国家愿意从石油销售的利润之中划拨出若干经费，聘请博学的教授破译古代工匠无意之中设置的密码。

闽南人郑成功被称为"国姓爷"——明代的皇帝曾经赐姓"朱"。除了收复台湾以及与另一个闽南人施琅的恩怨，郑成功的各种小故事已经不再重要。他正在变成一个神。闽南已经有两尊著名的郑成功塑像。一尊铜像位于泉州的大坪山巅，高二十米，身穿盔甲骑在马上，以领袖的姿态挥手致意。铜像的手臂似乎压得太低，某个角度看起来让人想到了"再见"，仿佛他就要回到明朝似的；另一尊是花岗岩的，身穿战袍屹立于厦门鼓浪屿海边的一块大岩石之上。据说这一尊塑像吓走了许多台风，那些来自太平洋的巨大气旋宁可绕道而行。

大约四十年前，我到厦门的第一天就被一个胸前吊着冲锋枪的民兵拦了下来。作为一个踌躇满志的新生，那天我刚刚到厦门大学报到，晚饭之后漫步海滩。进入禁区之前，哨位上没有人，估计那个民兵脱岗溜出去打饭。他在我返回的时候突然从木岗亭里钻了出来，一面唏嘘地吞咽牙缸里香喷喷的饭菜，一面半是闽南话半是普通话地盘问我。尽管早就看出了我的身份，他还是刁难了半个小时。那时，这个长满了相思树和三角梅的半岛还是伸到海里的一个军事要塞。厦门大学就读的前两年，大约半个月就会轮到一次通宵在海滩上的持枪巡逻。月夜之下的大海如同一个磷光闪烁的巨大固体，几片帆影无声地滑过，我们悄无声息地站在大树的阴影里，仿佛被奇异的美景魔住了。有时我们会被沙滩上窜过的野狗吓一跳，传说中的美蒋特务来了吗？某一天晚上，一位同学的步枪枪管上插了一枝长长的野花，许多人立即记起，上午的课堂刚刚读过茹志鹃的小说《百合花》。

当时我们被告知，如何计算海潮的涨落是当地的机密，不可外传——落潮的时候抱一个篮球就能漂到金门。离奇的是，居然有人把厦门的鼓浪屿当成了金门。厦门本岛与鼓浪屿之间的海面距离不过一两百米，卟卟响的小渡轮十来分钟即可抵达。某一天一个来自东北的杀人犯风尘仆仆地赶到厦门。他从码头旁边下海，扑腾扑腾地游了一阵登上了鼓浪屿，湿淋淋地振臂高呼反动口号，继而束手就擒。厦门与金门的距离两公里多一点，鼓浪屿的日光岩上可以遥望海天之际深蓝的一线。二十世纪五十年代大陆与金门曾经互相炮击。传说当年金门飞来的一发炮弹曾经落入厦门大学，炸塌了大礼堂的一角。我们读书的时候遇到的是厦门与金门之间的广播大战。每一天晚上熄灯之后爬上宿舍的木架床，南面窗口的一阵海风吹得蚊帐飞了起来，一阵绵软的普通话广播随风而至："共军官兵弟兄们……"多年之后，我曾经在金门岛上见过数十个喇叭组成的方阵，只不过已经喑哑无声，锈迹斑斑。

"鼓浪屿"这个名称来自明朝，小岛不足两平方公里。岛上众多爬满藤状植物的红顶洋房，灰褐色的花岗岩如同倔强的头颅露出碧绿的树丛。许多弯曲的小径把人们从海滩引到小岛的顶端日光岩。这儿游人如织，密密麻麻的脚步仿佛会踩沉这个小岛。四十年前的鼓浪屿安静多了。一个夜晚，我曾经独自在小岛游荡了两个小时。天上一轮圆月，大多数房子里没有灯光，只有一阵莫名的钢琴声逸出某个窗口，那些参差跳跃的音符幽然穿过街道，消失在一个拐角。四十年前我就听说，小岛上居住着一位著名诗人。如果没有读到她的诗，我几乎不愿意相信一个从小说闽南话的人能够写出如此优美的句子。当然，当时不可能料到，如今我偶尔有机会和这位诗人坐在一起品茶，随心所欲地聊一些家长里短——当然只能使用双方共同通晓的普通话。

五

　　我从来没有打算遗漏莆仙话，尽管使用这种方言的人数大约不过两三百万。莆田和仙游是福州与闽南之间的一片不大的区域，可是，莆仙话顽强地形成了一个语言飞地。我对于莆仙话一无所知，但是印象深刻。首先，莆仙话有一些奇怪的发音方式，我多次练习仍然没有学会，例如气流从大牙与舌头之间挤出时形成的辅音；其次，说莆仙话的人出奇地团结，不小心在街头招惹了一个说莆仙话的小贩，也就是得罪了一平方公里之内所有说莆仙话的人；第三，这个区域能人众多，仿佛这种方言隐含了某种神秘的品质。古往今来，这个小地方竟然有数十位文武状元。我相信我的同龄人都听说过"李庆霖"这个名字。二十世纪七十年代中期，他胆大包天地向毛泽东主席"告御状"，老人家的回信极大地改善了无数知青的命运："寄上三百元，聊补无米之炊。全国此类事甚多，容当统筹解决。"——据说毛泽东主席的这几句话至今还镌刻在李庆霖的墓碑之上。李庆霖乃莆田籍人士，当地这种性格并非少见。最后一个迷惑是，为什么我熟悉的莆田籍作家如此之多？莆仙话特别擅长和文学打交道吗？

　　事实上，这个语言部落出现了更多的经商奇才，他们被形容为这一片土地上的犹太人。这些商人制造了一个谜。我不明白那些难懂的莆仙话如何说服那么多人加盟他们的商业圈。据说现在绝大多数的私立医院由莆田籍老板控股，江湖上人称"莆田系"。一些人不屑地说，他们是从街头无数水泥电线杆上的小广告发迹的。某一个时期，水泥电线杆上的小广告流行一个强劲的主题——老军医治性病。发廊、KTV

这些场所不仅以灯红酒绿的方式点缀城镇的夜生活，同时，某一类型的病毒悄悄地在器官与器官之间传播。这时，老军医及时地站出来，保证将以丰富的行医经验和独到的抗菌素阻断传播链条。这种承诺成功地分割出一部分发廊与 KTV 垄断的利润。另一些人甚至无聊地认为，老军医为"莆田系"医院的语言策略总结了四个步骤：你有病，病很重，可以治，要花钱。我们当然听得出这些编派之中的不实之词与嫉妒成分，但是，无关痛痒的诽谤丝毫不能削减"第一桶金"的意义。第一代发迹史多半是不那么卫生的传奇，西装革履与言辞华丽的演讲只能是发迹之后的续篇。那个时候，风度翩翩的"富二代"已经拥有留洋归来的工商管理学位。

所有的人都明白，经商奇才远非仅仅能言善辩，他们擅长在驳杂的生活表象之中发现一晃而过的商机。三十年前的大兴安岭曾经发生一场火灾，过火的森林面积多达百万公顷。那些走南闯北卖蒸笼的莆田师傅很快意识到，过火的森林并未完全焚毁。剥除火焰燎焦的树皮，某些树木的内芯仍然可以使用。这是他们开始木材生意的第一步。从东南沿海到大兴安岭相距数千公里，但是，他们具有特殊的嗅觉。这种嗅觉是否也曾将他们引到了青藏高原？传说之中，他们曾经带上当地盛产的虾米到青藏高原交换冬虫夏草，交换的价格为一比一。若干人模仿他们的口吻编了一段说辞。他们声称虾米是从海中一只一只地钓上来的，然后晒干，拗弯，敲扁，最后点上一粒小小的眼睛。工序如此繁复，难道一只虾米还换不上一根直接从地里挖出来的冬虫夏草？

尽管这是明显的杜撰，我还是有些被迷住了。我察觉到生气勃勃的叙述学智慧。这个世界上的有些话是用不着兑现的，只要说得足够漂亮就行，例如恋人之间的情话，例如某些哲学观点，当然还有文学。这种说辞如此有趣，以至于我立即抛开了经济学主题转向了文学。

这一带有"泉男莆女"之说——泉州的男人和莆田的女人皆为极品。

莆田女人的传统是低眉目顺眼，贤淑而达理。这一片土地声望最高的两个女人先后出现于莆田。一个是林默，后来演变为神，即妈祖。另一个是梅妃——唐明皇李隆基的贵妃。大名鼎鼎的杨贵妃仅仅是梅妃的后任。梅妃端庄稳重，知书明理；杨贵妃千娇百媚，险些断送了江山社稷。鲁迅曾经怀疑梅妃的存在，他觉得证明这个女人身份的史料不太可靠。然而，当地的历史学家信念坚定。他们摊出了许多证据，并且补充了若干鲁迅所不了解的掌故，例如著名的"莆仙戏"是唐明皇他老人家的赐名，当地建筑顶上那些半翘的屋脊称"妃子脊头"，如此等等。进入皇宫充当皇帝的眷属，这个莫大的荣誉没有人肯轻易放弃。

　　古代的哪些帝王到过这一片土地吗？"福建"或者"福州"随处可以见到乾隆爷的草书"福"字。据说乾隆爷构思了很长时间，终于将"多"字嵌入"福"字之中——祈愿"多福"。然而，这一位风流皇帝六下江南，到了杭州就不肯继续南下。杭州是一个繁华胜地，一个销魂的温柔乡，杭州往南山高水险，野兽出没，瘴气弥漫，乾隆爷不能拿龙体冒险。更早一些日子，明代的建文帝来过吗？这是数年之前冒出的一个谜团。闽东一个村子发现了一座没有年号的古墓，弧形的条石砌成围拱，气势不凡；墓壁两侧的墙头是一座云纹龙头石雕，据说这种闭嘴龙纹饰是皇家的特权，墓前舍利子塔的莲花造型与明皇陵如出一辙。当地有案可查的官员没有人敢于享用如此高贵的墓葬。一些考古教授猜测，或许是明代建文帝的衣冠冢。衣冠冢没有发掘的意义，这种猜测目前仍然是一个悬案。然而，当地的一批业余历史学家正在狂热地搜集各种资料，积极孵化这个猜测。每一回见到他们，我都能获知各种新的情节进展：某些年代的县志记载蹊跷地失踪；当地盛产的美女可能来自众多宫女的基因；曾经有一支来历不明的军队驻扎在这里，他们的口音与风俗迥异于当地；一座庙宇里发现了一袭蟒袍袈裟，袈裟上绣有十八条五爪金龙，可能是朱元璋赐予建文帝的遗物……我一直期待他们找到不容置疑的证据,但是,最后的学术合围总是一次又一次被延宕。令人遗憾的是,许多相似的传说竟然出现在另一些地方。当年奉先殿那一场熊熊大火之后,谁也不知道建文帝的下落。他仿佛拥有许多幽灵般的化身,四处散布各种蛊惑人心的历史传奇。

建文帝的最后行踪是一个谜。另一个远为可信的传说是,朱元璋的九世孙朱聿键曾经抵达闽地。明朝崇祯帝景山自缢之后,残存的明朝宗室匆匆建立南明。唐王朱聿键在郑芝龙——郑成功之父——等人拥戴之下逃到福州登基称帝。据说他的行宫是福州的布政使官署,究竟哪一个大院落已经渺不可考。然而,朱聿键仅仅当了几天皇帝。郑芝龙很快降清,朱聿键在闽北被俘,绝食而亡。

将一个王朝揣在口袋里匆匆逃入闽地,这种事情宋朝已经发生过一次。元兵攻陷南宋的临安,五岁的宋恭宗和谢太后被俘之后北上押往元都,宋恭宗的兄长赵昰和母亲杨淑妃、弟弟赵昺跟随一些大臣南下福州,并且慌慌张张地在一个叫濂浦的村子里登基。这时赵昰七岁,称宋端宗。我在濂浦村见过一幢面江的大宅院,当地人说这是宋端宗的行宫平山阁——现已易名为泰山宫。由于元兵穷追不舍,赵昰再度逃向粤地的时候中途落海,惊吓之后染病驾崩。他的弟弟赵昺随后继位。崖山海战宋军大败,陆秀夫背负幼帝赵昺投海自尽,宋室覆亡。

崖山海战之中,追随幼帝投海的军民多达十万人。十万之众浮尸海面,这是大宋王朝惨烈的最后一幕。浓烟滚滚的海面,赵氏王族之中的“闽冲郡王”赵若和率部夺船突围,悄悄地返回闽南聚族隐居,改姓黄,直至明朝方才恢复身份和姓氏。闽南的赵家堡是他们隐居之所。这个城堡的内部建筑模仿汴京的格局,城堡的中心“完璧楼”是一幢三层的方楼,生土筑成的墙体敦实厚重——隐喻的是“完璧归赵”的寓意。或许这一片土地过于贫瘠,托不住一个王朝的庞大基业,但是,它总是向那些来自北方的落难者慷慨地敞开,无论他们是皇亲国戚、一介草民还是怀才不遇的士大夫。

六

宋代之后，与这一片土地具有某种瓜葛的文人士大夫突然多起来，例如曾巩、蔡襄、陆游、辛弃疾、刘克庄、严羽，稍后还有"三言"——即《喻世明言》《警世通言》《醒世恒言》——的作者冯梦龙，率性而激进的李贽，刚烈而凛然的黄道周，等等。尽管如此，闽文化并未留下他们的醒目烙印。众多脍炙人口的诗文没有显示出地域的渊源关系：要么出生于这里，要么曾经在这里为官执政。如果认定一个植根于这一片土地的文化大师，多数人首先会把票投给朱熹：一代大儒，闽学的创始人，理学的集大成者，众多书院的缔造者。朱熹一生之中的相当一部分时间隐居于武夷山讲学。

"鹅湖之会"或者"朱张会讲"是文化精英之间的分歧。朱老夫子对于日常世俗生活的影响更多的是礼义廉耻、仁孝诚信、节欲自重这些处世之道。大儒不仅学识渊博，而且严于修身律己，不偏不倚。老天爷将这么一个菩萨也似的人物摆在这里，仿佛是为了安插一个做人的楷模。这儿山高皇帝远，民风剽悍，一身的气力比王法管用。月黑杀人，风高放火，时常有一些来历不明的能量掠过民间，制造各种骚动。当然，现今的江湖远非仅仅依赖舞枪弄棒，互联网与大数据业已列入新型的十八般武艺。江湖人物从来才思敏捷，不拘一格，学院里的博士或者教授时常自叹不如。某个小镇擅长私自生产香烟，公然挑战烟草专卖权。若干家伙合资购买一台卷烟机械，数月的生产即可收回成本——接下来的日子就是净利润了。他们千方百计地逃避官方的稽查，卷烟生产车间或者藏匿于深山，或者隐身于某个地窖。最为神奇的是将卷烟生产车间安装于一辆卡车之内，卡车可以随时移动，以至于执法人员无法追踪——估计这种设想是从俄国导弹发射卡车那儿获得的灵感。另一个与烟草有关的逸事是，一个家族的若干男性成员共同进驻某个废弃的军营，伪装为正规的军人。他们身披军服，每日不辍地出操：立正，稍息，向右看齐，有时还要豪迈地集体合唱。军营附近的村民从未对他们产生怀疑。这些伪装者的真正目的是，驾驶一辆伪造的军车贩运假烟。他们的伎俩暴露之后，一个官员感慨地说，许多地方还忙着造假货，这儿已经开始造假军人了。这一片土地的亚热带温度盛产种种草莽英雄，他们身上保持了一种无畏的大大咧咧气概。朱老夫子的儒家学说谈不上精妙或者深奥，重要的是可以让那些草莽英雄收敛嚣张的内心，明辨基本的是非规矩。

我没有找到朱熹曾经关注柳永的证据。"凡有井水处，即能歌柳词"——精通诗词的朱熹不可能没有听说过这个出生于武夷山的文学前辈。我猜测朱熹十分排斥这种浪荡的轻浮文人。"且恁偎红倚翠，风流事，平生畅。青春都一饷。忍把浮名，换了浅斟低唱！"——成何体统！然而，听了许多朱老夫子正襟危坐之际发表的高头讲章，柳永会突然显出特殊的魅力。"执手相看泪眼，竟无语凝噎"，"今宵酒醒何处？杨柳岸，晓风残月"——别离，思念，惆怅，寂寥，颓废和失意，谁的内心没有这么湿润的一刻？然而，柳永的后半辈子完全陷了进去。屡试不第之后，他干脆自称"白衣卿相"，混迹于青楼歌伎之间，为她们填词作曲，眠花宿柳。尽管柳永晚年如愿地当上一个小官，可是，他的仕途始终不得意。据说柳永辞世的时候一贫如洗，几个歌伎凑钱安葬了一代词宗。柳永的坟墓大约在江苏镇江的北固山。十多年前，武夷山终于到北固山取一掬泥土置于柳永纪念馆——这个文学天才大约已经离开这一片土地漂泊了上千年。

如果说，朱熹的"闽学"渊源于中原的"洛学"，那么，严复已经属于"放眼看世界"的那一批思想家了。他翻译的赫胥黎《天演论》曾经让那些熟读子曰诗云的士大夫大吃一惊。启蒙时代拉开了大幕，古老的封建帝国开始缓缓地转身。人们发现海洋正在成为新的世界舞台，这一片土地突然从模糊的边缘成为前排。海外成为各种想象的焦点。帝国主义的炮舰和各种密集的新思想造就了"师夷长技以制夷"的观念。左宗棠和沈葆桢在福州办起了船政学堂，聘请法国和英国导师用外文授课，成绩优秀的学生送往欧洲深造。严复是船政学堂的首名学生，毕业之后赴英国伦敦格林威治皇家海军学院留学。严复嘴里的福州方言证明了他的乡土根系，严复的英语开启了西方思想界的大门。晚年严复患哮喘，返回福州养病，逝世于郎官巷的一幢小楼。或许由于尊儒的传统，朱熹的名声远比严复显赫。距离严复逝世那幢小楼不远的地方，如今有一家私人博物馆，这儿只收藏两种稀罕的藏品：一是田黄石——福州寿山石之中的极品，价格远远超过同等重量的黄金；一是严复墨迹，包括信札、对联、中堂等等。精通英语的严复同时是一个狂热的书法家，曾经遍临历代名帖。一个如此重要的思想家，严复墨迹的价值肯定不会逊于田黄石。

七

更多的人可能选择乘坐火车进入这一片土地，亮晃晃的铁轨锋利地穿透了闽北高耸的山区。乳白色的高速列车如同一条滑溜溜的鳗鱼灵巧地穿行于众多隧道之间。每隔几分钟，车厢里的乘客就会觉得车窗突然暗下来，列车的轰鸣声增加了一倍，隧道墙壁上急速掠过的一串荧光灯几乎联成了一条直线。"天倾西北,地陷东南",这一片土地犹如一个大斜坡。武夷山脉是这个斜坡的制高点。站在武夷山的主峰抛出的一块石头仿佛会骨碌碌地滚进东海。如今,这一带山区犹如荒凉的后院,古道荒草,空谷鸟鸣。可能没有多少人想到,两宋至明清数百年,这儿曾经是最大的图书印刷和交易基地,著名的《水浒传》和《三国演义》均是在这儿首次付梓。这儿印刷的图书史称"建本"或者"麻沙本"。闽北山区树木茂密,竹林遍野,造纸原料丰富;同时,游酢、朱熹的声望对于图书市场具有某种推波助澜的作用。元代到明清,这个图书印刷、交易基地数度毁于兵火。"风流总被雨打风吹去",硝烟和血腥的气味如此强烈,书籍的墨香早就消失得无影无踪。

如今,人们更乐意谈论的毋宁是弥漫于这一带山区的茶香。闽地产茶,"铁观音"与武夷山岩茶各占半壁江山。"大红袍"之所以成为武夷山岩茶最负盛名的品种,显然与崖壁上那几株茶树的传奇有关。尽管不久之前幸运地尝到一杯来自那几株母树的"大红袍",我还是不想重复那个众所周知的传说。我要提到的是"正山小种",这个品种来自一个称桐木关的小村子,据说是英国红茶的前身,入口有桂圆滋味。正宗的"正山小种"选用马尾松木烘干。我第一次喝到的"正山小种"带有浓重松烟味,以至于以为烘焦了茶叶。一个老茶客一本正经地解释说,浓重的松烟味代表了男子汉气概。我对于这种奇怪的观点莞尔一笑。然而,日后遇到各种标准的红茶,我的确只能想到额头光洁的美少年而不是饱经沧桑的男子汉。

闽人嗜茶。城市的街头遍布大大小小的茶叶店,许多办公室都有一个设备齐全的茶台。洽谈公务之前的一个仪式是,一溜摆开几个小酒杯似的茶盏,品一壶热茶。嗅过残留于杯底的余香之后,人们才开始坐而论道。对于许多大侠说来,觥筹交错的酒量竞赛已经是一个过时的传统项目,如今他们热衷于茶道的较量。宾主坐定,每一位都会摸出一小袋真空包装的茶叶，喝过了张三的再喝李四的，品头论足，鉴定等级。遭到贬抑的家伙面红耳赤，大声抗辩，不仅气呼呼地报出了令人咋舌的茶叶价格，而且卖力地举证多少名流曾经赞不绝口。总之，说他的老婆不漂亮无碍大事，说他的茶叶不行是要翻脸的。这儿的一位茶界长老刚刚仙逝。几乎所有的人都听说过他对"茶"字的妙解：人在草木之中为"茶"；"茶寿"为一百零八岁，"茶"字拆开不就是"二十"加"八十八"吗？他每日饮茶数十杯，的确传奇般地活到一百零八岁。他的另一个壮举是，年届百岁之时再婚，娶了一个比他年轻三十二岁的妻子。

　　武夷山绵延至闽地西部，红色的砂砾岩构成了丹霞地貌。然而，人们称闽西为"红土地"包含了另一重隐喻涵义。将近一个世纪之前，一批胸怀大志的革命者集聚在这里，他们的灼热理想仿佛将这一片土地烤得发烫。"红旗跃过汀江，直下龙岩上杭"，这是毛泽东当年留下的诗句。毛泽东、朱德、陈毅、林彪、罗荣桓、谭震林等十一人组成红军第四军前委，叱咤风云。他们无一不是声名卓著的历史人物，以至于没有多少人意识到他们当时的年龄。毛泽东才三十六岁，朱德略为年长——四十五岁，陈毅二十八岁，罗荣桓二十七岁，林彪才二十二岁。他们衣裳褴褛，神情抖擞，在一间八九平方米的小屋里摆一张小方桌当办公室，一面聆听后山涌动的林涛，一面构思经天纬地的社会蓝图。煤油灯下挥笔疾书，小天井里高声争辩，偶尔也会发脾气骂一骂娘。然而，就是这么一批年轻人成就了惊天动地的大事业。他们之中的某些人慨然将七尺之躯埋在这里。瞿秋白不幸在闽西被捕，国民党对于这个嗜好托尔斯泰和中国豆腐的革命领袖无计可施。最后那一天，他缓缓步出长汀的中山公园，见到一片碧绿的草地，盘腿席地而坐，声称"此地甚好"，然后从容饮弹。当时他也是三十六岁。我猜当时这一片"红土地"已经憋足了气血，不知不觉地养育了一代骁勇刚烈的闽西子弟兵。松毛岭战役是掩护中央苏区转移的断后之役，蒋介石的飞机大炮几乎炸烂了八十里左右的山脉，但是，数千名红军与六个师的国民党军队激战七天七夜，鲜血渗透了每一寸土地。三万多名闽西子弟兵参加了著名的二万五千里长征，或者身为开路先锋，或者担任铁血后卫，到达陕北之后仅剩两千余人。历史教科书仅仅保留了这些抽象的数字，许多人甚至没有留下名字，只有这一片"红土地"记得住他们出生时的第一声啼哭，也记得住他们离开家乡时的最后脚步。

绵延起伏的武夷山脉如同一扇翠绿的屏风挡住了呼啸而来的北方寒流。这一片土地的南部气候温润，一年四季绿意汹涌，屋角或者墙头几枝骄傲的三角梅恣意绽放。武夷山脉同时挡住了悄悄南下的pm2.5，那些神秘的化学小颗粒没有力量翻越一千米左右的高度。乘坐飞机离开这一片土地的时候，可以在机场的通道看到一面电子公告牌，上面标出了当天的 pm2.5 指数，通常在 30 以下。听到北方客人的感慨，主人在得意之余甚至有些不适应：想不到空气也能成为优越感的资本。

"天倾西北，地陷东南"，这一片大斜坡一直伸入东海——事实上是伸入台湾海峡，海峡的对岸是台湾岛。与台湾的朋友闲聊，我会开玩笑地说：你们要感谢武夷山脉这一扇屏风，否则台湾怎么可能四季如春？台湾朋友哈哈一笑：我们的阿里山不是也帮你们挡住了台风？

每年的夏秋两季，总会有几个台风奔波数千公里，穿过太平洋兴冲冲地来访。如同一个亢奋的芭蕾舞演员，台风在辽阔的海面欣快地打转。与芭蕾舞演员不同的是，台风往往越转越快，直至一头扎进陆地的怀抱，力竭而仆。多数时候，过于激动的台风形成了巨大的破坏。它不仅带来了豪雨，而且横冲直撞，拔起树木，掀开瓦片，刮翻了广告牌，让铁路和机场陷于瘫痪。对于那些急于登陆这一片土地的莽撞家伙说来，阿里山设置的门槛至少可以让它们缓一缓脚步。如果以台湾海峡作为中轴，武夷山和阿里山的确遥相呼应，海峡两岸的所有呼喊都会在两座山脉之间回荡，形成反复的回音。

我是不是说得太多了？我突然觉得，这些叙述正在集聚起来：传说，神话，想象，若干逸事，无可稽考的地方史知识，些许个人经验，某种整体的面貌正在隐隐地浮现。为这一片土地绘制一幅地图是我的心愿。若干地标或许不那么准确，可是，我不在乎，个人收藏而已。

没有听说哪一个人会在自己绘制的地图之中迷路。

附录：获奖感言

非常荣幸能够获得丰子恺散文奖。

我的作品标题是《一个人的地图》。我在散文的末尾说，这是为自己绘制的一份地图，有些偏差也没关系，没有人会在自己制作的地图之中迷路。现在，我还愿意透露一个小小的野心，我企图为自己修建一个小小的文学空间。

十来年的散文写作之中，我不断地写到了一些有趣的人物和事情，他们都和我的故乡产生过这样或者那样的联系，例如写《与妻书》的黄花岗烈士林觉民、戊戌六君子之一的林旭，船政大臣沈葆桢，还有那个围棋天才吴清源，一篇很长的散文《马江半小时》企图还原一百多年前福建沿海的一场战事，我从历史著作之中请出了李鸿章、左宗棠、林则徐以及林纾、张爱玲等一批历史人物。我想，总有一天他们都会成为邻居，一起住在我的散文里面。这与其说再现我的故乡，不如说正在为一个更为理想的文学空间添砖加瓦。

如今到处都"居大不易"，房子很贵，房地产商说主要是因为地皮很贵。我的文学空间仅仅搁置于便宜之极的纸张上，我的建筑材料仅仅是文字，这儿的城市规划或者楼堂馆所无非是一些叙述和修辞。我至少可以许诺，散文之中的别墅肯定比现实的房价要低。尽管如此，我希望各位不要嗤之以鼻，你们会在我的文学空间遇到许多英雄美人，当然还会有称心如意的良辰美景和名山大川。如果各位有兴趣前来访问，我会及时寄上请柬，我的请柬就是西安文联主办的《美文》杂志。

再次感谢《美文》杂志，感谢各位评委，感谢我们的文学艺术前辈丰子恺先生和桐乡市政府。

泥土哪去了

一

　　屋前的墙根下整理出一片巴掌大的空地，想到要种几株花，突然发现无处取土。邻居踅了过来笑了笑：可以打电话订购，但是价钱很贵。泥土也得花钱了吗？我不禁愕然。

　　花草的根系可怜地裸露着，四处找不到泥土。泥土和大地渐渐地撤出了我们的生活。现在，我们栖居在水泥、钢筋和塑料构筑的人工环境里。狭窄的居室和楼道，窗户用铁栅栏封住。街道上匆忙往来的汽车如同一个安装了轮子的移动密封舱。行政大楼的大厅一个弧形的问讯柜台，墙上各种金属牌子标出各个楼层众多机构的名称，一开一阖的电梯是穿行于大楼内部的流水线。步履匆匆的员工如同各种型号的产品被及时地卸到某一个称之为办公室的固定方格。他们的大部分时间与电脑的液晶屏幕久久相对，偶尔抄起电话听一听机器里传来的说话声音。地平线上的城市就是各种人工制造物的集合体。水泥马路，桥梁，鳞次栉比的建筑，一些建筑的金属屋顶或者玻璃外壳时常在正午的阳光下发出灼亮的反光。据说这个城市四十层以上的建筑已经多达数千幢，巨大的重量压得城市的地皮持续下沉。那些黑黝黝的泥土在水泥和钢筋的重压之下吱吱乱叫，四散而逃，坚硬光滑的城市表皮再也留不住它们。

这个城市到处都会遇到工地，众多规划之中的大楼正在破土动工。挖掘机和铲车挥动铁臂在地面挖出一个大坑，十余台轰鸣的大卡车列队等待，轮流将这些泥土运走。我突然对泥土敏感了起来：这些泥土要运到哪儿去？它们被迫背井离乡，如同一些俘虏被押上了囚车，遣送到遥远的集中营。古往今来，这些泥土始终踞守在这里，它们的天命就是等待某些抛下的种子，接受它们，养育它们，使之扎根、开花、结果。现在，泥土被突然赶走，坚硬的钢筋、水泥蛮横地挤了进来，鹊占鸠巢。

一些人居然还能在这个没有泥土的城市里面栽种蔬菜。他们的蔬菜基地是公寓的阳台或者楼顶上。找来几个花盆，塞入一堆白色的泡沫，蔬菜栽种在泡沫之上。泡沫代替泥土贮存水分和肥料。可是，我常常觉得阳台或者楼顶上的蔬菜是塑料做的，泡沫生长出塑料才对。

泡沫代替泥土是科技时代的奇思妙想。物理学、化学、生物技术或者制造工业正在将生活安排得精确、精致、富有效率，可以果断地抛弃农耕文明残留的陋习。闹钟或者手机每一个早晨准时响起，还有什么必要等待黎明时分的报晓雄鸡？机械制造的药片严格地计算出剂量和服用时间，许多人不再信任砂锅里草药煎熬出的褐色汤汁。旷野上的一阵大风如同厚厚的布匹劈头呼地蒙下来，几乎令人窒息，然而，现在我们栖居于密闭的大楼内部，心安理得。大楼的每一个房间安装了完善的空调系统，没有人再为窗外的数九寒冬或者炎炎夏日发愁。只有当窗户的玻璃出现了斜斜的水纹，才会有人漫不经心地问一句：下雨了吗？

生活正在彻底改装。然而，这种生活是不是有些不自然？客厅的跑步机上一个小时的奔跑与林荫道上一个小时的奔跑肯定有些不同。人工设计的世界并没有什么错，只是我们再也嗅不到万物蓬勃的蒸腾气息。我想起了一条小河流。少年时代时常下河捕鱼摸虾，嬉戏游泳。沿着倾斜的河岸慢慢地踩到水里，脚掌试探着触到水底滑腻的河泥，偶尔会有一块瓦片或者一个鹅卵石硌得脚底一痛；河边漂浮的水草，浸泡已久的一截枯树上歇着一只鼓着眼睛的青蛙，一条水蛇划出长长的水纹疾速远去，几只蜻蜓在亮晃晃的阳光里俯冲下来，一群水凫摆动细细的长腿贴着水面滑行。脚掌下的河泥即将消失的时候，双腿用力一蹬哗地扑到了河流的中央，温暖的水流缓缓地淌过身躯……时至如今，这条河流只能汩汩地穿过我的记忆——现在我只能到游泳池去。游泳池里一泓蓝色的清水，如同一块清澈而乏味的大玻璃。池底的马赛克历历在目，消毒剂的氯气味道扑鼻而来。这种清水里面什么也没有，耗掉了足够的卡路里之后就立即上岸离开。

生活的确有些不自然。科技正在将我们从大地上连根拔起，重新安装在机器的逻辑轨道上。当然，这是一项旷世的秘密工程，我们所能察觉的症候仅仅是——泥土不见了。

二

出入于泥土的许多小动物也不见了。

我想了想，已经很久没有见到慵懒的蚯蚓，神经质的蚂蚱，鬼鬼祟祟的四脚蛇，纹丝不乱的蜗牛，浩浩荡荡的蚂蚁队列，还有拳头大的蛤蟆笨拙地跳过田埂。现今常常照面的只有蚊子和蟑螂。据说蚊子可以藏身于空调机里面，蟑螂的乐园是厨房里油腻腻的污水管道。总之，它们已经摆脱了农耕社会的泥土而适应了工业文明的钢铁和塑料。

烙印在记忆屏幕的第一个小动物大约是一只螳螂。那时我似乎四岁左右，居住在一个大杂院里。邻居撬开了天井里的几块大石条，堆上泥土种一架丝瓜。父亲从乡下回来，逮回一只绿色的螳螂。螳螂夸张地掀动两个大刀一般的前臂，雄视左右。父亲用一根细线拴住螳螂的肚子，细线的另一端捆在插入泥土的小竹竿上。阳光透过丝瓜的藤蔓照射下来，碧绿的螳螂通体透明。玩耍了一阵再度过来的时候，我惊异地发现螳螂已经成为一具僵死的躯壳。泥土之中一队蚂蚁潜行而至，螳螂的肚子被咬开了一个大洞。螳螂大刀一般的前臂无法抵御蚂蚁的团队战术。

十来岁的时候，父亲在天井里摆上一个大水缸，水缸内喂养了几只红白相间的金鱼。金鱼的理想饲料是生长在池塘或者湖水里的一种肉红色的小虫子。一块纱布缝的袋囊捆在竹竿的末端，这是自制的打捞器具。每隔一两天，我就要扛上这个玩意儿奔赴附近的几口池塘，夏天常常被晒得脱一层皮。养蚕似乎是那个年代所有少年的课余活动。黑色的蚕宝宝开始蠕动，蜕皮，吐丝，结茧，蚕蛾，产卵，这个循环的全程必须有充足的桑叶保证。附近所有的桑树都只剩下光秃秃的枝枒，我和一些小伙伴不得不冒险进入一个桑树园。匆匆地摘了一挎包的桑叶之后，看管人员大呼小叫地追来，小伙伴一哄而散，分头奔蹿在茂密的桑树林中。少年时代我还喂养过几只猫，猫在发情期的尖利嚎叫至今声犹在耳。猫的沙场点兵多半在瓦顶上。一群猫疾速地从瓦顶上奔驰而过，稀薄的瓦片惊心动魄地响过一阵之后，几缕阳光从蹬开的瓦片缝隙照射下来，一绺一绺灰尘悠然地飘浮在光柱里。养鸡似乎是年龄稍大一些的事情，包含着显而易见的经济企图。母鸡每日能生出一枚蛋，这个远景对于一个饥肠辘辘的少年产生了巨大的诱惑。但是，鸡的恶习是随地拉屎。一个人来人往的大杂院里，斑斑点点的鸡屎肯定是惹是生非由头，这一场伙食自助运动很快就寿终正寝。

我想起来了，少年时代我和一批小伙伴还迷恋过寻找蜗牛。我们要的是指甲片大小的圆形蜗牛，有暗红色的、铁青色的或者花的，蜗牛壳上一圈一圈的螺纹最终归结到一个圆点上。我们利用这些蜗牛展开竞赛：两个人分别将两只蜗牛壳的上圆点对在一起用力顶撞，直至其中一只蜗牛的外壳破碎凹陷，完好无损的蜗牛为胜者。那一只外壳最为坚硬的蜗牛将如同皇帝一般地供奉起来，没有人想知道那些外壳破碎的蜗牛是否还活得下去。不知道这种游戏从哪儿传来，但是，周围同龄的男孩子几乎都动员起来了。我们翻检所有的草丛、墙根、瓦砾堆、石缝，所有的蜗牛被搜索一空。传说遭受重压的蜗牛外壳尤为坚硬，石块底下铁青色的蜗牛成为众人抢夺的对象。我忘了这种游戏什么时候不再流行。总之，有那么一天，我们突然觉得这些游戏既幼稚又不卫生，于是起身拍了拍身上的尘土，开始忙碌一些另外的事情。

起身拍了拍身上，数十年的时光仿佛一下子消散在尘埃里。那些小动物只能活在弥漫着泥土气息的回忆里，如同一部黑白的老电影。现在我们的身边只剩下各种人工合成材料，无论是墙壁、地板、各种管道和导线还是手机、电脑、汽车和飞机。我的寓所里现在只养一只狗。它的大部分时间都关在阳台的玻璃门背后，每一天眼巴巴地望着栅栏外面的陌生世界；它的四个爪子几乎没有机会触碰到真正的泥土。

三

"大地"是一个沉稳的词，"大地"隐喻的是宽厚、阔大、质朴和不尽的生机。山脉起伏，河流蜿蜒，树木葱茏，湖泊的水面映照出闪亮的落日余晖。我突然想到，已经很久没有接触到所谓的"大地"了——这一幅景象多半是从飞机的舷窗上看到的。

相当长的时间里，人类奔波在大地上，春种秋收，打猎捕鱼，皮肤被太阳晒得黝黑发亮。然而，历史肯定存在一个神秘的拐点——某一天开始，人们之间的社会关系超过了人们与大地的自然关系。社会制度，社会组织，货币与经济，行政机构与意识形态，艺术与美学……这些概念愈来愈密集地分布在周围，大地一步一步地退却，逐渐面目模糊。

"天苍苍，野茫茫，风吹草低见牛羊"，大地似乎曾经生动地保存在古人的视野之中，即使闭门辞谢也绕不开——王安石有诗句曰："两山排闼送青来"。书法史上有一则著名的逸事。怀素曾经与颜真卿切磋书法。颜真卿询问怀素有什么心得。怀素说：吾观夏云多奇峰，辄常师之，其痛快处如飞鸟出林、惊蛇入草。又遇坼壁之路，一一自然。颜真卿说：你觉得屋漏痕怎么样？怀素起身握住颜真卿的手说：得到真谛了。谈论纸上的笔墨线条，念念不忘师法自然，各种大地的意象是他们挥毫泼墨的灵感来源。栖身于天地之间，古人不时以植物的自况，伸出根系扎入泥土，牢牢地抓住大地是立身之本。汉语之中，"根本"是一个重要的词汇。众多带"根"的成语表明了古人对于大地的敬畏，例如"根深蒂固""落地生根""寻根究底""游谈无根"，如此等等。可是，现在还有多少人匀出心情想到泥土和大地？我们要么上电影院，逛服装店，寻觅佳肴美味，要么坐在玻璃幕墙背后的办公室里，精心地算计某一个官职或者某一笔款项，只有 iphone6、股票涨停、房价波动或者微博上疯传的明星绯闻才能带来稍许的骚动。大地的退却从未让我们惊惶失措。退却的大地不是仍然待在某个地方，支撑着万事万物吗？谁还会担心，哪一天我们的城市会失去大地悬挂在半空中？闲常的日子里，我们对于大地仅仅剩下象征性的牵挂：庭院的角落摆两个盆景，阳台的栅栏上种几簇花——遥远的大地仅仅是花盆里的一小撮泥土。

那一天我路过一个修建之中的公园，突然嗅到了浓郁的青草气息。一些工人在蹲在一块坡地旁边铺草皮。浓郁的青草气息有些呛鼻，我想起了夏日曝晒之下潮湿的田园或者树林间腐殖层蒸发出的气味。我们的嗅觉已经适应了城市的气味系统：工厂标准化生产出的气味单纯强烈，性质稳定，例如香水、烟草和烈酒；厨房里烹调菜肴的气味隐含了热烘烘的暖意，街道上飘拂的煤烟味或者汽车尾气显示出工业社会矫揉造作的化学风格。这时，青草气息是粗鄙的乡野，混杂了泥土和粪便的味道。久违的气息令人想到了各种遥远的故事。辽阔的大地此刻又在哪里？

四

太太先前从未种植过什么。这几天她兴味十足地搬来许多盆花花草草，浇水施肥，不亦乐乎。我认不出其中一盆是什么树，询问之际居然遭到了嘲笑。我有些不屑：这算什么，我先前在一座大山里种过一棵大树呢！

我种过一棵龙眼树，长在一面向阳的山坡上，大约有六七米高。大约四十年前，我在乡下插队当农民。生产队里有一批龙眼树和橄榄树，分配给每一个劳力管理，每年大约要松土、浇粪若干次。收获的果实一部分交还生产队，剩余的归管理者个人。大多数农民的名下分配到六七棵不等，我仅一棵龙眼树——估计生产队长不怎么相信我的管理能力。我曾经挑过一担尿水长驱十来里山路，一勺一勺地淋在树根上，此后似乎再也没有做过什么。收获的季节到了，这棵树上挂下来的龙眼特别稀少，而且干瘪瘦小。因为担心嘲笑，我不想和农民一起采摘，一直拖延到最后，整个山坡只剩下一棵树垂着黄灿灿的龙眼，无人问津如同一个孤独的弃儿。

一个寂静的中午，我借了一架二丈长的竹梯独自进山。这一带乡村的规矩是，长竹梯不得横扛在肩上。山路狭窄弯曲，长长的竹梯容易磕磕碰碰，摆弄不开。农民的习惯是双臂平伸，竖擎一架竹梯如同擎起一面旗帜。年轻人炫耀臂力，他们可以谈笑自若地擎着竹梯健步如飞。我企图如法炮制，完全没有料到竹梯如此之重，以至于行走数十米就双臂颤抖，气喘如牛。幸而那一天山间空无一人，我最终还是将竹梯扛上肩头。挣脱藤蔓、茅草对于竹梯的纠缠毕竟容易一些。忙碌了一个下午，我摘下了一麻袋的龙眼。扣除了交给生产队的份额，剩下的估计还值三十来元钱。当年这是一笔不小的款项。意外的财富让我有些后悔：如果多费一些心思和气力，是不是还可以发一笔小财？

四十年过去了。大地苍茫，可是，我认识一座深山里的一棵树。这个念头让我有些激动。山坡上的一棵树不像海里的一条鱼，转眼间就潜入水下无影无踪。这棵树始终矗立在那一面向阳的山坡上。四十年的时间，这棵树肯定已经进入盛年，历经风雨，枝桠虬劲，盘根错节，果实累累。虽然我们只有一年多的契约关系，但是，只要我愿意，多少年之后都可以进山在原地找到它。相信第一眼我们就可以彼此相认。

然而，造访东北的一片森林之后，我开始产生怀疑：一棵树真的不会转身溜走吗？站在一大片大腿粗细的树林中央，认准两三米开外的一棵树，然后闭上眼睛转两圈。再度睁开眼睛的时候，我已经无法肯定刚才认定的是哪一棵树了。当然，巴西亚马孙河两岸的热带雨林更加捉摸不定。湿润的地面铺满层层落叶，无数的参天大树拔地而起，茂密的树枝在空中挤成一片，炽烈的阳光只能在树叶之间找到几道缝隙曲折地射下。树林间湿气弥漫，树皮爬满斑斑驳驳的青苔，各种藤蔓盘旋缠绕，纷披飘拂。当地人警告我，只要深入森林十来米，可能再也无法返回依稀的林间小路。密密匝匝的大树纵横交错，如同众多巨人奔走遮挡在四周。人们很快就会丧失辨识能力，找不到任何方向。谁说树不会走动？

　　当然，宽阔的东北黑土地和肥沃的亚马孙河两岸现在仅仅印制在地图上。我所接触到的只能是，窗台下的墙根依次摆开几盆花，细细的枝叶和花瓣在微风中抖动。这些可怜的家伙一辈子只能栖身于小小的花盆，让人看着有些心疼。

　　这个城市的花鸟市场出售各种植物。许多待售的树木枝繁叶茂，身姿优雅。但是，沿着树干往下看，树木的纷杂根须居然委屈地塞入一个小小的简易塑料盆。这么小的盆子也能长出一棵树？花鸟市场的主人自信地挥了挥手，够了。的确，树木的叶子碧绿发亮，不像营养不良的样子。辽阔的大地收缩为一个小小的塑料盆，但是，这些树木早已学会了委曲求全地苟活，甚至强作欢颜。人在屋檐下，怎能不低头？树木也是如此。只有方寸之地，谁还会固执地揣着不合时宜的雄心壮志？

　　我只能叹一口气。

五

　　一个民工抄着一台电锤钻开路边的土层，噪音喧嚣。他的身后拖着一根长长的电线，电线旁边搁着一柄十字镐，木柄光滑坚硬。我的一个冲动是，上前抢起十字镐，帮他将剩余的土层刨开。

当年在乡下当农民的时候，使用过各种农具：镰刀锋利，扁担宜宽；偷懒的时候要挑选某一种形状特别的畚箕，装土的空间小一些可以减轻担子的重量。十字镐是霸气十足的农具，没有一把好气力是抢不起来的。年纪大的农民多半将一柄锄头使得出神入化，挖、刨、勾、耙轻巧娴熟，至于沉甸甸的十字镐往往扔给了身强力壮的年轻人。高高地抢起十字镐，腰背弯得如同一张弓，嘿的一声镐头深深地没入土地，一大块泥土应声而起。抢一个下午的十字镐，全身的肌肉要酸疼好几天。

酸疼是必须的代价，这是叩问大地的谦恭形式。然而，现在的世道变了，年轻人用起了电锤，十字镐被轻蔑地晾在一边。他们用机器对付大地。这没有什么不对，我只是觉得有些不敬。一镐一镐地刨土，我们深知大地辽阔深厚；嗒嗒的机器噪音似乎仅仅是草草地打发泥土。

我当然不是谴责这个民工。一直在泥土中讨生活的人，从来没有多少闲情逸致想到"大地"这种文绉绉的词语。当年我下乡插队的时候就是如此。我们与一丘一丘的田地打交道，有些田地肥沃，有些田地贫瘠，有些水田里的蚂蟥特别多，有些水田里的水冰凉刺骨。我曾经下到山坡上一丘桌面大小的水田里插秧。双脚刚刚踏入，几秒钟就陷到了腰部。幸而农民有言在先，我的左手牢牢地按住一个小木盆支撑身体，否则立即有没顶之灾。一身泥一身水地回到屋里，狼吞虎咽一番，常常来不及洗漱倒头就睡。怎么就是一个与泥土纠缠不清的命？这多半是临睡之前脑子里闪过的最后一个抱怨。那种日子鼠目寸光，我想到的仅仅是尽快地完成每一丘田地里的活计。什么时候我曾经抬起头来，手搭凉篷，遥望无边的大地？

屋子的墙根下种点什么，不少邻居都会踱过来看一看，议论几声。那些曾经在乡村生活了半辈子的邻居，眼光里多半有些不以为然。泥土的记忆与不堪的日子混杂在一起，面朝泥土背朝天。无数的农民拎上一个编织袋不顾一切地逃离田地，挣扎了多少年来到城市定居，怎么肯重操旧业？太太珍惜地收拢搜罗来的一些泥土，他们会不由得笑了起来：要是到了我们老家，想种多少地就给你多少地……一两个老人家有时忍不住动手帮帮忙，一操起锄头就知道曾经是一个好把式。太太没有正式侍弄过庄稼。长年累月的公寓生活让她觉得，如果有一个庭院种些什么，真是莫大的奢侈。她在墙根的一个小土坑里种下一棵柠檬树苗，自豪得如同拥有一座果园。太太乐观地推算这棵柠檬树苗何时发育成熟，何时可以结出多少果实，絮絮叨叨如同农妇，于是，丰收的气氛突如其来地弥漫开来。当然，没有人真心想吃树上的几个柠檬。重要的是，恢复生活与泥土的联系。

这个联系已经中断了很长的时间。泥土无声无息地消失，古老的农耕文明如同一个遭受遗弃的废墟深深地埋葬在水泥路面之下。我们的生活早就交给无数的机器安排：钟表，手机，电视机，电脑，汽车，飞机，轮船，如此等等。机器仿佛将所有的日子装上了马达和齿轮。一个大齿轮带动数十个小齿轮，我们的效率越来越高，手边积压的事情却越来越多。什么时候还能返回大地的正常节奏——返回腰圆膀阔，心思简朴的日子？天地玄黄，宇宙洪荒，日月盈昃，辰宿列张，寒来暑往，秋收冬藏，闰余成岁，律吕调阳，云腾致雨，露结为霜……我突然想到了一句老话：晴耕雨读。古人心目中，书本与泥土共同守候在我们的日子里。文章的气韵交织于阳光、风雨、泥土和各种植物之中，读起来才会有悠然心会之感。现在我们的阅读大部分都发生在电脑或者手机屏幕上，囫囵吞枣，一目十行。

我想起了一幅图景：一堵土黄色的围墙，墙上挂下几丛茂盛的藤蔓和绿叶，上面点缀一些紫色的花朵。天气微寒、细雨，围墙之内的屋子没有关门，透过栅栏可以看到屋子中央的一张长桌和靠墙的一架书，咖啡的香味隐约拂过。我当时就觉得，如果日子如此惬意，此生足矣。当然，我清晰地记得，这一幅图景出现在一个庞大而且老资格的工业社会边缘。我们乘坐的车子在城区的狭窄街道上兜了半天，终于逃到了可以喘一口气的地方。钢铁、机器、厂房和高耸的大楼渐渐耗尽了气力，到了这里已经不再急匆匆地扩张。于是，另一种生活设计开始赢得了空间——我记得这是在伦敦的远郊，大约是牛津大学附近的一个小镇。

乒乓江湖

一

蛇年正月初一，一条恶劣的消息不屈不挠地挤过鞭炮的缝隙，搅动许多人的心绪：名动一时的乒乓巨星庄则栋溘然长逝。癌症，七十三岁。

一个球友在电话里久久地倾诉他的震惊和伤感。庄则栋是他少年时代的偶像。半个世纪之前，这个浓眉星眼的小伙子如同一阵呼啸的旋风轻易地击垮了欧洲和日本的乒乓霸主；随后，李富荣、徐寅生、张燮林等一批骁将接踵而至，一个强盛的乒乓帝国势不可当地突然崛起。庄则栋不仅拥有形形色色的奖杯和头衔，而且赢得了浩浩荡荡的追随者。当初，这个球友迷恋乒乓球的原因即是仰慕庄则栋。现在，他感慨再三：庄则栋走了，我们老了，那个时代正在退出历史的甬道而缓缓关闭。

如今还有多少球迷熟知庄则栋两面快攻的独门刀法？眼下是弧圈球称王称霸的年代。由于强烈的旋转，弧圈球的飞行线路诡异刁钻，如同多变的迷魂阵。这是反胶球拍的杰作，听说由日本人首创。庄则栋属于前弧圈球年代的代表人物，正胶球拍，球风硬朗简洁，手疾眼快一刀毙命。庄则栋的信条是钉在乒乓球台面前，决不后退。对方一记猛烈的扣杀，他要以更快的速度打回去，甚至让对方来不及收回手臂。两个运动员远离球台十几个回合的弧圈球对拉，这是庄则栋退役很久以后的事情了。

庄则栋的传奇人生只能是那个时代的故事。他曾经娶了一个女钢琴家，风传过极其离奇的绯闻，七十年代任体委主任，继而入狱——庄则栋肯定曾经独自面壁感叹，掌控台面之下的政治远比掌控台面之上的乒乓球难得多。八十年代庄则栋出狱之后离婚，随即收到了千余封求爱信。不久，另一个名叫佐佐木敦子的日本女子远涉重洋来到中国，非他不嫁，并且愿意放弃日本国籍。这个故事惊动了当时的大人物，他们的菩萨心肠保证了故事的大团圆结局。我猜这些大人物肯定考虑到，庄则栋当年是"小球转动大球"的功臣。三十一届世界乒乓球锦标赛在日本的名古屋举行，美国运动员科恩懵懵懂懂地误上了中国运动员的班车。这个窘迫的洋鬼子站在车厢中央不知所措，庄则栋大胆地上前搭讪，中国与美国之间神奇的"乒乓外交"即是从班车上的这几句话开始。

倾听球友电话的时候我意识到，我对于庄则栋的记忆远为模糊。我的少年时代，庄则栋仅仅是传说之中的一尊神，我的乒乓球启蒙者是父亲。大约十岁左右，一个星期天跟随父亲到单位值班。我在单位的会议室里第一次见到了乒乓球台。父亲从抽屉里取出一副木制的乒乓球拍，我在这个会议室噼噼啪啪地打出了生平的第一场乒乓球。很久以后我才知道，另一些乒乓球拍贴上了一层薄薄的海绵和胶皮。一个人挥拍一记抽杀，由于海绵和胶皮的摩擦作用，正在下坠的乒乓球神奇地划出一条弯曲的弧线，飞越球网落在对面的台上。这与木制乒乓球拍直线的击球线路远为不同。我大为惊奇，并且牢牢地记住了抽杀的挥臂动作。相当长一段时间，我的乒乓战术奉行一板主义。无论什么球落到球台上，我总是上前一板奋力的抽杀。读到一本油印的《乒乓球战术手册》之前，我对于乒乓球的反手技术几乎一无所知。哪怕是在影像资料之中，我至今仍然没有机会见识庄则栋的反手攻击。我的心目中，与陈永贵、郭凤莲、王进喜这些当时的著名人物一样，庄则栋仅仅是一个时髦的名字。置身于那些蹦蹦跳跳的小学生，我的一板主义相当见效。少年时代，胜利快感以及小小的虚荣始终维持了我的乒乓球兴趣。燕雀不知鸿鹄之志，我仅仅是一只快乐的小麻雀。握拍站在球台面前的时候，我的心愿仅仅是教训一下隔壁班那个趾高气扬的小子，庄则栋那种征服世界的宏大梦想从未出现在内心。

我记起来了，当年的确有一只麻雀甩开了我们这些叽叽喳喳的家伙，冲天而去。我就读的那一所小学竟然有一个高班的同学入选国家队。他左手横握球拍，据说时常在各种大赛之中充当替补的板凳队员。我曾经看过一部世界乒乓球锦标赛纪录片，一个著名的电影镜头是梁戈亮一次又一次地高高跃起，连续十七大板扣杀高球。确凿的消息声称，当时他就坐在场边的替补席上，备而不战。多年以后我常常到一个球友的单位打球。球台放置于大楼的门厅，人来人往。球友多次招呼路过的一个中年人露一手，他总是礼貌地一笑躲开了。我的记忆之中，这个中年人从未向乒乓球台多看一眼，球友竟然吹嘘他是一位国手，退役之后在办公室干些杂活。某一天我突然认出来了，这个中年人就是当年那一位高班同学。数十载似水流年，英气勃发的少年有了一副胖胖的身躯。有一回这个退役国手难却情面终于勉强下场，我和他挥拍相向如坠梦寐。第一局的交手——那时还是二十一分制——我险些胜了，然而，第二局他的球感开始恢复，我不再有任何机会。让我暗自震惊的是，搁下球拍转身离去的时候，他的眼神流露出的是疲倦。多年之前飞出去的麻雀又飞回来了，但是，当初的理想和激情显然早已熄灭。

漫长的职业生涯埋葬了什么？不得而知。相形之下，我们这些没有出息的人，数十年只能围绕单位的乒乓球台大呼小叫，争长论短。

尽管如此，我们一如既往，始终快乐无比。

二

一个球友星期日上午打来了电话："这一年又要过去了，我们是不是该做一个年终总结啊？"我当然听出来了，貌似询问的背后隐藏的是狡猾的挑战。

按照惯例，接下来的电话是一阵唇枪舌剑的斗嘴。我会以幸灾乐祸的口吻说，这么长的时间没有你的消息，是不是因为害怕躲起来了？球友一定会激烈地申辩——害怕你，怎么可能！上京城开会了。告诉你吧，会议不是随便开的。两场报告之后，思想觉悟提高了，不小心乒乓球又厉害了。怎么样，不会把你吓着了吧？我开始兴高采烈地收拾球衣和球鞋。这个星期日的原先计划是翻阅一两本书，喝几盏茶，总之，安安静静地坐在家里。现在，我突然觉得，似乎早就在暗自等待这个电话。

太太偶尔听到了我们的对话，总是感到大惑不解：这几个道貌岸然的家伙，说起乒乓球怎么就像换了个人？她清楚我素来不喜高调，疏于交友，很少在公众场合说一些虚与委蛇的应酬话。然而，进入球友的圈子如同进入另一个话语场，腔调马上就变了。她说，根据你说话的音量和夸张口气立即可以猜到，现在是球友通话时间。乒乓球仿佛突然开启了一扇门，坚冰融化，气氛立即活跃起来，所有的人都开始采用另一套打趣的语言嘻嘻哈哈。

我的稳定球友大约是几个教授和刊物编辑。聚到乒乓球台周围的时候，这些儒雅之士很快就卸下了身上的甲胄。打球的间隙我们也可能聊到学术问题或者哪一本有趣的新书，但是，手执球拍站在球台之前拉开架势，脸上即刻有了一副凶相。他竟敢和我比试弧圈球！有人想考验我的推挡基本功，不自量力！和你这种球打到了决胜局，耻辱呵！各种自夸自擂和相互调笑、挖苦之间，两个对手终于决出了胜负。失球的时候，他们一样用不恭之辞自我谴责："猪！""神经病！"如果生人在场，就该有人负责解释：请别误会，他骂的是自己。一个球友慢性子，每一个球都要在手里焐得发热，迟迟发不出手。在场所有的人无不竞相发表威胁的宣言，粗暴地声称要上前踢他的屁股。

　　球友相会的一个节目当然是议论各种乒乓赛事，那几个如雷贯耳的名字总是不时挂在嘴边，譬如马琳，王励勤，王皓，还有新冒出来的马龙和张继科。我们谈论他们的弧圈球，直拍横打，马琳的每一天训练要穿坏一双球鞋，王励勤赢得冠军之后哭湿了一条毛巾，王皓因为胖得像一块面包而遭到了刘国梁教练的严厉警告，张继科获胜后一把撕开了自己的球衣，然后发出藏獒一般的嗥叫……偶尔我们也会谈到上一个世纪的第一代国手。如今还有多少人记得容国团的名字？那一段历史已经十分遥远了。不过，即使谈得意气风发，血脉贲张，我们也不会愚蠢地将自己同这些显赫的乒乓精英联系起来。我们与他们打的是同一种球，用的是同一种球台和球拍，还可以穿相同品牌的球衣和球鞋，可是，我们与他们不是同一类人，而且此生恐怕无望在同一个球场相遇。我们不可能企及庄则栋的速度，也没有马琳的细腻球感或者王皓直拍横打的天分。这些顶尖高手的日常生活即是严格的训练，我们的懒散性格适应不了。马龙不慎失手丢了一个球，他转过身偷偷抽了自己一个嘴巴。我从乒乓球比赛的电视转播之中发现了这个细节，深知彼此之间的距离远远不止是技术。有时我还会觉得，他们的日子是不是太严格了？运动队规定不得恋爱，恋人的可恶存在肯定要瓜分运动员的一部分心神。那么，比赛的成绩就是一切吗？他们拥有多少独立自主的个人空间？赛后接受电视采访的时候，许多乒乓球运动员只会谦恭地自称"自己"而不是"我"，他们是不是已经没有表述个人观点的习惯了？这种畏葸的口气与他们犀利的球风不太相称。

我们当然明白，这种严格的日子许诺了丰厚的回报。沿着这一条路径走到尽头推开最后一扇大门，乒乓球也可以功成名就和加官晋爵，或者大把大把地挣钱。第一代国手庄则栋、李富荣、徐寅生都曾经官拜一方大员。如今的许多乒乓精英财大气粗。刘国梁和孔令辉的座驾都是保时捷，马琳年纪轻轻的已经拥有多套房产，某些房产不幸地成为离婚纠纷的争执焦点……总之，各种迹象表明，他们挥挥球拍远远地隔开了芸芸众生。这些大腕生活在舆论的舞台上，仅仅在某些时刻利用电视机和我们打个照面。

我们兴致勃勃地谈论他们，从来不指望他们能谈论我们。有时我们也会闪过一丝沮丧：有了这一批人在世界上打球，我们还有什么希望往前挤？更多的时候，我们感到的是宽慰。争夺世界冠军这种麻烦事就交给他们办理好了，我们尽管放心地回到单位那一间有些拥挤的乒乓球室，召集几个水平相当的业余选手，挥拍捉对厮杀几局。我们在大汗淋漓之中放肆地彼此调侃，疲累了就点烟喝茶，哪一个家伙有心情还可以招呼众人到大排档灌两瓶啤酒——这就对了，我们享受的是浮动在球台周围世俗的烟火气息。

三

一个球友豪迈地表白了他对于乒乓球的无限忠诚：如果家里不幸着火，他只会拎一块球拍出逃。由于痴迷打球，日日早出晚归，太太不乐意了。不久，他在球友之中公布了制服太太的杀手锏。那一天他一本正经地对太太说，每一个人都有权利拥有正当的爱好。如果太太认为乒乓球不合适，他可以换一个。上舞厅练习跳交谊舞如何？太太愣了一会，当即表示还是支持他专攻乒乓球。相对于这个故事的戏谑意味，另一个球友的故事十分悲壮。那一天上午他频频挥拍，不遗余力，中午微笑着与众人握别，声称这是他的最后一场球。一片惊问之下，他说体检发现胃里长了个不明之物，下午住院开刀，医生的估计是进了医院就不一定出得来了。尽管日后证明这是一场虚惊，但是，所有的人都对这个球友敬重了几分。

我们这一帮业余的家伙不时对乒乓球表现出疯狂的激情，尽管产生的效果多半是漫画式的。我正要与一位久别的球友开战，他张嘴报出了我们三年之前一场遭遇战的胜负与每一局比分。多年以来，他孜孜不倦地为自己的每一局球写下笔记，哪怕遇到的是再烂的对手。打球之前，他都要翻阅笔记，提前做好功课。另一个球友干脆放弃了笔记这种传统工艺而求助于机械化。他特地购买了一台小摄像机，支起三角架安装在乒乓球室的角落，声称要录制所有对手的动作加以分析。每当意识到我们即将享有和马琳、王皓一样的待遇，荣登他家客厅的电视屏幕，每一个人无不动作僵硬，缩手缩脚。

我所熟悉的一位副厅长总是抓紧一切空余时间打乒乓球，他不在乎是否正在上班，会不会妨碍本职工作。那一天得知全厅的干部大会推迟半个小时，他默不作声地拎起球拍就溜了出去。半个小时之后，看见他浑身湿透、满脸油汗地坐在一大堆衣冠楚楚的下属之间，厅长再三克制才忍住了弹劾这一位副手的冲动——妈的，再过一年就让这个上不得台面的家伙提早退休。厅长肯定料想不到，这位副厅长早已厌倦仕途，他的唯一愿望就是早早退休，投身于挚爱的乒乓球运动。

令人苦恼的是，我们的挚爱不能如数转换为打球的天分。这是一个痛心的事实。无论增添多少努力，我们这一帮业余的家伙始终无法与专业选手抗衡。例如，我们总是弄不清专业选手如何凝聚瞬间的巨大爆发力击打乒乓球。那些看起来瘦弱矮小、手腕纤细的女孩儿竟然拉出了如此凶悍的弧圈球，我们这些腰圆膀阔的大汉为什么总是找不到感觉？一个球友聊天时说，他曾经与几个专业选手切磋，几乎接不住他们的所有发球与弧圈球。事后那些孩子大大咧咧地拍了拍他的肩膀说，老师，你和我们这些人打过球，才能知道乒乓球到底旋转得多厉害。向自己摊牌是一个痛苦的时刻——我们无奈地叹一口气终于承认，有生之年，我们再也不可能技惊四座，以至于让蔡振华、刘国梁这些教练刮目相看。

尽管如此，我们这一帮业余的家伙仍然不会不思进取。提高技术的空间十分有限，能否考虑另一些捷径？于是，展示智慧的时机到来了。一个家伙每丢失一分球就要嘀嘀咕咕地抱怨自己的手臂太短，我认为他没有找到正确的突围方向。要求自己的胳膊多长出一寸，攻克此类人种学的难题决非一年半载。更多的球友选择的是改善工具——改换贴在球拍上的胶皮。目前为止，多数球拍贴的胶皮是"反胶"。"反胶"表面光滑，接触球体之后的摩擦可以使之产生程度不同的旋转。现在，许多球友换上了称之为"长胶"的胶皮。"长胶"的表面布满颗粒，触球之后制造的旋转正好与"反胶"相反。对于久经沙场的专业选手，这仅仅形成不大的干扰；然而，"长胶"的怪异轻而易举地挫败了我们这一帮业余的家伙，多年构筑的攻击体系即刻瘫痪，颠倒的旋转与飘忽的球体飞行线路让我们的力气全都用错了地方。"长胶"的使用在遭遇战之中效果显著。对方惊慌地摸索了两三盘刚刚开始有点儿适应，比赛恰好结束。

不过，还有一些球友对于"长胶"的使用十分不满，胜之无趣，败之不服。除了技术不适而产生的恼怒，他们觉得"长胶"有点儿像旁门左道，近似于武侠江湖之中使用暗器或者下毒药。尽管乒联颁布的规则从未禁止这种新型工具，但是，鸡鸣狗盗，壮夫不为。对于"长胶"咄咄逼人的挑战，我们可以置若罔闻，拒绝回应。我们没有责任像专业选手那般兢兢业业地取胜，多少可以放纵一下自己，必要时甚至耍一点儿小脾气。即使哪一场对决的确无法绕开，大败亏输也不必内疚。快乐是这一帮业余的家伙享有的特权，我们没有必要迁就什么"长胶"而影响自己心情。哪一个人要是谴责我们蔑视技术革新，可以用略为无赖的口气回敬：世界冠军已经失之交臂，我们还有什么理由委屈自己？

四

我和所有的球友无不大度地宣称，我们不在乎打球的胜负。年过半百，满头白发，三十功名尘与土，八千里路云和月，如今还会有什么胜负的游戏看不明白？职务、待遇、排名座次以及专业领域名声早已不放在眼里，谁还有闲情斤斤计较乒乓江湖的战绩？打球就是出一身大汗，遏制大腹便便的倾向，如此而已，岂有他哉？然而，事实雄辩地证明了我们的虚伪。胜固欣然败亦喜？我肯定没有人真心相信这种漂亮话。

我曾经与外地一位实力相当的球友酣战五局，最终以两分的优势险胜。那位球友带着遗憾的表情拍了拍我的肩膀说，这一场球你可以得意地说一年。我的记忆之中，这是最有风度的战败表述。我的多数球友——包括我自己——总是倾向于夸大自己的辉煌而遗忘自己的败绩。只要事隔三天，我们的幻觉通常会把上一场的失败转述为胜利。两个球友分别叙述他们之间的一次对决，我们几乎不可能了解谁是失败者——每一个人总是自己嘴里的赢家。许多球友时常因为分歧的叙述面红耳赤地争执不休，甚至赌咒发誓。不久之后，好几个球友的身边都备有一个小本子。每逢取胜，他就会立即掏出本子要求对方签字画押，认真的态度绝不亚于负责债务的账房先生。

对于另一些球友说来，篡改历史多少有些不安，他们的策略是动用出色的修辞技术，将彼此之间的胜负叙述得似是而非。两个文学教授曾经搏杀了一个下午，据说战绩是悬殊的八比二。然而，失利的一方对外声称自己总算赢了两盘。午夜时分他接到了声讨的电话，对方气势汹汹地要求他背诵文学批评的首要原则。他的回答十分坦然：当然记得，有好说好，有坏说坏，实事求是呵。对方气恼地质问，那你怎么能说你赢了两盘？他依然不改那一副天真烂漫的腔调：我可不就赢了两盘吗？

我闲常多半在几个老对手的圈子里打球，没有多少兴趣远征。有人劝我广交群贤，见识多种球路，总是与那几个老对手较量又有什么意思？然而，我得承认，我的迫切愿望就是赢那几个老对手。既然没有义务过五关斩六将问鼎乒乓江湖的王者宝座，那么，为什么不考虑立地成佛？赢得下那几个老对手肯定比战胜陌生人有趣。战胜陌生人的幸福随着他的消失而淡隐，一个抽象的记录无法添补后续情节。相反，那几个老对手总是与自己息息相关——他们要么可以长期充当所欲征服的目标，要么可以不断地验证自己的成功。每逢挫败他们，我总是愉快地想起一个寓言：甲乙两人进山遇到了老虎。甲转身欲逃，乙发愁地说，我们的奔跑速度不如老虎呵。于是，甲胸有成竹地对乙说，我只要比你跑得快就行了！夺取第一名的桂冠是一个众目睽睽的荣誉，避开了最后一名的陷阱是另一种个人独享的隐蔽幸运。

的确，我们已经不在乎职务、待遇、排名座次以及专业领域名声，但是，我们决不肯故作潇洒，慷慨地通融乒乓球的战绩。这些战绩领不到奖金，无法纳入晋升考核，也无助于在太太跟前增添威望，那么，为什么我们如此齐啬？有一天我突然明白了过来：我们之所以不在乎职务等等玩意儿，不就是因为还能在乒乓球上争一个短长吗？

五

双脚踏在这个世界最大的球体上，挥拍击打这个世界最小的球体，这可以视为乒乓球运动的哲学表述。必须承认，我们控制小球的功夫远远不及上帝掌管大球。乒乓球属于个人竞技，不像篮球或者排球可以由众多球员彼此声援，相互呼应；同时，乒乓球技术细腻繁杂，微弱的心理波动即有可能干扰击球的命中率。一个人孤独地站在球台面前如同被推上了祭坛，一切表演必须独自完成。不少球友正式参赛的时候脸色惨白，双手颤抖，裁判的声音仿佛远在千里之外，双脚浮动如在梦中。一声令下，对方发出了一个旋转球，他们几乎不知所措。手腕僵硬，木讷迟钝，这时与通常的水准判若两人。这是中邪了吗？他们无奈地转过脸来望着场外的教练，一副可怜巴巴的表情。

一局乒乓球赛的胜负不仅表明了技术的完美程度，同时还是一个心理学事实。我自己做过统计，我击球出界的数量远远多于击球下网。引用精神分析学解释这种屡犯的失误，不断出界来自无意识对于乒乓球网的过度回避。我愿意承认，这种心理与日常生活之中厌恶近身纠缠以及陌生躯体的触碰同出一源。这是我恋上了乒乓球而放弃篮球、排球的原因吗？由于球台制造的隔离，乒乓球有效地避免了两具汗水湿透的躯体难堪地碰撞。

当然，我没有理由过分夸张无意识的效力。回想贫乏的少年时代，我与乒乓球的相遇几乎无可选择。提到时髦的球类运动，现今的年轻人肯定首选足球，另一些讲究身份的中年人津津乐道的是网球或者高尔夫球。然而，我的少年仅有乒乓球相伴左右。由于庄则栋这一代国手的骄人战绩，乒乓球成为国家倡导的运动项目。如同巴西的孩童从小就在街头踢足球，中国乒乓球高手如云显然必须追溯至那个时代的刻意推广。然而，由于可怜的几文经费，所谓的推广仅仅是用水泥砌就几张球台搁在学校的操场角落，球台上摆几块砖头充作乒乓球网。我曾经在各种球台的代用品上打球，饭桌，床板，还有卸下来的门板。据说乒乓球是网球的变种，自户外移到室内更为优雅了。这当然是追求绅士风度的英国人所为。一个下雨的日子，两个英国网球手球瘾难熬，他们独出心裁地把网球搬到了餐厅的桌子上。用轻薄的赛璐珞球代替软木球和橡胶球，已经是二十世纪初期的事情，"乒乓"是形容赛璐珞球与球拍和球台接触的声响。当年的乒乓球是欧洲贵族的游戏。他们怎么也无法想象，二十世纪的下半叶，众多中国少年正在水泥球台或者门板的两端挥拍鏖战，这种地方竟然也可以奇妙地充当世界冠军的摇篮。

我就读的中学保留了一张陈旧的木制乒乓球台，许多地方油漆剥落露出了木芯。这是我们日日向往的圣地。当年，我们的球拍如同一柄短刀插在背后的腰带上，中午早早地聚集在学校门口等待开门。我们不断地把那一扇铁管焊成的校门摇得哐啷啷地响，不耐烦的看门老头终于骂骂咧咧地出来，慢吞吞地将一把巨大的挂锁打开。我们迫不及待地一拥而入，所有的人都以百米冲刺的速度穿过操场扑向走廊上的乒乓球台。先行抵达的人气喘吁吁地翻身攀上球台，一屁股坐在桌面上，这个行为宣告了课前一个小时左右的球台使用权大局已定。某些时刻，这个公认的游戏规则可能遭到践踏，例如一批街头的小混混大摇大摆地闯入学校。他们不由分说地抢占了球台，而且强求我们派出一个代表陪同他们打球。我就是在一次陪球之中突然领悟，可以用放高球的方式间接地驱逐他们。我退至远台放出一个个旋转各异的高球，那些小混混不知是计，他们通常模仿电影之中的运动员跳起大力扣杀。三板五板之后，他们开始气喘如牛；不到十分钟，那些小混混就会把球拍一撂扬长而去。我与几个同伴暗中一笑，弱者以退为进的圈套终于奏效。这个计谋的一个附带成果是，小混混的强权主义催熟了我的放高球技术。

我相信这一代许多人都有大同小异的乒乓球故事。那一年在北方的学术会议上遇到一位文学教授。这位仁兄额高发稀，谈吐不俗。他在聊天之中发狠地说，如果手里有一杆枪，他就要抢一幢海滨别墅，然后在别墅中央的大厅里摆上一张乒乓球台。一惊之下，我躬身询问，果然是同龄人。我对于他的好感始于这几句话，而不是日后他的几本影响广泛的学术著作。不幸的是，这位文学教授几年前患上了抑郁症，并且在一个闷热的午后从十多层高的大楼窗口跳下来，慨然辞世。我猜想他中年之后没有机会打乒乓球，否则，是不是会有另一个迥然相异的结局？

我没有仔细地算过自己的乒乓球球龄，四十多年了吧？当然，现在已经到了持续退步的季节。尽管乒乓球的技术含量远远超出了体魄的强壮，但是，这一副躯体还是慢慢跟不上了。首先陷落的是膝盖。多打几局球，膝盖就会在上楼梯的时候隐隐作痛。没有一个强悍的膝盖，许多乒乓球战术遭到了限制。传统的左推右攻必须满场飞奔，膝盖自作主张地缩小了步幅，有些球差了一两寸居然够不上了。发球抢攻是乒乓球的著名战术，可是，膝盖的疼痛形成了某种精神阻力，侧身击球的那一步突然就不想跨出去。一个球友建议练习直拍横打，这可以有效地弥补脚步迟缓的缺陷。王皓的表演让我们感慨了许久。因循的思想惰性多么顽固呵，直拍横打与横拍的反手击球如此相似，可是，偌大的乒乓球界至今才捅破了这一层窗纸。现在，这个迟到的技术发明对我还有意义吗——肌肉松软，动作僵硬，我是否还有足够的精力改弦更张？我还在犹豫不决的时候，另一个烦心的失误开始频繁到访：多次的挥拍扣球竟然扑空，飞在空中的乒乓球仿佛身子一缩从球拍底下钻走了。我不解地看着球拍发愣，另一个球友微微一笑：老花眼了吧，对不准焦距了。这时，我终于想到了这些症状的一个总称——老了。廉颇老矣，尚能饭否？

年龄是运动的天敌。德高望重的年龄到来的时候，足球、篮球或者排球一个又一个地滚出了我们的生命。庆幸的是，乒乓球并没有势利地将老者驱逐出门。每隔一段时间，我就有机会与一位退休的老教授交手。他使用的是老式的球拍和老派的战术。赢下了一局，老教授就会得意扬扬地在球台旁边踱步：告诉你们，我已经六十三岁了！时至如今，老教授已经六十七岁，每一局得胜之后他仍然要自豪地宣布自己的年龄，如同一台老式挂钟一丝不苟地报时。这时，我第一次意识到一个对比：专业选手可以向世界冠军冲刺十年，我们这一帮业余的家伙可以优哉游哉地享受乒乓球五十年。

或许，我还是低估了享受乒乓球的期限。我在一家乒乓俱乐部遇到一位老者。他的实力稍逊，在我的调遣之下任劳任怨地围绕球台左右奔波。几局球赢下来，我擦了擦脸上的汗水赞叹说，老人家有六十来岁了吧，腿脚还那么灵便。老者轻轻一笑：我已经快八十岁了。当时，我惊奇得说不出话来。那一刻开始，我决定更改我的偶像。庄则栋或者马琳、王皓这些人退到了幕后，我的偶像现在由这一位白发稀疏、皮肤红润的老者担任。乒乓江湖天高地阔，功名利禄仅仅是少数人紧张地盯住的目标。他们忙碌地穿梭于各个赛场上演惊心动魄的剧情，并且押上了各种荣誉和奖金收入。相反，我们这一帮业余的家伙逍遥自在，屡败屡战，率性奔跑在自己开拓的空间。

天　元

一

没有想到，这个池塘距离嘈杂的三岔路口不过三四十米。拐进人行道旁的一条小径，行走数十步，突然一池的绿水静静地敞在眼前。池塘周边的石栏残缺不全，几棵大榕树四面环抱。大树的树皮青苔斑驳，下垂的树枝几乎触到了水面。一阵微风，三五片叶子悠然落下，一队鸭子不慌不忙地掠开水面的浮萍泅向对岸。由于层层叠叠的茂密枝叶，外面的车水马龙仅仅剩下了模糊的低鸣。

带我来的人十分肯定：这是"半野轩"的旧址。

池塘附近散落了几幢简陋的水泥建筑，一片凹凸不平的空地围成了临时停车场。可是，这儿进进出出的人从未听说"半野轩"这个名称，也不知道当年这个私家小园林的主人姓吴，是一个盐商，他的后代之中冒出了一个围棋天才，名叫吴清源。

这个三岔路口称作三角井，多年以前的确有一口圆圆的石井嵌在三岔路口的中央。如今这一带熙来攘往，各种车辆时常堵成一片。三岔路口的北面是一座小山，几个著名的权力机构隐在树木掩映之中；西面是一家老牌饭店，饭店大门口矗立了两只威风凛凛的石头狮子；三岔路口的南面是一片错落的民居瓦房和几条纵横蜿蜒的小巷。多年之前辗转听说，吴清源故居就在这一片瓦房之间的某个地方，可是我始终没有机会登门。我有时觉得，"半野轩"仅仅是一个不落地的传说，缭绕于墙头或者树梢，飘浮不定，无可稽考，直到这个池塘突如其来地显现。

奇怪的是，吴清源居然记得这个池塘。他在自传之中如此回忆"半野轩"："院子里古木参天，还有一个不小的池塘，大到了可以泛舟的程度，到对岸有七八十米吧。"我猜吴清源并未在这个池塘泛舟。离开福州赴京定居的时候，他尚在襁褓之中。

这个池塘之外，"半野轩"的其余部分只能存活于传说之中。

据说"半野轩"坐落于绍因寺的旧址——绍因寺乃福州最早的寺庙，建于晋太康三年（282），明代荒废。清初，福州的望族萨氏将寺庙旧址辟为别墅，"半野轩"是萨家取的名字。晚清至民国，萨家出现了一些大人物，例如先后担任过清朝海军总司令和民国海军总长的萨镇冰，中山舰舰长的萨师俊，拥有大物理学家、大教育家头衔的萨本栋。然而，清代的乾隆年间，"半野轩"已经易主吴家。

吴清源的祖父吴维贞负责盐务，估计手头比较宽裕。不过，动手将"半野轩"改造为私家园林的是他的四儿子吴继箴。园林之中的池塘是寺庙的遗存，还是日后改造之际人工挖出来的？不得而知。"一碧不尽，万籁无声"，据说这一联形容的是"半野轩"的清幽，或许池塘附近还会有一座太湖石堆砌的假山。吴继箴善书法，多有题刻，而且为自己取一个别名"菊禅"。事实上，吴维贞老先生才是菊花的痴迷者。他在园子里栽种各个品种的菊花，秋季举办"菊会"，打开园门邀请路人入内赏花。

这些传说的细节多少有些出入，但是，我已经没有兴趣进一步核实。我看不出这些细节与吴清源的围棋天才有什么关系。据说吴清源出生的时候福州发洪水，于是长辈为他取名"吴泉"——"清源"是民国时期著名棋士顾水如为他取的号。顾水如是民国时期围棋大师，也是吴清源的围棋领路人。那时吴清源大约十来岁，开始出入北京的段祺瑞公馆与诸多棋士对弈，有一个号可以避免直呼其名的尴尬。吴清源在自传中说过，他出生在两张八仙桌上。福州的农历五月是一个雷雨交加的季节。隐隐的雷声之中，吴清源的母亲把两张八仙桌拼在一起，铺上布垫作为产床。一个传奇棋士的南征北战就是从这两张八仙桌出发的。

田壮壮导演拍摄过一部电影《吴清源》，试图再现他跌宕起伏的一生。福州并未在这部传记性影片之中露面。田导演没有看上"半野轩"的池塘和那两张八仙桌。当然，田导演也没有看上北京，顾水如指点吴清源并且引荐他到段祺瑞公馆这些人们熟知的情节也被挡在电影院的门外。拍摄之前，田导演和吴清源的助手在日本的一家酒吧喝酒。酒吧里的一位日本老者询问他们，来到日本有何贵干？听说他们要拜会吴清源，老者噌地站起来，一连三个鞠躬："吴清源是个神！"

神是上帝派来教人类怎么下棋的，无所谓出生在世界的哪一个角落。那些烟火气十足的逸事无非是造就一个世俗舞台，让神有一个落脚的具体地点。没有人知道，为什么吴清源拥有如此之高的围棋天分，估计他自己也不明白。勤勉当然是不可或缺的条件。由于父亲的启蒙，吴清源七岁左右开始学棋。父亲从日本邮购了一些棋谱，吴清源痴迷不已。七岁的稚童每一天长时间端着沉重的棋书打谱，吴清源两只手的中指甚至有些变形——手指的骨骼开始弯曲。可是，这不能证明什么。许多比吴清源更为勤勉的棋士，战绩却乏善可陈。无法解释，吴清源是一个孤独的神。无数夸张的赞美和一些切齿的诅咒如同远远地抛在身后的俗世尘埃，拍电影的田导演也多次表示听不懂他的话。天才多半落落寡合。大多数庸众不明白他们在想什么。如果他们不乐意满脸堆笑地散发烟卷，天才往往只剩下一个不近人情的乖戾形象。我们可以轻松地盘点棋盘上的吴清源如何将一个个大名鼎鼎的对手斩于马下，十番棋的比试天下无敌，可是，没有多少人想知道，那些奇妙的棋局构想仅仅是一个特殊大脑的自然分泌物，还是包含了痛苦的、久久不愈的内心煎熬。

1984 年，七十岁的吴清源正式引退。桥本宇太郎、高川格、坂田荣男等众多日本的著名棋士悉数参加引退仪式。引退仪式是一盘联棋，以一对十——吴清源对垒十名日本棋士。吴清源一身黑色中山装，日本棋士黑色的和服，长袖飘拂。致辞，然后彼此深深地鞠躬。稍稍凝神，吴清源的师兄桥本宇太郎拈起一颗黑子拍在棋盘中央的天元，第一手。我多次想象那个瞬间，心里隐约有"呼"的一声微响。我觉得吴清源就是棋盘中央的那一颗黑子，孤零零的，独自彷徨。

"朝落暮开空自许，竟无人解知心苦"。吴清源感到了孤独的痛苦和悲凉吗？相片之中看不出来。吴清源的多数相片都是神情专注地坐在棋盘之前，心无旁骛。川端康成的文字精致地再现了吴清源年轻时的肖像："他身穿藏青底白碎花纹的筒袖和服，手指修长，脖颈白皙，使人感到他具有高贵少女的睿智和哀愁，如今又加上年轻僧人般的高贵品格。"不得不敬佩作家的文学视力：仙风道骨。到了晚年，吴清源的脸上表情清澈澄明，褪尽了尘世的思虑。光头，一副大大的招风耳，这个形象的确常常让人想到了一个得道高僧。

有趣的是，天才可能在某些时刻悄然显现为天真。那个强大的、坚忍不拔的神消失了，我们意外地遇到一些柔弱乃至笨拙的人，天真无邪，不谙世事，目光清朗，顺从地停留在指定的座位上。他们如同一些可爱的孩童，令人动容。田壮壮导演的《吴清源》影片得到了一些人的肯定，但是，让我泪盈眼眶的是影片开始的一个镜头：九十岁高龄的吴清源和夫人中原和子出现在影片之中，他们与自己的扮演者交谈，地点在他们小田原的简朴寓所。吴清源的夫人说，这儿时常有猴子来访，成群结队地分成帮派；吴清源神情认真地补充说，这些猴子常常把他们家树上的柿子吃掉了。

这个镜头流露的熟悉温度击穿了影片的清冷风格。年迈的吴清源让人想到了家，想到了当年夕阳之下的"半野轩"。

二

通常认为，吴清源是一个天才的"胜负师"。

"胜负师"是一个拗口的围棋术语，来自日本。这种棋士具有强大的求胜意志，他们时常迅速发现棋局之中决定胜负的关键点，一击中的。身陷劣势，他们会显出惊人的韧性，耐心地苦苦周旋；只要对手的动作稍稍慢了半拍，他们会像一只潜伏多时的鳄鱼突然从水中跃起，牢牢地咬住猎物再也不放。

许多人听说过，大竹英雄号称美学棋士。他是棋盘之上风度翩翩的贵族。大竹讲究行棋的美感。如果棋形笨拙臃肿，他宁可引颈就戮也不肯补一手。然而，"胜负师"不可能如此潇洒。他们一丝不苟地搜索每一个微小的缝隙，锐利的锋刃可能从任何一个方位刺出来。还是一个少年棋士的时候，吴清源曾经在北京的"日本人俱乐部"与一个职业初段对弈一局。这盘棋刚刚开始，吴清源就落入对方设计的圈套濒临崩溃。绝境之中，他费尽心机竭力反扑，竟然吃掉了对方的大棋而逆转。这个眉清目秀的少年如此顽强的毅力让那一位职业初段大为震惊。因为这一盘对弈，日本的著名棋士濑越宪作欣然收下吴清源为弟子。

　　数十年的时间，吴清源驰骋于胜负的世界，锐不可当。他是驰骋于十九道纹枰上的一个令人胆寒的剑客，江湖无敌手。人们津津乐道的当然是吴清源的"十番棋"。《读卖新闻》策划了这个轰动一时的围棋事件。吴清源与当时日本所有的一流棋士逐一交手，他们的棋谱刊登在《读卖新闻》之上。这种"十番棋"附加了升降的规定：开始交手的时候，双方轮流执黑先行；双方的胜负超过了四局，败者三盘之中两盘执黑先行——第一次降级；如果不幸再负四局，败者再度降级，必须永久执黑。当年没有黑棋先行贴目的规定，持续执黑即是表明技不如人，无法与对手平等地同台较量，对弈之前要点头哈腰地行礼和擦拭棋盘。对于一个自尊的棋士说来，这几乎是可怕的胯下之辱。

　　吴清源"十番棋"的第一个对手是木谷实。木谷实主持的"木谷道场"训练出一大批超一流棋士，例如大竹英雄，加藤正夫，石田芳夫，武宫正树，小林光一，赵治勋，小林觉，等等。吴清源东渡日本之前，木谷实是日本年轻棋士的代表人物，人称"怪童丸"。他是有名的"长考派"，即使与一个业余棋手下一盘让九子的棋也要耗时整整半天。他的长考作风甚至延续到台球游戏之中。木谷实在台球桌面前总是犹豫不决，扶一扶眼镜，拿起球杆在手里颠了颠又放下，如此三四十回才能打出一球。吴清源与木谷实一辈子情投意合，两个人共同研究出革命性的"新布局"。吴清源到达日本之后与木谷实下过一盘"模仿棋"，亦步亦趋地跟随木谷实下到 63 手。虽然木谷实最终赢下这一盘，但是，他还是被吴清源的怪招急得挠腮抓耳，四处抗议。大约有两三年的时间，吴清源不敌木谷实，以至于他发誓一定要越过这个兄长。两个不可一世的新锐逐鹿中原，谁能拔得头筹？镰仓十番棋终于解除悬念：吴清源先是五胜一败，木谷实被降级；最后的总比分是吴清源六胜四负。

十番棋的第一局还出现了一个戏剧性的插曲。对弈的中途，木谷实突然鼻孔大出血，昏厥在地，众人手忙脚乱地抢救。然而，沉浸于棋盘上的吴清源浑然不觉，直至他想好对策打算落子之际才突然发现，对手怎么不见了？当时报纸的某些舆论谴责吴清源不近人情，没有及时叫停棋局。吴清源不以为然。在他看来，坐在棋盘面前的棋士不啻于以命相搏，流一流鼻血算不上停战的借口。

木谷实败北之后，老将雁金准一一跃而出。此公棋风激烈硬朗，擅长力战。据说计算之深"能看破千手而无一遗漏"。雁金准一的段位高于吴清源，却愿意屈尊分先对弈。第一局吴清源大刀阔斧，竟然打得老将措手不及，败下阵去。第二局老将抖擞精神，千钧之力压得吴清源喘不过气来。这一局棋持续了三天，最后一个晚上老将终于精神不济，一招不慎，吴清源乘隙一击锁定胜局。第三局吴清源败，第四、第五局吴清源胜。四胜一负——如果雁金准一再负一局将被降级。考虑到老人家的颜面，这一场十番棋到此为止。

吴清源的第三个对手是藤泽库之助，一个天才型棋士，比他小五岁，江湖一度有"执黑天下无敌"的声誉。藤泽库之助的段位低于吴清源，按规定他每一盘都执黑。他果然身手了得。对弈至第七盘，吴清源四胜三负，继而三连败，总比分四胜六负。

对于一个"胜负师"说来，败绩始终是一个可耻的烙印。尽管此后数年发生了许多事情，吴清源内心雪耻的小火苗从未熄灭。四年之后，藤泽库之助后来居上，先于吴清源晋升九段。这不啻于再度增添了吴清源一争胜负的渴望。事实上，所有的人都在等待一个戏剧性的高潮。所以，当吴清源费尽周折地拿到九段之后，几家报社立即把两个九段的对决提上议事日程。双方的对局耗时等烦琐的技术性谈判并不顺利。拖延了两年之后，众目睽睽的巅峰之战终于开启。第一局是眼花缭乱的绞杀，吴清源快一气胜。第二局，吴清源大局在握，然而，藤泽库之助发现了吴清源的一个细小破绽，一击成功；第三局，双方势均力敌，战成平局；第四局，吴清源马失前蹄，黯然败北。这时，两负一胜一平的吴清源已经无路可退。第五局开始的很长时间，战况波澜不惊，藤泽库之助步步为营，求胜心切的吴清源暗暗焦虑。据说这一局棋的中途突然停电，灯光重新亮起的时候两个人不约而同地对天花板啊了一声。不知道两个人在短暂的黑暗之中分别想了些什么，总之，双方心情变化再度导致悬崖边缘的大搏杀，终局吴清源执白惊险地小胜。两胜两负一平，双方回到起点重振旗鼓。然而，不可思议的情况发生了：吴清源大展身手，连胜五局。纪录改写为七胜二负一平，藤泽库之助被降级。

藤泽库之助当然咽不下这口气。一年之后，他要求与吴清源再战十番棋。弈至第六局吴清源已经五胜一负，藤泽库之助再度降级。他自觉有愧，对局之后当即向日本棋院递交了辞呈。多年之后再度作为一个棋士登场的时候，他已经将自己的名字改为藤泽朋斋。

事实上，吴清源与藤泽库之助第一次十番棋之后，他就放弃了围棋而狂热地投入宗教活动，东奔西走，居无定所。吴清源的再度下棋是两年之后——教主允许他与桥本宇太郎举行十番棋对决。吴清源赴日之前，桥本曾经代表他的老师濑越宪作来到中国考核，吴清源两局皆胜。桥本的褒扬报告是促成吴清源日本之行的最后一个砝码——因此，他始终是吴清源心目中的另一个恩人。十番棋的第一局吴清源完败，一阵意料之中的叹息。第二局是个谜。桥本宇太郎已经绝对优势，然而，他在中盘之后频繁失手，以至于功败垂成。桥本宇太郎的解释说，中盘之后心烦意乱，招架不住吴清源的有力反击。一种非正式的传说是，桥本在幻觉之中听到了神魔的鼓声，因而心智大乱——是不是教主的魔法开始奏效？还有一种温情的猜测是，桥本故意输棋，让吴清源重新找回棋盘上的信心。第三局之后，恢复了棋感的吴清源如同猛虎出笼，十局的结果是六胜三负一平。桥本宇太郎降级。

桥本宇太郎之后的敌手是本因坊岩本薰。吴清源七胜二负一平，岩本薰降级。

岩本薰之后吴清源再度与桥本宇太郎十番棋争胜，五胜三负二平。

这时，坂田荣男赫然现身，不可一世——他在江湖上的绰号是"剃刀坂田"。坂田荣男刀法精妙犀利，局部的擒拿格杀或者丛林之中的孤棋求活时常有出其不意的绝技。一家报社曾经主办吴清源与坂田荣男的六番棋，吴清源竟然一胜四负一平——吴清源对于这个战绩也大吃一惊。舆论立即蠢蠢欲动：吴清源的真正劲敌是不是来了？两位高手的十番棋应运而生。前四局平分秋色，二胜二负。许多人猜测吴清源神话即将结束的时候，他突然如有神助，连下四城，迅雷不及掩耳地击溃了坂田荣男的挑战。坂田荣男降级。

坂田荣男之后只剩下高川格。高川格的棋风与坂田相反：平稳，均衡，不疾不徐，自然流转，如同一个功力深厚的太极高手。尽管高川格并未咄咄逼人，但是，这并不妨碍他击败桥本宇太郎、木谷实等众多高手，连续九年称霸本因坊。然而，吴清源仍然所向披靡，六胜二负将高川格降级，最终的成绩锁定于六胜四负。

一轮孤月，晚风飒然，仗剑而立，谁与争锋？现在，江湖上已经没有哪一个高手愿意跃上十番棋的擂台，与吴清源大战三百回合了。

三

我开始警觉起来了：华山论剑，独孤求败——可别在如此烂熟的武侠叙事学之中悠然滑行。武功盖世，快意恩仇，打遍天下无敌手，这种一泻如注的情节之中，胜负世界的另一些沉重的主题会不会被随手抛弃在中途？

这个势利的世界一如既往地簇拥于第一名周围。第一名即是王者，王者吸引了百分之九十九的目光。如痴如醉的尖叫或者疯狂的掌声是大众奉献的祭品。没有人记得住第二名无望的表情或者第三名落寞的身姿。第四名是谁？听到的回答多半是——奇怪，还有第四名吗？

获胜的巨大快感植根于身体内部的生物密码。食物，异性，领地，威望，哪一件不是胜者的战利品？动物世界古老的丛林法则。尖叫和掌声表明人类社会对于丛林法则的认可和崇拜，胜者为王败为寇。相当多的时候，人类的各种胜负必须押上性命和财产。不同规模的战争，激烈的市场竞争，官场肥缺，黑社会抢夺地盘的火并，如此等等。擂台上的比武要签生死状。致命的一招遽然出手，内心时常伴随了一声切齿的诅咒：去死吧！

谢天谢地，现今的大多数胜负游戏不再以性命为赌注。获胜首先是赢得一种荣誉，而不是清点砍下了多少头颅——尽管这些荣誉时常可以换取若干钱财。围棋的征战严格地限制于纵横十九道的棋盘空间，气势汹汹的黑子试图聚歼的仅仅是负隅顽抗的白子。人们形容围棋是"和平的杀戮"。没有哪一个棋子跃出棋盘，挥戈指向正襟危坐的棋士。单纯的智力较量，手上没有血迹，周围不再飘拂血腥的气息。

对于一个带兵的大将军说来，丢卒保车的军事设计时常演绎为一个愁肠百结的故事。哪些士兵必须遵命赴死？那些年轻的面容和士兵父母的悲戚神情可能永久地折磨他的灵魂。战场的兵戎相见改成棋盘的奇思妙想之后，种种出人意料的谋略轻松地甩下了额外的道德负担。声东击西，围魏救赵，心狠手辣地屠宰对方大龙的时候，没有必要因为生灵涂炭而心生歉疚。我曾经与一位职业五段下过一盘让子棋。他的棋风轻灵飘逸，擅长弃子。棋盘上的白子撒豆成兵，到处都是令人头痛的游击队。稍不留神，它们就开始星火燎原，摇旗呐喊；待到我集结重兵，痛下杀手，他一撒手不要了，转身在空虚之处另起炉灶。这位职业五段形象地总结自己的战术："把该弃的子统统弃掉，一盘棋就赢了。"可以想象，如果他的麾下是一批血肉之躯，忠心耿耿而且长期追随，那么，不拘一格的弃取辩证法估计只能半途而废。

华山论剑，独孤求败——俗气的武侠叙事学仅仅盯住那些无敌天下的大英雄。一切桂冠无不抛向胜者，失败之后只能默默地向隅而泣。无数的"粉丝"自愿出演各种疯狂的喜剧。他们——或者主要是她们——手捧鲜花来到机场围堵各路偶像，大声地叫他们为"老公"。围棋当然也享受这种荣耀。韩国曹薰铉的公开活动曾经遭受"粉丝"的骚扰。一个有些年龄的女粉丝手捧鲜花径直扑上台，不由分说地在曹薰铉的腮帮留下一个鲜红的唇印。曹太太之所以没有发作，因为她在另一些棋士的活动中看到了这个女粉丝的相同表演。这个女粉丝企图对于李昌镐如法炮制，吓得这个年轻的围棋大师手脚冰凉——那时李昌镐还没开始结交女朋友。

然而，幸运的胜者始终是这个世界的极少数，大部分人的竞技排名从未吻合自己的理想。胜负世界只有一幕喜剧，随后的每一幕都是悲剧。因此，胜负世界的真正主题毋宁是败者的哲学：如何承受失败？即使那些幸运的极少数也时常顾虑重重：神灵的护佑还能延续到下一场吗？失败的恐惧甚至让许多人怯于登场。据说吴清源临战之前多半要读一遍老子的《道德经》。他从这一部古老的典籍之中获得了什么？道法自然、不争之争吗？我觉得，《道德经》进行的首先是失败主义的教育。知其雄，守其雌，弱者的低姿态并非不利。可以接受失败的人才能争胜。胜不足为之骄傲，败不足为之气馁，这即是平常心。吴清源的弟子林海峰与坂田荣男争霸之前焦虑不已，吴清源赠送的三个字就是"平常心"。天翻地覆平常心，没有必要因为胜负患得患失。一心澄然，万虑皆空，踏实地策划每一步棋，谋事在人，成事在天，不必过多地顾虑最终的结局。

尽管如此，这些漂亮的哲理格言丝毫无助于削减失败的巨大痛苦。名誉，奖金，晋级的机会，一切烟消云散，只剩下噬人的耻辱。大多数人听说曹薰铉的名字是因为第一届"应氏杯"围棋赛。他在战局不利的情况下神奇地逆转，三胜两负击败聂卫平赢得世界冠军。曹薰铉长于激战，他的招式轻捷犀利，灵活多变，人称"曹燕子"和"柔风与快枪"。曹薰铉夺冠之后被视为韩国的民族英雄，大名鼎鼎的"围棋皇帝"。然而，一个天赋如此之高的棋士仍然常常遭受失败的痛苦煎熬。曹薰铉表示，输棋的当天晚上肯定无法入眠，只能依赖大量吸烟转移情绪，或者出门登山。他曾经以一个棋士的精确计量自己的心情：失败的痛苦要比胜利的喜悦大两倍。

我觉得曹薰铉设置的比例似乎还是乐观了一些。无数人的分享会不断地放大胜利的快乐，失败的创痛多半是独居一室之际愈演愈烈的烤灼。如何熬过这种时刻，只能是一个人的痛苦摸索。对于某些人来说，扛住沉重的失败有时比夺冠的训练还要费力。刀光剑影之间对手技高一筹，这种失败犹可认命；自己的不慎失手带来的是无尽的追悔。当年号称"钝刀"的钱宇平曾经在中日围棋擂台赛之中迎战日本名将小林光一。小林光一是一个没有风格的棋士，四平八稳，然而强大无比——当时他从未败在中国棋士的手下。这一局钱宇平始终落后，直至收官之际小林光一无意地自撞一气，一条大龙出现了潜在的危机。擒拿大龙的追杀并不复杂，遗憾的是，沮丧的钱宇平竟然没有发现这个幸运的拐点。他提前中盘认输之后，对局室外面观战的众多棋士迫不及待地指出了这个稍纵即逝的获胜机会。大吃一惊的小林光一额手称庆，钱宇平急得一把扯开了自己的衬衫，衬衫的所有纽扣都崩飞了，骨碌碌遍地乱滚。

复盘通常是一个棋士的自我总结。然而，为负半目的棋局复盘是一件痛心疾首的事。任何一个最为微小的改变都将颠覆胜负的记录，然而，揪心的失败牢牢地嵌在历史之中，再也无法挽回。这种复盘伴随的是再三的嗟叹。可是，如果半目惜败的棋局一再重复，那就是命运的捉弄了。刘小光回忆说，某一个时期他的对局屡屡少了半目，以至于一个棋迷邮寄一粒棋子给他，让他好歹再从对手那儿抢回一个棋子。刘小光当然只能苦笑：这个棋子恐怕不在对手那儿，而是在上帝手里。

　　一位职业四段聊天时告诉我，他不再参加种种名目繁多的围棋赛事。他没有掩饰自己的脆弱——不想继续接受失败的打击。棋盘上的厮杀惊心动魄，两个人只能生还一个，仅有百分之五十的概率。更为残酷的是，一场赛事只记得住前三名，三名之后就存而不论了。职业四段的情绪有些愤愤不平：当年不知怎么被父母驱赶进一条如此狭隘的小径。文无第一，武无第二，多么不同的两个世界。他自称智商超过了150，足够胜任通常的科学研究。科学研究的第一方阵可以接纳众多高手，而不是仅容一人的独木桥。可是，超过了150的智商常常被围棋折磨得死去活来。我猜想，大约某一次出其不意的重创是压垮骆驼的最后一根稻草：职业四段不愿意下半辈子无休止地挣扎于如此险恶的气氛之中，他要转移到一个相对富庶的环境。这个聪明人很快创办了一个以围棋为主题的社交俱乐部，接纳若干名流大贾作为弟子，从容地在众多棋迷之中享受无限的景仰。回头是岸，他一次又一次地庆幸自己的及时觉悟。

　　我对于这个职业四段的选择相当尊重。这是一个对于胜负有感觉的人，而不是尾随在哪一个偶像背后盲目起哄的家伙。卸下了巨大的精神压力，他心情大好，身体开始发福，慢慢腆起了肚子。事实证明，世俗的功名来自最为合理的设计。

然而，吴清源呢？二十五岁的时候，他毅然闯入十番棋的战阵。形只影单，孤绝一骑。那一副柔弱的肩膀能扛起多少重量？他似乎没有计算过。漂泊天涯，有进无退是他的宿命。一轮又一轮天昏地暗的大战，吴清源大获全胜。然而，除了留下一批绝无仅有的纪录，他仍然两袖清风。

四

　　对于众目睽睽的胜负，是否有必要如此斤斤计较？

　　所谓的对弈，乃是一个人的智慧利用棋盘耗尽另一个人的智慧，这个世界并没有增添什么或者减少什么。棋盘上的故事，无非是黑白棋子编织的南柯一梦，犯得上绞尽脑汁吗？因为一招不慎而急怒攻心，伤了身体显然得不偿失。一位棋迷时常利用晚餐之前的空余时间登录互联网下一盘快棋，太太从厨房出来之后总是温柔地催促：赶快输棋吧，输了好吃饭。只有傻瓜才会为那些虚拟的胜负耽误晚餐。

　　古代士大夫的雅趣是说佛谈禅，胜负是必须窥破的人生迷局，执迷不悟多少有些愚蠢。"是非成败转头空，青山依旧在，几度夕阳红。""一壶浊酒喜相逢，古今多少事，都付笑谈中。"历史上那么多天下兴亡的大事，无非是后人下酒的谈资，区区一盘围棋何足记挂。的确，江山社稷、英雄争霸的事迹常常被比拟为棋局。"英雄儿女一枰棋，胜固欣然，败亦可喜，如何结局，浪淘尽千古英雄。"我没有查明这是哪一位高人的句子，但是知道"胜固欣然、败亦可喜"的典故用的是苏东坡苏大学士的句子。"长松荫庭，风日清美"，置身一个幽静的所在，手谈一局无非怡情养性；"空钩意钓，岂在鲂鲤"，舍命的格斗搏杀如何悟得到禅意的妙趣？"映竹无人见，时闻下子声"也罢，"日长来此消闲兴，一局楸枰对手敲"也罢，求胜之心不可过于旺盛，否则就会干扰悠然的闲情逸致。

况且，苍狗白云，世事无常，谁又说得清什么是胜，什么是负？据说唐明皇时常对弈消遣。某日他召唤一位亲王下棋，皇宫里一位著名的乐师琵琶伴奏。中盘过后，局势已非，皇帝老儿有些伤脑筋。这时，站在旁边观棋的杨贵妃——想必这位美人略知棋道——故意让怀抱的哈巴狗跳到了棋盘之上，搅乱了棋局，以至于无法点子判别输赢。不知那位亲王有否感到恼火，反正龙颜大悦。这一局棋当然分出了胜负，杨贵妃无疑是最大的赢家。她能够集万千宠爱于一身，"回眸一笑百媚生"的美貌之外，冰雪聪明必不可少。

其实，棋盘小世界，世界大棋盘，二者之间的胜负存在特殊的换算关系。某些时候，这种换算关系的悬殊比例足够吓人。还是一则与皇帝对弈的故事。明太祖朱元璋也是一个棋迷。他喜欢与开国的大功臣中山王徐达下棋。徐达功力深厚，朱元璋不是对手。然而，徐达每一回都稍稍输一点，逗皇上高兴显然是臣子的本分。某一日君臣结伴游玩南京城外的莫愁湖，朱元璋一时兴起又要和徐达手谈一局。朱元璋正告徐达，这一局不得让棋，否则即是欺君之罪。爱卿如果赢棋，朕就把莫愁湖赐给你。徐达施展手段，赢棋犹如探囊取物，以至于朱元璋也由衷地表扬了几句。然而，徐达谦逊地表示，他并没有多大的本事，取胜仰仗的是万岁的神威。朱元璋不解其意，徐达恭请皇上细看棋盘——棋盘上的棋子竟然连缀成"万岁"二字。这种恭维出乎意料，朱元璋慷慨地将莫愁湖连同对弈的这幢楼一起赏给徐达。所以，徐达的功夫不仅局限于棋盘。他深谙什么是胜，什么是负，棋盘内外的胜负如何换算。赢得下君王的好心情，棋盘之上的几个棋子就可能放大为巨额财富。

我从来不惮于坦白：我常常扮演棋盘上的失利者。这不是多么严重的问题，我多半选择自我原谅。大败亏输通常并不影响再下一盘的愿望。当年还没有互联网围棋俱乐部。棋瘾袭来的时候，我会骑一辆破自行车来到另一个街区，一条潮湿狭窄的马路旁边开了一家棋社。棋社里灯光昏暗，空气之中充满劣质的烟草味道，许多小方桌上都在噼里啪啦地捉对厮杀。由于过多的触摸，每一副围棋子都是油腻腻的。我租好一副棋具落座，一会就有人过来搭讪：下一盘如何？

　　相当多的棋社盘踞了一些无业的民间围棋高手，他们靠赢一点下棋的彩头过日子。我认得出他们，而且深知与他们的差距。这位仁兄觉得我是新面孔，于是客气地建议：我们第一次下棋，押上十元钱助兴如何？我爽快地答应了，因为这些高手从不为没有收入的棋局耗神。啪地一子落下，手谈即是棋盘上的试探与对话。进入中盘，我们已经彼此掂量出对方的实力。他的获胜没有什么悬念，但是，临近官子的时候他稍稍松了松手，我明显地察觉棋盘上的压力减轻了，终局之前我多少追回了一点。

　　然而，我很快意识到，小胜的结局来自他的有意设计。点子之后他开始虚伪地夸大我的本领。他表示我们的水平相差无几，他的赢棋带有侥幸的成分。末了他征询我的意见：再来一盘如何？我们可以把胜负的奖赏提高到一百元。

　　我当然没有上钩，婉拒了邀请之后我慢悠悠地骑车返回。尽管输一盘棋并且损失十元，可是，回忆起他的满脸失望，我比胜了一局还要开心。耗资十元聘请高手陪练一局，这一笔小生意我肯定占了些便宜。

　　其实多数职业棋士从不考虑通融棋盘上的胜负。正式对弈不啻于武士的对决，必须全力以赴。许多日本棋士穿上和服参加对局。两根手指拈起一个棋子啪地打在厚厚的棋盘上，目光炯炯，气势凛然。聂卫平曾经回忆他与赵治勋的一次对局。进了对局室，他看到赵治勋身穿和服昂然地跪坐于棋盘面前，身躯仿佛扩大了一轮——意外的视觉形象让他大吃一惊。可以在川端康成的《名人》之中发现相似的描述，秀哉名人的身材瘦弱矮小，但是，他坐在棋盘面前就会显得高大而稳重："这当然是全靠他的地位、修养和艺术的力量。他身高五尺，上身却很长。脸盘又长又大，鼻、嘴和耳朵等也都很大。特别是下颔向前突出。"这篇小说记述的是名人悲壮的最后一战。这个六十四岁的老人身患严重的心脏病，面容浮肿，但是，他不肯放弃残酷的搏杀，坚持把生命的最后一点能量耗尽于棋盘之上。出战之前，他郑重地把白发染黑。如此强烈的气氛仿佛表明，胜负是必须用生命捍卫的荣誉。

《名人》的情节依据的是一场真实的著名对局：本因坊秀哉名人引退之际对阵木谷实的告别赛。按照川端康成的观点，这一局棋最终夺去了秀哉的性命。追溯起来，日本围棋史上另一场夺命的棋局也与本因坊有关——赤星因彻的吐血之局。据说第十二届本因坊丈和动用了一些诡计轻易地窃取了名人的头衔。井上家的掌门人幻庵因硕于心不甘，他试图在棋盘上羞辱丈和，质疑他的名人资格。幻庵用了四年的时间策划了一场几大家族的围棋联赛，引诱丈和出场是五盘棋局之中的焦点。幻庵曾经考虑亲自上阵对决丈和，最终还是决定推出爱徒赤星因彻。赤星因彻二十六岁，一个天才型棋士。幻庵曾经反复考较过他棋盘上的功夫。虽然丈和棋风凌厉，算路精深而且擅长白刃战，幻庵还是乐观地认为胜算在握。第一天的对局，赤星因彻形势略优；然而，第二天丈和接连弈出了三招好棋——史称"丈和三妙手"；这一盘棋下了四天，赤星因彻心力交瘁仍然无计可施。认输之际这个年轻人羞愤难当，一大口鲜血喷在棋盘之上，很快就命赴黄泉。尽管可以惋惜赤星因彻的英年早逝，但是，没有理由抱怨争棋的残酷。棋盘犹如擂台，技不如人因而壮烈赴死仍然算死得其所。

还可以提到日本围棋史记载的一场围绕本因坊之争的夺命棋局：核爆之局。1945年岩本薰获得向桥本宇太郎本因坊挑战的资格，六番棋决定胜负。桥本宇太郎的老师濑越宪作——也是吴清源的老师——竭力主张将赛事安排在他的家乡广岛。当时的日本临近战败，广岛已经成为盟军的空袭目标，警方动员棋赛移师他处，他们置之不理。第三天对局开始不久，空中掠过一架美军飞机，一个降落伞徐徐飘落。片刻之后，一阵白光将对局室照得彻亮，狂风带雨翻卷而至，对局室的门窗全部震碎，岩本薰俯身趴到棋盘之上，桥本宇太郎被甩出了室外，观战的濑越宪作神情木然地坐在椅子上。广岛原子弹爆炸，顷刻之间四周一片废墟。然而，对局室里的三个人没有兴趣知道外面发生了什么。他们收拾起棋盘，摆出残棋，继续对弈至终局。这一盘桥本宇太郎五目胜。如此冒险的意义何在？没有人敢于公开质疑。一个棋士手中的棋子不啻于武士的长刀，只有获胜或者牺牲之后才能搁下。

　　坚毅，韧性，义无反顾，决不言败——可是，某些时候会不会突然产生"退一步海阔天空"的感觉？当然，例如桥本宇太郎。桥本的棋感极佳，算度敏捷，大局判断准确而迅速。然而，他的战绩起伏不定，常常耀眼地爆发一阵然后尾随一个长长的沉寂。这肯定与他恬淡的性格有关。对局的时候，桥本宇太郎不愿意苦苦纠缠。一旦大势已去，他立即会爽快地中盘认输，而不是在隐忍的潜伏之中等待翻身的机会。时刻盯住第一名位置，这种人生岂不是太紧张？当然，桥本的超脱不是来自看破红尘的佛家顿悟，而是来自一次马拉松长跑的观感。桥本觉得，跑道上那个第一名的选手真是一个可怜的人。他不仅负责开路，而且时刻担忧后来者的超越。桥本心仪的是第二名或者第三名，他们可以逍遥地跟在第一名身后，进退自如，没有什么负担。

　　桥本宇太郎的心目中，他的师弟吴清源肯定就是跑道上那个痛苦的第一名。然而，吴清源的目光是不是仅仅盯住棋盘上胜负的目数？

据说吴清源心情低落的时候会背一背白居易的诗句："蜗牛角上争何事，石火光中寄此身。随富随贫且快乐，不开口笑是痴人。"因为半目的争夺而在棋盘上钩心斗角，围棋时常就是蜗牛角上的腾挪。可是，吴清源的棋盘并非账房先生的账本，他同时试图在围棋内部贮存巨大的时间和空间：天地玄黄，宇宙洪荒，日月盈昃，辰宿列张……

历史上流传过多种围棋起源的猜测。一种普遍的观点是，上古君王尧发明围棋训诫不成器的儿子丹朱；还有一种说法认为，围棋来自古老的八卦，棋分黑白隐喻阴阳乾坤，一切运行无不可以追溯至神秘的八卦图。吴清源显然垂青这种说法。他甚至进一步认为，棋盘和棋子是用来观测天文、占卜阴阳的器具。六合之棋是吴清源晚年的围棋思想。围棋的目标不是痴迷于胜负，而是追求集聚所有棋子效率的一手——如此的一手谓之中和。

这时，吴清源已经从单纯的"胜负师"转向了不战屈人，转向了经天纬地的玄妙之道。

五

围棋的变化是一个天文数字。一局棋的变化为 $361 \times 360 \times 359 \times 358 \times 357 \cdots \cdots \times 2 \times 1$，总数是 10^{172}。据说银河系的全部基本粒子不过 10^{70}。总之，人类的脑容量不可能承受这个数字的重压。事实上，一个局部的死活，一条大龙的对杀往往存在无数的可能。双方的一个局部攻防数十手棋连绵不断，每一手棋都隐藏了另辟蹊径的选择。变换一种下法必将引来另一种应对，棋盘上的山河或许必须重塑。只能如此吗？——每一个职业棋士落子之前都会遭受这个问题的挑战。即使身经百战，他们还会承认，始终没有弄清某些局部的战斗步骤是否完全正确。一盘棋下得天花乱坠，终局的胜负尘埃落定。然而，每一手棋连缀出来的是完美无瑕的路线图吗？当然，一些人很快会追问一个隐蔽的前提：这种路线图是否存在？千古无同局。无数的棋局是双方对弈的随机产物，还是始终追求一个数学公式一般的标准答案？如果允许问得稍稍夸张一些，那么，10^{172} 变化之中，每一手棋是否存在正解？

许多日本棋士相信正解的存在。这即是棋道。他们常常在复盘的时候孜孜不倦地研究，一个九段得不到精确的结论可以多找几个人切磋。召集五个九段可以拥有四十五段的集体智慧，围棋之中的许多"定式"就是在千锤百炼之中诞生。边角对抗的最强手段，双方利益最大限度的切割，每一手棋都无可置疑，"定式"似乎即是正解。

正解的追求意味了求道。棋局纷乱，无数的可能犹如森林之中无数的交叉小路，找到唯一的一手，一双慧眼识破了世界的秘密，这是大脑卓尔不凡的高度。单纯的胜负可能存在种种偶然的原因。对手不小心滑了一跤跌下擂台，这种胜利就有些无聊。偶然的性质愈强，游戏愈接近赌博。赌博赢得的是偶然之中的运气，不存在人为控制的必然结局。一枚钱币抛在空中，落地的时候正面还是背面？一发子弹压进左轮枪的弹槽，拨动转轮飞速转了几圈，然后对准自己的脑袋扣动扳机，会不会倒霉地撞上那个六分之一的概率？上帝投骰子的时候，他老人家也不知道故事的结局是什么。双方对决的回合愈少，结局的偶然性愈强。乒乓球由二十一分制改为十一分制，胜负的变数增添了许多。如果干脆改为三分制，鹿死谁手的悬念会进一步加剧。然而，一局两三百手的围棋犹如马拉松长跑，种种偶然的因素将在漫长的较量之中逐渐消除。哪怕开局阶段有一些小错误，一个强手仍然可以在后续的众多回合之中一点一点地扳回来。

所以，围棋蔑视运气，棋士崇拜的是必然的正解。

这是许多日本棋士热衷于长考的原因。他们甚至不顾合理的时间分配，没有几手棋就将规定的时间挥霍一空。精确地计算出一个局部的全部变化，如同一种顽强的信念——哪怕后面的大半盘不得不在读秒的催促之中匆匆完成。赵治勋曾经表示，他常常为一手棋考虑十几种方案。如果一个参考图包含十五手棋，他必须在内心的屏幕演算几百手。根据吴清源的回忆，木谷实对局的时候习惯于从最不可能的选择开始计算，他总是企图穷尽一手棋隐含的所有可能。没有彻底演算过的棋局即使赢了也不过瘾。木谷实肯定觉得，天长地久地盯住棋盘的无休止长考就是职业棋士一辈子要干的活。对局之中，木谷实常常抱怨时间不够，有一回他不得不伪装流鼻血要求休息，从而争取到了三十分钟。如今，许多人谈到围棋的第一句话多半是——时间太长了，一盘棋要下一个多小时。然而，木谷实与秀哉名人引退告别赛那一局的规定是，双方各自用时四十小时。由于秀哉名人多次生病打挂，这一盘棋下了近半年。那个年代似乎远比现在有耐心，久久地琢磨一件事是一种幸福。当时一盘棋规定各自用时十个小时或者十二小时十分正常。如此充裕的时间往往保证了棋局的质量。对局的棋谱逐一刊登在报纸上，一个棋士的计算功力必须接受四面八方的品头论足。

日本人相信自己的脑容量负担得了 10^{172} 吗？我宁可想象，这种固执源于日本文化的严谨和精细。日本文化擅长开发各种小角落，细腻而精确，锱铢必较。是不是由于岛国的土地面积有限？日本人时常可以最大效率地经营一个小小的局部。这种经营必须诉诸严格而精密的计算。中国古代的围棋风格豪放，满盘追杀，处处龙吟虎啸；相对地说，日本的围棋风格剔精抉微，详尽地拆解棋局内部的各种构造，一丝不苟。然而，如果认为日本围棋仅仅是摆弄一堆无足轻重的杂碎因而嗤之以鼻，那就完全错了。二十世纪上半叶，日本的五段棋士足以抗衡中国的所有围棋高手；秀哉名人到访，所有上场的中国棋士都被让到三至四子;六十年代,五位棋士组成的日本围棋代表团首次正式访问,成员包括濑越宪作、桥本宇太郎、坂田荣男等著名人物,日中的悬殊战绩为32胜、2负和1和;次年日本围棋代表团再度来访,五个人的等级下降为三名职业棋士和两名业余选手,战绩是21胜4负。坐镇第三台女棋士的伊藤友惠是一个五段,已经54岁,她居然八战全胜,而且常常一举擒拿大龙。中国的诸多围棋大师对于这个老太太毫无办法。八十年代之后的陈祖德、聂卫平之所以异军突起,日本围棋的研习无疑是一个重要原因。

然而,有一利必有一弊。严谨、精细或者锱铢必较的同时往往没有功夫抬起头来,仰望苍穹之中开阔、壮观的雄浑气象。相当一段时间,日本的本因坊道策将"小目"作为布局的支撑点,创建出一大批配套的"定式",种种局部演变都在"合理"的名义下定型为不可移易的传统。秀哉名人是一个严厉的掌门人,他要求弟子务必墨守成规,背离祖宗的传统可能遭受他雷霆般的训斥,甚至逐出山门。秀哉的门下,沉闷的气氛统治了棋盘。

这时,木谷实与吴清源的"新布局"横空出世。幽静的地狱谷温泉赋予两个年轻人充沛的灵感。相对于"小目"注重边角的布局,"新布局"的精髓是注重控制棋盘的中央。"新布局"居高临下的威力意外地强大,许多传统的边角战术常常在威压之下溃不成军。记者在报纸上形容"新布局"作战如同一场"航空演习"。因此,不久之后秀哉名人与吴清源的"世纪大决战"隐含了多重的象征意味:老帅与新星,传统与叛逆,清规戒律与不拘一格,当然,还有日本与中国。因为吴清源当时仅仅五段,秀哉让先,每方用时24小时。全局一共打挂13次,对弈14回终局,历时109天。

回忆这一盘经典名局,吴清源石破天惊的前三手是所有的人无不津津乐道的话题。第一手"三三"——对于当年的本因坊,这是"禁门"；第二手星位，这是对于"小目"的不屑；第三手"天元"更是匪夷所思。当时的某些舆论认为，如此开局表明了吴清源对于名人的失敬。这一盘棋波澜起伏，吴清源渐渐将名人逼入绝境。难于应对的时候，秀哉不断地动用白棋的特权宣布打挂暂停，回家与弟子集体研究。名人的绝地反击是第 160 手，一枚锐利的飞镖凌空而至穿入黑阵，白棋最终 2 目获胜。日后坊间有一个传说，第 160 手并非秀哉本人想出来的，而是来自他的一个著名弟子前田陈尔的研究。如此轩然大波，吴清源虽败犹荣。这一局棋的另一个意义是促成了围棋赛制的重大改革。由此诞生的"封棋制"规定，封盘之前的最后一手密封于信封之内，继续对弈的时候才能开封公布；同时，打挂暂停期间不得与他人共同研究棋局——这些规定对于木谷实在名人引退告别赛之中的胜出产生了决定性作用。

吴清源与木谷实的"新布局"开始闻名遐迩。当然，许多棋士无法适应新型的构思。空中作战要求另一套攻击技术和更为强大的计算力，习惯匕首的人舞不动长枪大戟。木谷实不久之后又返回边角坚实地安营扎寨。真正接过"新布局"衣钵的大约是木谷实的著名弟子武宫正树。传说木谷实询问门下弟子：星位的弱点是什么？赵治勋回答：是"三三"；武宫正树居然回答：是"五五"。武宫正树似乎看不见"三三"这种角落，他的目光越过了多数人的头顶仰望星空。武宫的战略被称之为"宇宙流"，执黑他一律三连星开局。许多人迫不及待地蹲下身子挖掘矿藏的时候，武宫正树开始潇洒地搭建空中楼阁。他对于棋盘的中腹具有特殊的想象力。三五手棋飘然而至，一个空荡荡的地方立即会突然出现一个漂亮的堡垒。当然，武宫必须手握守护边陲重器，时刻打算表演一场华丽的屠杀。否则，三连星围出来的大片疆域怎么挡得住入侵的铁蹄？许多人心目中，武宫的"宇宙流"立即与半个世纪之前的历史记忆衔接起来了，他们再度想起当年木谷实和吴清源"新布局"开拓的方向。"我们的棋用不了多少年就会被遗忘,只有武宫的棋才会流芳百世。"藤泽秀行对于武宫的高度评价显然包含了未来历史的预判。

然而,历史是一个爱开玩笑的家伙。事实上,武宫正树并没有辉煌多长时间。不久之后,蹀入舞台核心的是另一个棋士——韩国的李昌镐。李昌镐的特征是面无表情,绰号"石佛"或者"少年姜太公"。他广为传闻的一件逸事是,一位日本的摄影记者一口气拍了三十来张李昌镐对弈的照片,可是冲洗出来之后不知道要挑选哪一张——所有的照片都一模一样。李昌镐九岁拜曹薰铉为师,十四岁就击败武宫正树,随后转身将曹薰铉拉下马,一个又一个地夺走师傅手中的各种头衔。他拥有韩国棋战的所有冠军,同时拥有 23 个世界大赛冠军。总之,"李昌镐时代"这个形容名至实归。有趣的是,李昌镐的取胜之道恰恰与武宫相反。他的棋风绵密老成,大巧若拙,官子功夫天下第一,喜欢制造半目胜的棋局让对手痛不欲生。这个常常在女记者面前红脸的腼腆棋士肯定不会倾心武宫式神采飞扬的行棋构思。在他看来,华丽的构造时常成为挑剔乃至打击的目标。他的哲学是不求有功,但求无过。耐心是最为可贵的品格,安安静静地坐在那儿常常能捡到对手的失误。他的胜局不是来自犀利的攻击,而是因为全盘没有错误,或者所犯的错误小于对手。

李昌镐的骄人战绩肯定惊动了吴清源。吴清源对于李昌镐的评价耐人寻味。他认为曹薰铉是真正的围棋天才,李昌镐是多年努力出来的天才。不言而喻,这个"新布局"的缔造者褒扬的是那种天马行空的棋士。对于围棋的未来,奇思妙想比兢兢业业的计算重要。然而,兢兢业业的计算造就的胜率远远超过奇思妙想。现在是一个实利主义的时代,诗人正在纷纷撤退,工程师唱主角的时候到了。

李昌镐是一个规规矩矩的工程师,可是,没有人料到,跟在他后面的居然是一个无法无天的混世魔王——李世石来了。这首先是一个极为叛逆的"坏孩子"。李世石三段之后就不肯再参加韩国的升段比赛——他自称三段已经够了。一个三段动不动就拿下九段，这对于段位的设置是一个巨大的嘲讽。韩国棋院不得已做出规定：国内棋赛的亚军可追加一段，冠军追加两段，世界冠军追加三段。李世石迅速地两度夺得世界冠军，三个月之内就从三段变成了九段。这种火花四溅的性格时常给韩国棋院制造难堪，李世石多次突然放弃重大赛事，甚至不在乎电视转播尴尬地流产。李世石棋盘上的风格与桀骜不驯的性格如出一辙。他嗜好力战，常常抛出"无理手"形成千头万绪的乱战。当然，李世石的凶悍刀法总是为他制造乱中取胜的机会。两年前他曾经与中国年轻棋士的力战型代表人物古力十番棋争胜。两强相遇，电闪雷鸣，结果李世石 6 胜 2 负提前制服对手。所谓的"无理手"多半指过于强硬的攻击招数，对手的正确防御可以惩罚不当的冒进，使之得不偿失。然而，李世石的"无理手"时常隐含了咄咄逼人的潜台词：如此纷乱的场面，比赛限定了时间，哪一位可以马上从数十种可能之中演算出真正的突围路径？正面对决的任何失误都将带来全局的崩溃。的确，这种赌徒战术常常逼退许多怯于肉搏的棋士。

如果说，围棋的正解如同形而上的理念，那么，赌徒只问当下的胜负。前者是哲学，后者是历史；哲学是滔滔宏论，历史是攥在手里的利益。许多时候，历史拒绝滔滔宏论而仅仅剩下一个尖锐的选择：敢不敢赌一回？胜就是胜，负就是负，令人扼腕也罢，令人唏嘘也罢，纳入历史就不再改变。收起迂腐的大道理，敢于冒险，押上最大的赌注，李世石的性格似乎更适于充当这个时代的得宠人物。

可是，又有多少人料到，跟在李世石后面的居然是一台名叫"阿法狗"的计算机？李世石的赌徒战术遭到了重创。计算机擅长的就是演算，而且，那些电子元件不明白什么是恐惧。李世石事先肯定没有料到，居然被机器打成一胜四负。对垒的第二局，阿法狗的 37 手五路"尖冲"引起了一片惊叹。大部分棋士如同老农一般盘算屋角小菜园的收益，37 手如同太空飞来的一块陨石。然而，后续的棋局证明，如此违反常规的一手恰恰成为阿法狗制胜的一个转折。所以，目光敏锐的聂卫平立即表态："向机器人的'尖冲'脱帽致敬。"谷歌解说员迈克·雷蒙九段说了一句更为有趣的评语：这一手棋具有名宿吴清源的风范。

是不是可以说，兢兢业业的计算并没有彻底埋葬伟大的梦想？某些场合，吴清源名字所代表的梦想还会出其不意地呼啸而出，栩栩如生。意味深长的是，这一回邀请吴清源出场的居然是拥有海量数据的"阿法狗"。

六

吴清源享年一百岁，离去的时候安详而平静。许多纪念文字都认为"他挪到另一个地方下棋了"。传说他早就表示要活一百岁，不多也不少。一切按部就班，如同事先设计好了。吴清源自幼体弱，很少进行户外活动。一副单薄的身躯为什么如此长寿？没有人考虑这个有些蹊跷的问题。多数人宁可觉得，大约上帝顺手拨了一个整数，这边没有围棋对手了就到那边看一看。

可是，我逐渐意识到，我的手中似乎没有多少吴清源的故事——一个百年的人生似乎应当有更多的内容。田壮壮导演的《吴清源》也十分平淡，影片之中的吴清源仿佛在一个玻璃罩子里跑来跑去。我的记忆更多地贮存了吴清源周围的许多棋士，吴清源的某些逸事甚至是从他们那儿转述出来的，例如聂卫平就多次提到了吴清源的教诲。有一段时间，聂卫平痴迷于桥牌，常常穿梭于围棋比赛与桥牌比赛之间。某一天吴清源找到他正色地说：博二兔，不得一兔。聂卫平大为震动。

当然，聂卫平那种性格多半不会因为这么几句劝说而改变多少。他始终是公众视域之中的一个活跃分子，时不时就有动静传来。中日围棋擂台赛的第一功臣，名动一时的"聂旋风"。然后是耀眼的荣誉，桥牌，几度婚变，战绩急剧下滑从而退出第一线，若干优秀的弟子和"聂卫平道场"，这些都是大众传媒不断抛出的话题。由于无可比拟的围棋资历，聂卫平指点江山的时候免不了有几句得罪人的话，这又被大众传媒收拾起来向外扩散。凡此种种，我们一直熟悉这个人物。电视纪录片《围棋》之中，吴清源仅仅在第一集露个面，聂卫平始终担任穿针引线的角色，依然是爽朗的快人快语。他在日本百忙之中抽时间检查小孙子的围棋作业，脸上浮现出罕见的慈祥。这时，一代大侠的舐犊之情令人动容。

电视纪录片《围棋》还让我目睹了另一些久闻大名的棋士。那个追求围棋美学的大竹英雄个子不太高，他现在担任日本棋院的理事长。聂卫平在电视之中猜测，大竹与日本的年轻棋士仿佛不那么和睦——他的清高延续到棋盘之外吗？电视里还出现了光头的武宫正树。这个开朗乐观的棋士同时是一个国标舞高手。他用一条花头巾裹住光头在舞厅里与一位女士配对跳舞，舞姿柔软，步履轻盈，那些优雅从容的小旋转与棋盘上雄浑开阔的"宇宙流"风格迥异。某些时候，这些棋士当然会走下电视屏幕，适当地问候一下生活角落里的某个围棋崇拜者。我曾经多次聆听某个著名的高手在电视上讲解棋局："黑棋的角已经围得像铁桶一般，白棋还要过来占便宜。休走，吃老夫一斧……"一局围棋叙述得如同讲史的评书，不仅熟知棋盘上的风云，而且人情练达，世事洞明。我曾经在一个嘈杂的会场突然发现这张熟悉的脸——我的座位恰巧就在他旁边。我们没有交谈。他久久地闭目养神，我不忍心用一些幼稚的围棋认识打扰他。

然而，吴清源似乎远远地超脱了这一切。这个名字的周边是一片安静的区域，没有花边新闻，甚至没有多少烟火气息。吴清源十一岁的时候，父亲因为肺病逝世。父亲临终之际将书法著作留给吴清源的大哥，文学著作留给二哥，吴清源得到的是棋谱。吴家三兄弟的人生轨迹的确呈现为三个方向。大哥在日本完成学业，继而到伪满洲国为官，而后迁居上海、台湾，终老于台湾；二哥在天津的南开大学读书，随后投身于抗日洪流，最后成为教授和诗人。可是，如果哪一位作家试图把三兄弟之间的悲欢离合演绎为曲折的文学剧情，他肯定会感到失望。没有什么异常的戏剧性事件发生。三兄弟天各一方，后半辈子偶尔一聚，如此而已。吴清源的婚姻波澜不惊。由日本女棋士喜多文子做媒，吴清源 28 岁的时候娶了中原和子为妻。吴清源夫人开玩笑地说，因为名字之中的"中原"让吴清源想起了自己的故乡，因而她被挑上了。他们共同生活了七十年。吴清源夫人不会下棋，她的所有心思仅仅是照料好一个最会下棋的人。武侠叙事之中师兄绕过师娘恋上师妹的情节设计无从展开。养几匹骏马曾经是吴清源棋盘之外的短暂梦想，然而，那些疾鼓一般的马蹄声仅仅回响在他的内心而从未出现在生活之中。田壮壮导演表述过一个有趣的观点：吴清源这种成大器的人物顾不上种种凡俗的小感情。他们身边少了许多无谓的纠葛，没有什么琐碎的飞短流长供人闲常消遣。

追溯更早的日子，北京时期的少年吴清源有没有哪些不凡的情节？我记起了一则趣事：少年吴清源居然赢过段祺瑞一盘。段祺瑞是一个超级棋迷，当年他的公馆供养了一大批围棋高手。段祺瑞每周日上午通常抽空和某一位切磋一局，然后众人共进早餐。这是一个输不起的角色，没有人敢赢他。秀哉名人来访的时候和段祺瑞下让子棋，竟然不知趣地连胜三局。段祺瑞一恼，不肯偿付事先答应的返程盘缠，逼得秀哉托人说情再下一盘，一输了事。当时敢惹段祺瑞的只有他的儿子。这位小段棋术甚精，常常杀得段祺瑞落花流水。有一回段祺瑞突然通知正在外地的儿子立即乘火车赶回北京，不明就里的小段进门之后立即被按在棋盘面前对弈一局。无奈段祺瑞又一次大败。他勃然大怒，呵斥儿子立即滚回外地。段祺瑞得知有一个围棋神童在公馆里下棋，欣然传唤吴清源对局一盘。尽管顾水如已经事先交代，稚气未脱的吴清源还是杀得段祺瑞溃不成军。段祺瑞气得拂袖而去，那个周日的早晨所有的棋士都没有早餐。幸好月底段祺瑞并没有赖账，吴清源还是拿到了 100 元的生活补贴。

北京当然"居大不易"。父亲去世之后，吴清源一家丧失了经济来源。吴清源的舅舅前来探望，忍不住呵斥端坐于棋盘之前的吴清源：家境如此不堪，还在玩棋。围棋能当饭吃吗？吴清源当即小声顶撞：就要拿围棋当饭吃。吴清源十一岁的时候敲开了段公馆的大门，因为少不更事从而让段祺瑞接受了一盘难堪的对局。然而，有钱而且坏脾气的段祺瑞并没有为难他。相当一段时间里，段祺瑞的津贴成为吴清源一家维持生计的及时雨。

能不能再往前追溯一些日子？作为福州的乡亲，我常常私下延伸叙事路线：从吴清源当年居住的北京大酱坊胡同继续南下，直至福州三角井附近那个只剩下池塘的"半野轩"。福州这个城市与围棋没有太深的缘分，这里出炉的围棋高手相当有限。福州的罗家几兄弟均为职业棋士，长兄罗建文曾经官拜国家围棋队副总教头。著名女棋士张璇乃福州人氏，当年曾经与孔祥明、杨晖、芮乃伟并称女子围棋的"四大天王"。巾帼不让须眉，千万不要以为女人家柔弱可欺。江湖上一度盛传，女棋士远比男棋士好战，动不动就起了杀心。她们的手段犀利泼辣。对手常常还在回味传说中的千娇百媚，她们手中的暗器已经破空而至。张璇身为八段，她的另一个特殊贡献是为福州招来一位九段的姑爷：大名鼎鼎的常昊。张璇与常昊的姐弟恋令人联想到木谷实女儿木谷礼子与小林光一的围棋姻缘——后面这一对姐弟恋的年龄悬殊还要大一些。我常常私下延伸叙事路线的一个隐秘原因是，仅仅介绍罗建文、张璇乃至常昊肯定不足以夸耀福州的围棋实力。每当按捺不住虚荣心的时候，我就会开始炫耀这个事实：作为围棋的第一高手，吴清源出生于福州。

我没有料到，吴清源的形象就是在这里突然开始分裂。许多人对于吴清源的出生籍贯没有兴趣，他们强烈质疑的是吴清源的国籍。吴清源 1928 年东渡日本，1936 年加入日本国籍。从 1931 年的"九·一八"事变、1937 年的卢沟桥事变继而壮烈的八年抗战，这种历史背景是对吴清源入籍之举的严辞谴责。吴清源曾经在自己的著作里做过一些辩解：他需要安定的生活环境，他想继续下棋。但是，许多人并没有被这些理由说服。相对于民族大义，个人志趣算不了什么。梅兰芳蓄须明志，周作人附逆变节，吴清源难道不明白孰是孰非？"河山一局棋"，据说这是吴清源生前最后的一幅公开题词。不知他的晚年是否重新想过这些事？他肯定已经明白，没有哪一个人可以在另一个纷纷扰扰的大棋盘之中超然世外。这时，"吴清源"不再是一个安静的名字，他成了一个争议巨大的人物。

这些争议甚至给我制造了叙事的巨大裂缝。我迟迟无法将这个刻意辩解的吴清源与棋盘上那个纵横不羁的吴清源联系起来。后面这个吴清源不仅力克群雄，他还熟读《易经》和《道德经》，悟出了黑子和白子后面隐藏的天道。然而，另一件让人意外的事情是，这个睿智的哲人曾经混杂在一个称为"玺宇教"的信徒之间，追随教主辗转日本各地。这个时期，吴清源不仅脱离所有的围棋活动，甚至因为无法完成教主指令几乎上吊自杀。一个天才为什么如此无知？吴清源与"玺宇教"的关系是引起持久争议的另一个旋涡。如何完成两个吴清源之间统一的叙事逻辑？

舆论的质疑并未改变吴清源的国籍选择。他的全部精力投入棋盘的鏖战，不愿意分神应付生活之中种种后顾之忧。然而，筑在棋盘上的城堡并不能安放漂泊的灵魂。桥本宇太郎隐隐地察觉，吴清源的文静外表背后存在强大的能量，他的关注远远超出了棋士的胜负区域而指向了宗教信仰。皈依至高的神才是内心真正安定的时刻。可是，这个故事似乎没有顺利抵达彼岸。数年之后，吴清源摆脱了"玺宇教"，没有人知道他是否真正听到过神的召唤。他追逐的仅仅是一个幻影吗？人生如寄，岁月如驰，这些疑问滑出了我的叙事边界。让我感到放心的是，这些插曲怎么也不可能淹没吴清源。

那一年吴清源乘坐一场大洪水来到福州的"半野轩"，随后开始了一百年的棋士生涯。可是，我不止一次地觉得，这个人物如同上帝夹在指尖的一枚黑棋。金边银角，立二拆三，所有的故事正在棋盘边缘如火如荼地展开，这时，一枚黑棋啪地落在棋盘正中的天元。

这一枚黑棋傲视四方，独一无二。